{走路去巴黎}

ZOULU QU BALI

沙 罗◎著

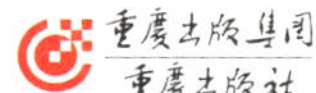
重庆出版集团
重庆出版社

图书在版编目（CIP）数据

走路去巴黎/沙罗著.—重庆：重庆出版社，2008.11

ISBN 978-7-229-00194-0

Ⅰ.走… Ⅱ.沙… Ⅲ.长篇小说—中国—当代
Ⅳ.I247.5

中国版本图书馆CIP数据核字（2008）第148576号

走路去巴黎

ZOULU QU BALI

沙罗 著

出 版 人：罗小卫
策　　划：光　南
责任编辑：温远才 庄少兰
责任校对：谭艳莹
装帧设计：第七印象

重庆出版集团
重庆出版社 出版

重庆长江二路205号 邮政编码：400016 http://www.cqph.com
深圳大公印刷有限公司制版印刷
重庆出版集团图书发行有限公司发行
E-MAIL:fxchu@cqph.com 邮购电话：023-68809452
全国新华书店经销

开本：787×1092 1/16 印张：15.25 字数：210千字 插页：2
2008年11月第1版 2008年11月第1次印刷
定价：22.80元

如有印装质量问题，请向本集团图书发行有限公司调换：023-68706683

第一站 与梦想的时差

1

这是一幢临海的豪华别墅，三层半高，米色的外墙配着红砖醒目异常，白色栅栏围绕的院子里栽满了百合花和粗壮的玉兰树。花开得雪白，簇成一团一团，微风拂过，花瓣像雪花一般纷纷坠落，整个庭院仿佛都充满着缥缈的白雾。

透明的阳光从落地窗外直直地倾泻进来，洒在客厅的沙发上，如此美丽炫目的时刻，房子里却弥漫着紧张而怪异的气氛。

一个英俊的男人端坐在沙发中央，他有着浓密的眉毛，线条分明如同雕刻的鼻梁，以及曲线完美的嘴唇，尤其是眸子，漆黑灵动。他像只有着贵族血统的波斯猫。

除了誉满全城的贺氏集团少东——贺轩外，还有谁能发出这种财富与外貌并重的闪闪金光呢？

然而，俗话说“道高一尺，魔高一丈”，金光的威力纵然再强，也敌不过此刻坐在他对面那个披红挂绿的中年女人。只见她满头短卷发染得像只非洲狮，偏偏还穿了一身绿绸短衫，黄绿相配加上扎眼的白皮鞋，与周围欧式古典装修的环境搭配在一起，就像一根绿油油的狗尾巴草插在古董花瓶里。

唉！如果不是贺大公子最近跟没头苍蝇似的寻找保姆，这个女人出现在这里的几率绝不会比彗星撞地球高出多少。这一撞不仅使贺轩脸上现出了到世界末日才有的表情，同时，耳边也回响起了助理陈志东蒙骗自己时说的话。

“贺总，为了替您找到一个可心的保姆，我已经转遍全城大街小巷，连电线杆上的豆腐块小广告也没放过。选中的这位阿姨，年纪虽然稍大了一些，可是干起活来利索得就跟高中女生似的；而且她只干活不说话，所到之处皆是一片赞许之声。这样的人，简直是打着灯笼也难找啊！”

打着灯笼也难找？就冲她这一身颜色，花哨得跟南非国旗似的，还需要打灯笼才能找到吗？都说二十一世纪最难得的是人才，可是连个长相稍微正常点的保姆也都灭绝了吗？天哪……

贺轩早在开口说第一句话之前已经对这位绿衣大婶失去了希望，可是彼此就这样僵持下去也不是办法，于是他还是勉强开口问道：“你就是陈助理推荐来的保姆？”

“是家政服务员。”坐在脚凳上的女人用粗声大气的东北话纠正道。

贺轩脸上再度掠过一阵难以忍受的表情，更伸出绷紧的手指，拼命抑制住胸口的闷气：“你的特长是什么？”

“扫地、做饭、洗衣服……俺是名副其实的家政全能，尤其是做饭。之前俺在一户台湾老板家里做，他们把俺夸得贼狠啦……”东北女人滔滔不绝地炫耀着，唾沫星子随之漫天飞舞。

贺轩几乎没有勇气再望着她，未等她说完便果断地打断：“OK！那说说你最拿手做什么菜吧？！”

“俺做的锅包肉是人都夸，要说这道菜，得选上好的脊肉切成大片，腌上小半碗醋、两勺白糖、两小勺盐、蒜末，撒上水淀粉……还有那小鸡炖蘑菇，咱们东北有个说道叫‘姑爷领进门，母鸡吓掉魂’，先是把那小母鸡给宰了……”东北女人忘情地介绍着，似乎已完全陶醉在美食的世界里。

“Shut up!”贺轩再也按捺不住了，猛地从沙发上弹跳而起，“你来之前，陈助理难道没有对你说，我是素食者吗？”

“啥？素食者，又不是羊，还光吃草啊？”那女人也猛地从凳子上站了起来，眼睛里满是惊愕的神色。

贺轩彻底绝望了，心底的血气像火焰一样蹿遍全身每一个细胞，他用力攥紧了拳头，刚要下逐客令，手机却突然响起。轻柔的和弦音乐不停地灌进耳朵，拨乱思绪，使他不得不停止一切，伸手到茶几上将它拿起。

手机接通以后，传来一把小心翼翼的声音：“贺总，新请的保姆已经到了吧，您还满意吗？”

“满不满意你应该先问问自己，陈志东！”这位被称为贺总的男人当即便吼了起来，握着手机的手因为用力过度，青筋清晰可见，“第一次给我找了个会偷东西的，第二次找了个连袜子都洗不干净的，第三次找了个丐帮弟子，一身馊味，这回……”

碍于当事人在场，他也不好明说。

“可是贺总，家政公司跟我说，这已经是他们那 5 A 级的精英了，客户的评价也都很好……”电话那端的助理陈志东觉得十分委屈。

“少废话，再去找！我就不信，随便找个保姆都这么难，如果到月底还找不到合适的人，你就等着拿辞退金吧。另外，待会儿由你过来帮我把房子打扫干净。”

怒骂声中，落地窗外的玉兰花纷纷坠落，掠过的风将花瓣卷起，飞旋着飘得很远。

而电话那端，则传来一声近乎悲怆的“是”。

傍晚，漫天红霞渐渐消退，晴朗的天空呈现出一种近乎神秘的深紫色。在这座城市最著名的小吃街，光影交错的霓虹灯下，挂着各色招牌的摊子连成一条长龙，皆是一片繁忙喧闹的模样。摊子四周的座椅间食客密布，嬉笑声、划拳声，汇聚成放纵狂欢的海洋。

忙碌了一天，刚刚从上司那幢豪宅里走出来的陈志东也来到这里。他低着头，没有理会沿途花招百出的揽客者，而是径直走到一家名为“余记大排档”的摊前，在印有“雪波啤酒”字样的红色太阳伞下找了张小桌子坐了下来。

稍稍休息了一会儿，刚想起身去摊头点菜，身后已响起一个清甜的声音：“志东，你来啦！”

他顺着声音回过头，看见一个穿着严重掉色的Dior字母图案T恤，系着白围裙，扎着两条麻花辫，笑容明朗的女孩捧着茶壶出现在眼前。是老板娘的女儿小秀？他不由得恍惚了一下，总觉得哪里不对。细细打量了一番他才发现，这丫头不仅脸蛋圆了一圈，而且小腹微凸，臀部下垮……短短半个月没见，竟像吹气似的胖了这么多。从前的她可是一个身形消瘦得足以媲美带鱼的女孩。

彼此对视一眼，余小秀也看出他的心思，不仅没有丝毫遮掩，反而落落大方地为他解开疑惑：“怎么，是不是觉得我胖了不少？其实我压根就是喝凉水都会胖的体质，之前折磨自己，成天只吃青菜白饭，都是为了今年的空姐面试。如今事情都结束了，也就百无禁忌，得把亏欠了自己十多年的口福都补回来才行。”

“那么，是考上了？”陈志东试探性地问了句。

“不，没有。他们说我资质太差，皮肤也不够好……面试那几天心情太紧张，结果脸上长了好多痘……”余小秀看似不以为然地吐了吐舌头，“好了，不说我了。今天想吃什么？还是炒米粉加糖醋小排吗？”

“还糖醋小排呢，连白米饭都快吃不上了。”陈志东叹息了一声。

“怎么回事？”余小秀关切地问。

“还不是我们公司那个刚刚从巴黎回来的太子爷，招个保姆也搞得跟相亲似的。还非逼我在这个月之内帮他找到满意人选，不然就要炒我鱿鱼。他也不想想看，那些女人要真的如花似玉、秀外慧中，人家还会去当保姆吗？早成电影明星了。”陈志东一逮着机会就开始倾吐满腹牢骚。

“你……你说他从巴黎回来的？”余小秀当即定住，魂魄仿佛飞出天外。

“是啊，他在巴黎待了四年，最近才被他父亲也就是我们董事长召回来，出任分公司的经理。”陈志东酸溜溜地回答着。谁知话说完半天却不见小秀有任何反应，隔了许久，依然只见她怔怔地顿在原地，像一尊冰雕，眼睛空空的，没有任何神采。

陈志东觉得蹊跷，又连唤了她两声，依然不见回应。

四周的觥筹交错和客人们的喧闹像交汇成汹涌的声浪，一层一层地起伏扑打过来，她置若罔闻，像被隔绝在透明的玻璃房内。

就在陈志东暗自惊讶的同时，摊头上传来一声“小秀”的呼唤。那声音实在太响了，粗声大气盖过周围的嘈杂声，吸引众人目光的同时也把陈志东吓了一跳。

尔后，就见一个盘着凌乱长发，穿着宽大仿绸衬衣和阔脚裤，脚上趿着拖鞋的中年女人风风火火地走过来，边走边嚷：“小秀，你死啦？现在摊上这么忙，还敢给我偷懒。”

这女人正是小秀的妈妈，余记大排档的女主人余淑凤。

余淑凤咋咋呼呼地来到近前，又施展了一次狮吼功，这才召回女儿的魂魄。恢复清醒的余小秀猛然间见到凶神恶煞的老妈，当即像被一钵滚水从头浇到脚，惊得满脸通红。没等她老妈再度发威，她已经脚底抹油，转眼间消失得无影无踪。

余淑凤没能逮住女儿，当即便扭过头，怒目圆瞪地望着陈志东：“这是怎么回事，你对我女儿做了什么？”

“没……没有呀，我就提到我们公司太子爷，说他是从巴黎回来的，之后也不知道怎么回事，她就变成这样了。”陈志东被吓得结结巴巴，嘴里像塞了团棉花。

“你好好的跟她提什么巴黎啊，一提巴黎她就失心疯！”余淑凤又气又恼地白了他一眼。

“为什么呀？”陈志东百思不得其解。

“这孩子也不知道着了什么魔，从小到大就想着去巴黎，知道家里没这条件，就妄想着有朝一日考上空姐能够全世界飞来飞去，当初没上高中考旅游学校也是为了这个。没想到今年航空公司的招考落选了，之后整个人就疯了，成天胡吃海喝也不出去工作……对了志东，听说你在大公司当秘书啊？”余淑凤唉声叹气哭诉了半天，突然话锋一转。

“哪里，只是策划公司的行政助理而已。”陈志东怯懦地笑了笑。

“那人脉一定广啦！如果有合适的工作，帮咱家小秀介绍一个。事情要是办成了，从今往后你来我这，霸王餐随便吃。”说话间，余淑凤又换了另一副面孔，无比亲切地拍了拍他的肩膀。

“好，好！只要有机会我一定帮忙。”面对如此厉害的老板娘，陈志东岂敢吐出半个不字。

“那我就放心了。顺便告诉你一声，咱们余记马上不在这里做了，要搬到正式的店面里经营。”余凤淑喜滋滋地说。

“是吗？那真要好好恭喜您了！准备搬到哪里？”陈志东顺水推舟地恭维道。

“是码头边的昌海路。”余淑凤一脸得意地说，笑弯的眼睛里充满了对未来的展望。

昌海路？陈志东不由得愣了一下，那不是总公司刚刚收购下来，准备盖大厦的地块吗？正式的营销企划都已经通过了。

2

第二天，晴空万里，烈日炎炎，明晃晃的阳光四处流动，将大地烤得酷热刺眼。纵然如此，上班时间，市区的马路上依旧人潮涌动，就像徜徉在蓝色深海里的鱼群，各自奔赴着下一个终点。

一辆马力强劲的银色保时捷在宽阔的马路上扬起滚滚烟尘，不断掠过笔直的绿化带和路边此起彼伏的宏伟建筑，一直来到市中心一幢摩天大楼前，稳稳地停泊在露天停车场的专属车位。此后，车门打开，从驾驶座上走下一名年轻男子。透过大厦玻璃窗反射下来的日光像轻纱一般笼罩在他四周，迷幻的光晕里，他犹如一件完美的艺术品惊现于世。他身上穿着剪裁合宜的修腰西装，搭配淡蓝色暗花真丝领带，倾斜扬起的唇角潜藏着令人痴迷且极具杀伤力的微笑。

四周路人纷纷刹住脚步，怔在原地忘了身在何处。

年轻男子显然对此习以为常，以一个潇洒的姿态锁上车门，便径直朝大厦入口走去。穿过透明的旋转玻璃门，沿着铺设着黑色大理石的宽阔大堂直走到尽头，等待着他的是一部金光灿烂的专属电梯。

还未走到近前，笑容亲切的电梯小姐已为他启动电梯门的按钮，又毕恭毕敬地弯腰行礼，请他进门。宽敞明亮的梯厢内，铺着羊绒地毯，两面是茶褐色的玻璃，边框上镶着一圈镀金的波斯菊，空气里弥漫着淡淡的香气，不知不觉中，便升至顶层。

随着“叮”的一声，电梯门缓缓打开，明亮如镜的过道呈现在眼前，正对着电梯门醒目的标志牌上凝聚着几个大字：和风房地产营销策划有限公司。

过道的另一端，是气度恢宏的公司大门，隐隐的，有放肆的喧闹声飘出。

浓黑的剑眉轻轻蹙了一下，脸上仅存的温和随即消失得无影无踪，无形之中，仿佛有一阵狂风掠过，卷起枯叶无数，天地间弥漫起一股凛冽的杀气。贺轩加快脚步掠过悠长的走道，之后猛然间将虚掩的大门推开。

砰——

当这位和风地产的总裁犹如一枚定时炸弹出现在下属面前的时候，所有的职员全都惊慌失措地从椅子上站了起来。

望着这些人谄媚惶恐的姿态，贺轩心中原本就极度不爽的情绪更像是搭乘着升降机降至底层，眼神有意无意地落到距离他最近的一个员工身上——他身上那套深灰色的旧西装已经到了他无法忍受的地步。

“高进生，我希望你能赶在下季度的裁员之前脱下这身西装，不然，你就得穿着它去参加新公司的面试。”

那个名叫高进生的职员眼神里顿时充满慌乱，不知自己从哪里招惹来的霉运引爆了上司的不满情绪。

贺轩一边说着，一边继续朝经理室方向走去。仿佛帝王临朝一般，停在过道上的员工纷纷闪避到一旁，默默无声地分开一条道路，垂下头以示尊敬。

虽然所有人的脸上都挂着僵硬的微笑，但心里都在默默祈祷他能顺利消失在经理室的大门后，并被繁杂的公务绊住手脚。可是，没走过几张桌子，贺轩的步履突然变慢下来。

偌大的办公室气氛变得愈发沉闷，仿佛是弥漫着瓦斯的房间。

“谁一大早吃牛肉汉堡，还夹了洋葱？！”他斜眼瞥了身后一下，露出令人战栗的嫌恶神情。

不知是哪个角落的垃圾桶里立即传来“砰”的一声回响。

贺轩从鼻孔里轻轻哼出一声，继续前行。穿过几条迂回的走道和玻璃门，经理室大门上镀金的欧式宫廷花纹绽放在他眼前，同时映入眼帘的还有大门右侧助理陈志东的办公桌。

“您来了，贺总。”隔得远远的，陈志东已经从座椅上走出来向他问好。

贺轩看都不看他一眼，眼光瞟向墙壁上高悬的万年历，冷冷地扬起嘴唇：“我说陈志东，现在距你离开公司的日子还有几天哪？”

陈志东的脸色顷刻间变得刷白，低着头，呆呆地望着自己的脚尖，连大气也不敢喘一下。

贺轩见陈志东没有任何反应，又刻薄地挖苦起来：“我真的怀疑当初人事部经理是不是在酒醉得不省人事的情况下才把你请进公司，否则我遇见你的几率应该比中彩票大奖还低！”

这句话严重刺伤了陈志东的自尊心，他的肩膀忍不住开始颤抖，瞪圆的眼睛里满是委屈与悲愤。

贺轩的脸色立即阴沉下来：“你那种眼神是什么意思？”

头垂得快与地面平行的陈志东猛然一惊，这位贺少爷的眼睛怎么竟像是X光，如此犀利？在剧烈的心跳中，他迅速把目光转移到了别处，同时唯唯诺诺地应承着：“贺总，请您放心，月底之前我一定想尽办法为您找到满意的保姆。”

“好的，不过我的耐心刚刚告诉我，它已经等不到月底了，最多一周时间。如果届时你还找不到合适的人选，你就自己主动把辞职报告递上来吧。”

贺轩说完，就大步流星地迈进自己的办公室，“哐当”一声甩上了大门。

陈志东怔怔地站在原地，目送着上司的身影消失在门里，过了很久也无法从残酷的现实中抽离。不要说只有短短一周时间，即便一年、十年、百年……若想觅到贺大公子满意的保姆，除非田螺姑娘重现人间，可就算用脚趾头想想也知道是不可能的事。顿时，绝望的荷尔蒙在陈志东的心里燃起一股最原始的杀人冲动，让他恨不得冲进经理室，伸出黑手把那个“贺霸天”从38楼的窗户推下去。可是，谁让他偏又是他的衣食父母。可怜的小职员若想在这世上多活一天，就必须靠他给的工资生活。

这一刻，陈志东开始领悟到城市自杀率居高不下的原因。

大朵大朵的流云低垂地掠过这座城市。

铺着白色瓷砖的公司餐厅，淡淡的阳光透过巨大的透明玻璃窗直直地倾泻在大厅中央，人们托着杯盘来往穿行，空气里飘散着食物诱人的芳香……午餐时间，是公司里唯一让人感觉愉悦的一小时。

坐在洁白餐桌前的陈志东，木然地望着面前的一盘美食，却怎么也提不起精神，脸色苍白得就像患了严重的厌食症一般。

见此情景，公司里几个关系较好的同事都不约而同地围上来，询问原因。转眼之间，餐桌上就弥漫起战场上才有的浓烈火药味。

“自从他来到公司以后我们就再没有一天好日子过了，连老高穿的西装他也要管。其实人家也不是天天只穿一套西装，只不过商场大减价的时候觉得太划算了，所以多买一套回来而已。”

“像他那种挥金如土的富家公子会管我们死活吗？家里养头牛还要让它吃饱呢，他倒好，连个汉堡都不让人吃，害我饿着肚子忙了一上午，都快晕过去了！”

“最惨的就是志东，还要帮他找什么保姆，谁不知道今年‘保姆荒’闹得有多厉害！任谁能从家政公司挖到一个就已经够牛的了，他倒好，还要找个既漂亮，又有涵养，还会做家务的……那还是保姆吗？月亮上的嫦娥还差不多。”

“我该怎么办！”在众人的抱怨声中，陈志东突然抱住自己的脑袋，一脸绝望，“大学毕业以后，我不知发出多少简历，受了多少折磨才在这里找到一份稳定的工作。两年多来，我每天兢兢业业，生怕有一点闪失，我真的不想失业，不想被打回原形重新开始……”

沉痛的语调从一个大男人的嘴里发出来，无疑显得更加伤感，同时也深深触动着同事们的心弦。他们都停下来不再说话，空气里弥漫着悲伤的气氛。

铃——

突然之间，手机响起，众人都下意识地去看自己的口袋，一番对视之后才发现声源是从陈志东那里发出来的。心情乱作一团的他，连手指也跟着不停颤抖，手忙脚乱费了好半天的气力，才从裤袋里抽出手机。伴随着不停的刺耳的铃声，屏幕上跳动着四个醒目的荧光字体：食人魔王。

手指颤抖得更加厉害，志东一面怨恨地望着屏幕，一面又不得不按下接听键，就在接通的那一刹那，来自贺轩严厉的咒骂声钻进了他的耳朵里。

“陈志东，你死了吗？这么久才接电话。”

陈志东紧闭的嘴唇不住地颤抖着，慌张得语无伦次：“我……我……”

“我估计是流年不利才会碰到你这种助理！赶紧把车备好，叫上开发部的王经理、杜经理，营销部的刘总监，还有策划部的张经理，我要提前到码头那边的工地上去。”

“是昌海路上的新项目吗？”志东不由得犹豫了一下。

“这种无聊的问题还来问我？你应该去看日程表。”

话音未落，电话已被用力挂断，只剩下冷漠的嘟嘟声回荡在耳畔。

3

与市中心繁华的水泥森林不同，码头边的空气里，永远流淌着一股源自大海深处的气息。从小巷深处弥散开的白烟，带着潮湿的水汽，慢慢掠过已经碎裂松动的青石地面，一直延伸到海边，消失于湛蓝色的海面上。

即便是盛夏的午后，强烈的阳光灼烧着街道，白烟依旧不会消散。从天空投射下的光线穿透烟雾，在街面上投下近乎迷幻的光晕。其间可以清晰地看见一间挨一间的店铺，门前安放着被油烟熏得脱漆的圆桌和五颜六色的塑料椅——清一色的全都是餐馆，这便是这座城市最古老的美食街停留在人们记忆中永远苍白单调的形象。

余淑凤带着女儿余小秀从公车上走下来，穿过迷宫般的小巷来到这里，停在路口一块锈迹斑斑的路牌前，上面模糊不清地烙着“昌海路”三个字。

“就是这里，小秀。咱们家的新店就在这里。”余淑凤兴奋地指着前方。

余小秀轻轻皱起眉头，望向四周，看见过往的行人寥寥无几，并且都是些面容憔悴的小工人、穿着睡衣的街坊、拄着拐杖的老头，她心里不由得迟疑了一下：“把店开在这种地方真的会有生意吗？”

余淑凤露出满脸骄傲的神情：“真是好笑，想我余淑凤纵横餐饮界数十年，招待过的客人遍布全市，从警察到小偷，从经理到地痞，走到哪里不是一呼百应，响者云集？这里的房价这么便宜，运气不好想捡还捡不着呢！”

“可是，您真的把所有的积蓄全都投进来了？”余小秀的脸上掠过一丝担忧的神色。

“当然。店铺房租那么贵，根本不划算。我从经营大排档的第一天起，就发誓有朝一日攒够了钱一定要开家正式的餐馆。我累死累活了那么多年，总算盼到了这天！”余淑凤百感交集地拉过女儿的手，迫不及待地朝巷子深处走去。

真正走进这条阴湿的小巷，才发现它竟是如此狭长晦暗，踩在地面松动的青石板上，随时会溅出污水；墙角边积满黑糊糊的垃圾和污垢，散发出刺鼻的味道。更令人感到不安的是，沿街那些简陋的铺子无一例外统统紧闭大门，整条街道就像一条僵死的虫子，横躺在这座城市黑暗的角落里。

安静的空气里，母女俩都不约而同地放慢脚步，诧异地望着四周，同时心里还有一股不祥的预感。

这条巷子，安静得有些诡异了。

一阵海风吹来，路边的梧桐树在剧烈的摇动下沙沙作响，愈发使人心慌。

她们又加快脚步朝巷子深处走去，只是不知为何，之前像是踩在云端上的轻快的步履，突然变得莫名沉重，沉重得快使人喘不过气来。

风一阵阵地从海边袭来，树叶伴随着大海的潮音不停摇晃着。一道刺眼的日光透过树缝照在母女俩的眼睛上，一阵久久的刺痛过后，眼前出现一片灰的轮廓。

满地的瓦砾。

原本沿街的店面被拦腰斩断，前方不远处至巷子的尽头已经被推土机推倒了一大片。

那间刚刚买下的店面，破旧的门板像一截被台风刮倒的枯木，四分五裂地掩埋在瓦砾堆下，被油烟熏得斑驳的墙壁只剩半壁残垣，上用红色喷漆喷了巨大的“拆”字……还来不及展开的美丽未来，转眼间竟然像海市蜃楼般荡然无存。

她们呆呆地站在店门前，注视着这近乎不真实的影像，一齐抬手，用力抹了把额头，一秒、两秒、三秒……画面并没有消失，可以确定不是幻觉！

余淑凤当即便觉得身子一软，几乎无法站稳。小秀急忙扑上前，将她扶住。

往日那个泼辣能干的女老板此时已失去所有的神采，变得目光凝滞，双手僵硬，喉咙里抽噎着，想哭却怎么也哭不出声来。

美梦被卷进破碎的瓦砾堆中，方才那些沾沾自喜的得意、不着边际的幻想，转眼之间就被巨浪给抛进黑暗的水底。耳边轰鸣作响，就连迎面而来的海风也像是幸灾乐祸的嘲笑。

“就凭你们这对孤儿寡母也想在社会上混？撒泡尿照照吧，典型的克夫破财相，一辈子注定倒霉、受穷！永无出头之日！”多年前，一个男人阴阳怪气的嘲讽再次响彻在余淑凤耳边。

诅咒……应验了吗？

小秀望着妈妈失魂落魄的模样，自己的世界也跟着昏暗一片，就像是闷热的夏夜突然停电，并且不知何时才来电的那种感觉。其实，自从第一次听妈妈说要买这里的店面她就有种不祥的预感，可妈妈是出了名的倔脾气，决定的事情八头牛也拉不回来。为了避免女儿搅局，余淑凤甚至瞒着她与房东闪电签约。

若早知会是这个结局，就算耍起一哭二闹三上吊的伎俩也得阻止妈妈啊！可是如今一切都来不及了，她悔恨地叹了一声，感觉就像喉咙里塞着黄连，想吐却吐不出来。

想来想去，目前唯一能做的也只有尽力安慰妈妈。可又该如何安慰呢？记忆中，即便父母离婚那天，她的脸上也没有过丝毫的悲痛，只是冷冷地望着前夫的背影，发誓自己一定会比从前过得更好。在此以后，日夜辛苦的劳作，擦皮鞋、摆地摊……好不容易积攒到微薄的本金，又独自一人挑起大排档的生意。十几年的辛苦经营，也从未见她有过丝毫的抱怨或悔意。而今，面对墙壁上一个鲜红的“拆”字，这个在小秀眼中，全世界最坚强的女人却突然失去所有力量。想到这些，小秀张了张嘴，一句话也说不出来。

时间一分一秒地过去，母女俩像两尊冻僵的冰雕，呆呆地伫立在废墟中央。

啪—— 啪——

身后突然传来一阵嘈杂的脚步声，有人踩过断裂的青石板，使它们不断地发出哀嚎。

从恍惚间回过神来的小秀慢慢转过头，循声望去，看见巷子里不知何时多了浩浩荡荡的一群人，个个西装革履，衣着光鲜。走在最前面的一个男人身形伟岸，华贵的淡蓝色西装在阳光下闪着耀眼的光泽，飘逸的衣领随风舞动着优美的弧线。尽管由于距离太远看不清面容，但小秀却能感觉到他身上那股不可接近的骄傲气势。其余的人都众星捧月似的围绕着他，彼此间像在谈论着一些专业术语，他默默倾听，不时手指前方，也就是小秀母女俩所在的位置。

人群如潮水一般地漫了过来，越走越近，并且几乎堵住了整个街面。小秀原想扶着妈妈退到一旁，然而，就在他们将要经过身边的时候，她却意外地从中发现一个熟悉的面孔。

“志东！”她忍不住叫出声来。

这一声呼喊使捧着文件夹，正在做随行笔记的陈志东猛地停下脚步，脸色瞬间变得尴尬苍白，就连公司其他同事，包括总裁贺轩在内，都停下脚步，疑惑地望着身后这个陌生的女孩。

陈志东望了望小秀，又望了望周围的同事，尤其是上司贺轩，冷汗大颗大颗地从额头滑落。其实他早就看见小秀了，可是碍于这么多人在场，实在不好和她打招呼。如今余小秀不知好歹地打断大家的工作，天晓得会有什么灾难降临到他头上！

“陈志东，这是谁啊？”未等陈志东作出任何反应，贺轩已率先发问。

“贺总，这是我一个朋友，普通朋友。”陈志东近乎绝望地回答着。

“有什么事下班再聊啊！先把分内的事情做好。”贺轩绷着嘴唇，俊美的脸上透着浓浓的不悦。

“是，是！那是自然。”陈志东连忙应和，并转头小声地对小秀说，“对不起，小秀，我陪我们老总在这里看项目，有什么事回头再说。”

看项目？这三个字像三记铁锤重重地敲在余小秀的胸膛。

“你是说，这条街变成现在这样，是你们弄的？”她突然瞪大眼睛，失声叫嚷起来。

原本正准备继续前行的贺轩被女孩的尖叫给吓了一跳，他再度停下脚步，皱着眉头，淡淡瞥了她一眼：“这块地半年多前就被我们集团收购了，拆迁安置费也分发到各个业主手里，你还在这里大喊大叫什么？”

这句话对于余氏母女俩来说无异于五雷轰顶。

余淑凤当即便发疯似的冲到贺轩面前：“你胡说八道，我上星期才刚刚签约买下这里的房子，怎么可能拆迁，怎么可能？！”

贺轩淡淡地望着余淑凤，脸上冰冷得没有任何表情：“那是你的事。你去找卖你房子的那个人或者上公安局报警会比你在这里大吼大叫有用得多！”

余淑凤干哑的喉咙里再也发不出任何声音，没有了，一切都没有了！积攒了十几年的积蓄，那些起早贪黑用血泪换来的钞票，一瞬间全都化成了泡影。她无力地瘫坐在地下，像丢了魂魄一般。

头顶的天压得很低，云缓缓地移动着。

几棵梧桐树默默地挺立在街边，很久，一片枯叶飞旋着慢慢飘落到她的头顶，如同这个女人的心一样散落在地上。

4

排档街的后面是一条潮湿肮脏的弄堂，常年堆积着无人清理的垃圾，还有几幢低矮的红砖楼，多年风雨的侵蚀使它的外墙严重剥落，露出灰白的水泥。一到晚上，整条弄堂连一盏路灯也没有，远远望去，只能看到一片猥琐而邋遢的阴影。但今晚却与往常有些不同，三楼的一个小窗户通宵亮着灯火，尽管它闪闪烁烁地颤动着，仿佛随时都要熄灭似的。

陈旧狭窄的卧室，空气里弥漫着浓浓的尘埃和霉味。余淑凤躺在床上，额头上的冰袋也无法压住她的怒火。

“我一定要把那个坏蛋抓回来，我要让他坐牢！在监狱里哭够他的下半生！”

话音刚落，楼下就传来一声碎玻璃的声音，夹杂着粗俗的叫骂，疯婆子，都几点了，还让不让人睡觉了！

“妈，您就冷静一点吧。”女儿小秀捧着一碗热腾腾的莲子汤推门进来，将汤碗放在床前，赶忙走到窗边将窗户关上。

“还不都是因为你！死丫头成天窝在家里也不出去工作，老娘实在没有办法，为了将来的打算才会去买那间店面。现在什么都没有了，卖房子的骗子也跑了！我这辈子算完了。”余淑凤歇斯底里地吼着。

“我知道是我不好，可事情也没有您说的那么严重，咱们不是都已经到公安局报案了吗？警察说了会立案调查的。”此刻小秀心里也是满腹委屈，可是面对情绪失控的母亲，也只能软言宽慰。

“调查？等那帮吃闲饭的废物调查出来，我都已经两腿一伸闭眼了！”余淑凤瞪着她的眼睛里充满怒火。

“您就算气糊涂了也不能这么咒自己啊！大不了咱们再回来做大排档，就当重新开始。您先消消火，喝碗莲子汤。”小秀一边说着，一边从汤碗里舀出一勺汤，轻轻吹了吹，放到妈妈嘴边。

“不喝！”余淑凤毫不领情地一把推开，“你说得倒轻巧，重新开排档，你知不知道我把所有的家当全都投到新店面里去了。大排档的租金只到这个月，下次再交得凑足一季的。这么短的时间，咱们哪来这么多钱？除此之外，还有大厨和伙计的工钱，你以为你妈是开银行的啊！”

“不是还没到月底吗？天无绝人之路，明天一早我就出去找工作……”余小秀的耳朵都快被震耳欲聋的叫骂声给刺穿了，却还要强忍着装出一副不以为然的模样。

“就凭你？中专文凭！考个空姐也考不上，现在还胖成这样，能找到什么工作？有什么公司会收你？”余凤淑不屑地哼了一声。

“我之前没有出去找工作是为了留在大排档帮您的忙，您不领情也就算了，现在我打算出去工作了，您又一个劲儿地泼冷水，我到底要怎样做才能让您满意啊？”小秀无可奈何地望着余淑凤。

“我现在心情很糟糕，说你两句又算得了什么？不耐烦就给我滚，我一个人静静地待着。”余淑凤说完，用力掷出一个枕头甩在女儿脸上，尔后又连声怒骂，将她轰出房间。

无可奈何的小秀拖着沮丧的心情回到自己的卧室，就在关上房门的那一刻，整个人突然失去力量，一屁股跌坐在地上，并发出不为人知的一声叹息。

漆黑的房间里，她始终没去按电灯开关，今天所发生的一切比眼前的黑暗更加可怕，简直就像被人扔进几万米下的深海……上帝、圣母、真神阿拉！你们究竟还要降下多少灾难给我才算过瘾？这不是电玩里的闯关游戏啊！一个月内连遭两次重大变故的小秀对着天花板发出了无声的呐喊。

可惜，冥冥中并没有哪位神明跳出来表示对这场灾难负责。小秀在冰冷的地板上呆坐了很久，等到疲惫的双腿恢复了一些气力，她才光着脚，一步步艰难地挪到窗台边，推开旧绿漆木窗……远处凌晨的排档街上依然欢笑不断，窗台下却是空荡荡的弄堂，一堵墙像是分隔了两个迥异的世界。

她微微眯起眼睛，脸上露出茫然却又坚韧的神情。

过了很久，她长长地呼出一口气，还是找点食物来安慰一下自己吧，锅里好像还剩着点莲子汤。

她正要转身去厨房，电话铃声却突然响起，在寂静的午夜里显得尤为诡异。

紧接着，隔壁房间里余淑凤的叫骂声也跟着传来。小秀赶紧冲到客厅，从桌边提起话筒，剧烈的喘息中，耳边响起一个因为激动颤抖而破音的女声，是她的同学兼死党尚媛。与倒霉的余小秀不同，这位在学校里有着“0.618”黄金分割比例的美女刚刚通过航空公司的考核，三个月后即将换上优雅的空姐制服，翱翔于蓝天之上。

“小秀，我在真爱酒吧，你快来！”她在电话那端喊着。

“别疯了，也不看看现在都几点了。虽然你现在春风得意，可也不用这么气我。”小秀的声音像泡在醋缸里发出的。

“不是，我看见你男朋友李方了！”尚媛的声音几乎快被四周重金属的音乐所淹没，可“李方”这两个字，还是顺利抵达小秀的心脏。

自从学校的毕业典礼过后，他们已经半个多月没有见面了。李方就像蒸发在空气里一样，没有半点音讯。期间小秀曾不时打电话给他，但听到的，总是冷冰冰的声讯留言。没想到，他竟在这样的深夜，在混乱的酒吧被尚媛碰到。想到这里，一股不祥的预感笼罩在她的头顶，脸也随之紧张地僵住了。

“他跟一个女人在一起，搂搂抱抱的可亲热了！你要再不来，他们说不定就要去宾馆了。”尔后，尚媛的话证实了小秀心中的猜测。

眼前突然一片黑暗，仿佛跌落进寒冷的冰窟，没有光亮，沉寂如死。

“我……我马上来！”小秀咬住嘴唇，慌乱的眼神随之抛向窗外的夜空，消失在无边无际的黑暗里。

一个小时以后，在尚媛的指引下，小秀在酒吧粗俗的音乐和昏暗的灯光中找到了那个熟悉的身影。尽管妖冶闪动的光线把这个影子掩藏得近乎透明，她还是一眼就认出了他。他此刻正和一个漂亮的女生坐在吧台前悠闲地喝着鸡尾酒。

空气几乎凝固住了，她怔怔地望着那个背影，脸色苍白如纸，脑海深处的血液却轰然一声炸开。

一分钟后，吧台边传来一声惨叫，正享受着狂热爱情的李方，突然被一大桶冰块迎头洒下。他被冰得直打寒战，当场从座上跳起，惊得四周的客人纷纷注目。

谁知刚转过头，又被小秀抛来的冰桶迎面击中，痛得几乎晕厥过去。

“这就是你带给我的痛苦，现在统统还给你！”

“你这是干什么，疯了吗？”他望着突然出现的小秀，暴跳如雷。

“这是我应该问你的话！你又在干什么？放假以后就再也不来一个电话，整天关机，短信也不回，现在又在这里泡妞，你是怎么当人家男朋友的？”

“笨女人，简直比猪还笨！男人不接你电话，意思就是要和你分手了。这都不懂，非要人家当场给你难堪才可以吗？”李方一手抹去满头碎冰，咬牙切齿地说。

“你……你还真的要和我分手？”

“是，如果你真的听不懂，我现在就在这里明明白白地告诉你，我要和你分手！”他大声地喊着，全然不顾四周围观的人群。

“为什么？”

“没有为什么，没有感情了。”他的厌恶之情溢于言表，似乎连话都不愿多讲。

“不可能，总有一个理由，不然，我不会同意。”

“你这个女人，真是无可救药。我已经尽可能给你留面子了，你还非逼着我说出来。那我就明白告诉你好了，从你在航空公司的复试中被刷下来，流着眼泪扑到我怀里，并把鼻涕抹在我衬衣上的那一刻，我就认定你的人生已经完蛋了！很早之前我就告诉过你，我理想中的女朋友是脚踩在云端上的空姐，而不是又矮又丑的肥婆！”

“啪——”话还没有说完，一记耳光已经重重地打在他的脸上。四周的空气像是也迸出了火星，李方身边的女孩顿时惊恐地瞪大双眼，躲到他的身后，生怕灾祸会殃及自身。

“你……你还敢打我？好！这样咱们可就谁都不欠谁的了，从今往后你也别再来烦我。像你这种野蛮粗暴又穷又丑的女人，一辈子也不会有男人要你！活该当个老处女。”李方捂着红肿的脸，用力说完便拉过身后女孩的手，头也不回地甩身离开。

小秀的身边只剩下四周看客的流言蜚语，那些难听的话传进耳朵里，就像是浓痰一口口吐在她的心上。

一直站在她身后的尚媛，连忙冲上来，将她紧紧抱着，扶回自己的座位。

深不可测的黑暗里，只有酒吧中央的舞台是闪亮的，乐队强劲的音乐持续回荡在空气里，一波波撞击着心脏，人们在舞池里尽情扭动腰肢，狂热的兴致并没有因为一场闹剧而受到丝毫影响。

坐在角落的小秀已经连续喝了许多酒，脸色发烫，眼神也变得恍恍惚惚，她趴在桌子上，有一句没一句地对尚媛说：“0.618，你……你知道吗？每个人都喜欢自欺，尤其是我。从很小的时候，我爸妈离婚的那天……从空姐面试失败的那天……甚至是男朋友离开我的今天……我都对自己说，这不过是今天的不幸罢了，但明天会发生什么，谁也不知道。也因为这样，每晚临睡前，我的脸上还能挂着微笑。可是，事实上，我的生命里好像只有‘今天’！该死的，就跟这个鬼地方一样糟糕……”

“别这样，小秀，想开点，像李方那种人不值得你为他难过。”尚媛忧心忡忡地劝着。

“我不是为他难过，我是为我自己。我的人生就像酱菜店的抹布一样尝尽心酸……不像你，你有黄金分割的身材，令人羡慕的工作，大把大把的追求者。可是我什么都没有，连一个简简单单陪着我的男人都找不到。”小秀一边说着，一边又端起酒瓶咕咚灌下，转眼之间，一大瓶啤酒又被喝个精光。

此时恰巧有个侍应生从座位旁经过，她像溺水者抓着稻草那样一把抓住他的衣角，口齿含糊地要求再来一瓶酒。

见此情景，尚媛急忙从座位上站起来，拼命扯开她的手臂：“小秀，你醉成这样，不能再喝了！而且我的钱包已经空了，能付钱的朋友也都走了……”

“马上将要成为空姐的人也这么吝啬啊？别忘了，是你把我叫出来的。”小秀抹了抹嘴边的酒花，醉眼蒙眬地望着她。

尚媛后悔莫及地皱着眉头：“我要知道事情会发展成这样，死也不会让你过来。马上就天亮了，我送你回家吧！”

“不！我不回去，我还没有喝够呢！”小秀拼死抵抗着。

尚媛被逼无奈使出杀手锏：“你要不回家，我可打电话给你妈啦！”

果然，小秀被吓得当即便愣住，脸上透出掩藏不住的惊恐。

“听话，回家好好睡一觉，起来就什么事都没有了。”尚媛说着，使出全身力量将她的胳膊架到自己肩膀上，朝酒吧大门走去。

小秀像个任性的孩子似的被她拖曳着往前走，借着酒劲，挥动双臂一路大喊着："妈的，就把明天当成是世界末日吧，反正大家都是要死的！"

5

脑子里一片空白，只是觉得身体在不断下沉，耳边是呼啸风声。

重新睁开眼睛的时候，窗外已是天光大亮，阳光透过麻布窗帘倾泻在房间的地板上。被酒精麻痹的大脑依旧有些昏沉，她费了很大气力才从床上挣扎着爬起来。

也就在那一瞬间，小秀看见坐在床边一脸阴郁的母亲。

她本能地尖叫一声，心脏都像脱落了一般。

余淑凤也没有辜负这声惨叫，随即拿起早就准备好的扫把，一下下用力打在她的身上："臭丫头，还敢喝酒！还敢夜不归宿！不是说今天一大早就要出去找工作吗？难道是去酒吧找工作啊？真是丢脸，我快被你气死了！"

余小秀一边挣扎一边解释："不是这样的，妈。我有苦衷……我以后再也不敢了！"

……

谁知越是解释，余淑凤打得就越发起劲，房间里不断响起各种杂物摔在地上碎裂的声音。暴风骤雨一直持续到午后，余淑凤实在累得打不动了，这才丢下扫把，坐在床边呼呼地喘着气。

小秀也披头散发地横躺在一旁，绷紧神经，警惕地盯着她的脸，狭小的房间一时笼罩在沉默里。

很久，余淑凤铁青着脸走出房间，几分钟后又带着一瓶红花油回来，扔在床上："擦擦吧，擦完就跟我出门。"

"去哪儿啊？"小秀捂着仍在剧烈跳动的心脏，怯懦地问。

余淑凤没好气地瞪了她一眼："去那家推倒我房子的房地产公

司。房产骗局发生在他们的地盘上，作为开发商，难道就没有一点责任吗？我一定要他们给个说法。”

和风地产隶属于贺氏集团，坐落于市中心最繁华的商业区，是这座城市地标性的建筑。余氏母女俩从前只在电视或是一千米以外的人群里瞻仰过它的风姿，却从未真正踏入其中。今天，她们怀着复杂的心情来到这里，远远的就看见那幢气势辉煌的大厦在阳光下闪着金光，走到近前，才发现楼宇下还有一片宽阔的广场。繁花绽放的花圃围绕着巨大的音乐喷泉，喷泉中央有一尊希腊女神雕塑。四周水柱如轻纱薄雾般在风中漫舞，空气里飘荡着清新的水汽与花香。

能够在如此昂贵的黄金地段拥有这样奢侈的产业，恐怕也非实力雄厚的贺氏莫属。

登上笔直宽阔的台阶，进入旋转玻璃大门，母女俩就像穿越时空来到另一个世界那样。小心翼翼地踏在地面上，脚下大块瓷砖所拼接成的壮观图案让人感觉到整栋楼的雍容气度。阳光透过明亮的玻璃窗洒进来，将眼前的天地映得金碧辉煌。

她们在大厅里转了很久，直至晕头转向、汗流浃背才在指示牌上找到和风地产的入口。之后登上专属电梯，好不容易进入接待厅，在总台说明来意后，客服部一名穿着高级套装、面容端庄文雅的女职员接待了她们。

坐在这种地方，喝着冰水，吹着空调，余淑凤满腔的火气也被压了下来，原本悉心准备的台词全都没有用上，只是默默等待着处理结果。

那名女职员来往于不同的办公室询问了几名同事，又往各处打了几通电话，之后捧着一个文件夹来到余淑凤母女俩面前，露出职业化的微笑：“对不起，太太。关于您所说的那处房产，公司与业主之间是交割得非常清楚的，因此作为第三方的您，与本公司之间是不存在任何利益冲突的。尽管对于您的不幸我们深表同情，但从实际出发，建议您还是与正规的法律机构联系解决这个问题比较稳妥。”

“你说什么？”听到这样的结果，余淑凤当即不满地从椅子上弹坐而起，“我和那王八蛋签合同的时候，这块地已经划到你们手上，怎么就一点冲突没有？！如果不是你们，我现在早就可以开张做生意了。”

“太太，请您冷静一点。很显然这件事是那个拆迁户恶意布下的骗局，在收到安置费的同时又把店面转卖给其他人。如果您真的想追回自己的损失，最好的办法是尽量配合公安机关破案，我们公司愿意提供力所能及的协助。”女职员耐着性子劝慰着，但脸上的笑容已经消失了。

“你以为凭这两句场面话就能把我打发了？也不去排档街打听打听，我余淑凤是不是这么好欺侮的！像你们这种狗头公司，成天只知道买地卖地、哄抬房价，真正发生在你们地盘上的麻烦却撇得一干二净！你以为一个女人辛辛苦苦十几年攒钱买间店面是很容易的事吗？我一辈子的心血全在这里，一夜之间说没有就没有了，换做是你，你会善罢甘休吗？”余淑凤用力拍着桌子，手腕上的青筋全都暴了出来。

“我能理解您的苦衷，可是这件事的责任的确不在我们公司，您冲我吼也没用。”女职员面无表情地摆摆手。

“冲你吼没用，那你把你们领导叫出来，我要见你们领导！”余淑凤的身子绷得紧紧的，丝毫没有妥协的意思。

“我们老总现在正在开会，没有时间见您，您还是请回吧。”女职员随便找了个搪塞的借口。

“哼！你们这些公司的老总，没事的时候吃喝嫖赌干劲十足，出事了就变成缩头乌龟躲在办公室里开会。没有关系，他在开会我可以等，等到他出来为止！”余淑凤显露出身为大排档女老板的劲头。

“您如果再这样无理取闹下去，我只能采取不礼貌的措施了。”女职员的嗓音猛然提高一个八度。

“怎么，你还想在这跟我单挑不成？”余淑凤不屑地冷笑了一声。

女职员被气得脸色苍白，一把抓起电话，飞快按下一串号码，之后用手掩着嘴，小声地说：“这里是客服部，让保安过来一下。”

不出两分钟，四名身穿制服的彪形大汉便整齐地出现在余淑凤的身后，她刚一转身，几个人便扑上来按住她的胳膊，一个劲儿地把她往门外拖。余淑凤拼命挣扎，双手扫过身边的办公桌，随即便传来杯子、电话摔在地上爆裂的声音。原本堆放在桌角整齐的文件也像雪片一般纷纷飞扬，办公室里变得狼狈不堪。几名保安见状，更加用力地拉扯着她，加速朝大门挪去。余淑凤的手臂被扯得生疼，眼睛里冒出火花，嘴里的叫骂声更加狠毒刺耳，头发也乱糟糟地披散开来，可再怎么抵抗，也始终抵抗不过四个训练有素的壮汉。

眼见着她即将狼狈地消失在玻璃门的尽头，站在办公桌前的女职员露出一抹冷酷的笑容。

办公室里的其他同事则闻讯而至，三三两两地凑在一起看着热闹，原本井然有序的公司，一时间像脱离了轨道似的，成了嘈杂的市场。

正在此时，一个惊雷般的声音突然响起。

住手！

在场所有的人都被吓了一跳，余凤淑也跟着扭过头，看见余小秀铁青着脸，颤抖着站在办公室中央。

尔后，她气势汹汹地冲上来，用全身力量推开两边的保安：“你们在干什么，怎么能这样对待一个女人！”

几个粗壮的保安一时之间也不知该回答些什么。

小秀又回过头，瞪着接待她们的那个女职员：“也许我妈的情绪是激动了一点，可是她毕竟是受害者，身为客服人员，首先应该做到的难道不是站在对方的立场思考问题吗？这么两句口角就叫保安，你身为一家大公司员工的素养又在哪里？”

短短几句话，已将对方说得哑口无言。尔后，她拉过母亲的手，头也不回地走出客服部的大门。

母女俩一路推搡着，曲曲折折地来到电梯旁，余淑凤终于用力甩开小秀的手臂，并在她的手上留下鲜红的抓痕，尖利的声音在空气中回荡："没出息的东西，你干吗拖我出来？"

小秀的眼睛里隐藏着沉痛的微光："我不把你拖出来，难道要等着你被他们扔出来吗？妈，您冷静一点吧，咱们势单力薄，根本不是人家的对手。"

余淑凤丝毫不顾忌地粗声怒吼："那又怎样，就算把命豁出去，老娘也要争这口气！"

小秀立即激烈反驳道："这是什么傻话，只是一间店面没了，至于把命也搭上吗？这么多年以来，我们吃了那么多的苦，不是一样活到今天。生活本来就是这样，不断地有磨难，不断地有意外，没有谁会一辈子春风得意，也没有谁会永远倒霉。当初没有那间店面的时候，我们不是也一样开开心心地在做大排档，为什么现在就不行呢？只要有坚持下去的决心，将来一定能再开一间更好的店。"

听完女儿的话，余淑凤不由得怔了一下，像是品味到其中某些涵义，可没多久，她又突然回过神来，恢复一贯泼辣的气焰："总之我不会就这样算了的，至少要好好教训一下那个女人！否则我就不是余淑凤。"

说罢，她绕过电梯，头也不回地朝楼梯口迈去。

那天晚上，母女俩在尴尬而沉闷的气氛中度过了一个不眠之夜。

第二天早晨，小秀起床后，揉着黑眼圈刚走出房门，就见余淑凤定定地坐在沙发上，说自己胃口不好，让她出门到"福荣斋"买豆腐脑。"福荣斋"是这座城市最有名的小吃店，在阳光明媚的清晨来碗他们家的豆腐脑——啧！那可真是一种享受啊！然而说到路程就恰恰相反，不仅不是享受，还是城市间的"万里长征"。从排档街到那，前后至少要转两三趟车。若不出意外，则还需要在店门口排起长龙。以这样的代价换取一碗豆腐脑，并不是生活简朴的余淑凤的行事作风。

起初，小秀还想劝劝老妈，毕竟卖豆腐脑的小摊邻街就有，但一想到她最近的心情，犹豫半天还是没敢张口，只得接过零钱，乖乖出门。

夏季的清晨已是热气逼人，公交车内更是挤得密不透风，四周散发着各路人马贡献出的浓浓的体味和汗味，以及令人心烦意乱的噪音。小秀往返于大半个城市，历经百转千回，好不容易才捧回一份散发着清香的豆腐脑。谁知回到家后推门而入，屋子里空荡荡的，余淑凤早已不见踪影……她这才恍然大悟，所谓“福荣斋”豆腐脑不过是个幌子，妈妈真正的目的是要远远地支开她！

一瞬间，耳畔又回荡起妈妈昨天在和风公司说过的那些话，一股不祥的预感狠狠地撞击着她的心脏。慌乱中，热腾腾的豆腐脑也失手跌落在地，化成满地豆渣。她顾不得这些，甩开步子夺门而出。

以妈妈的性格，真不知道会做出什么惊天动地的事情！小秀的脑海里此刻警笛长鸣，吵得她头晕目眩，以至于连钱包也没看就径直上了一辆出租车，朝着和风公司飞驰而去。

一路上，她不停地催促司机加速。

“大叔，求你快点……快点……再快点啊！”

“小姑娘，我这是桑塔纳2000，不是波音757，要想再快你坐飞机去！”司机大叔满头大汗地抱怨着。车窗外，街道两旁的建筑刷刷地向后倒退。

大约二十分钟以后，随着一阵尖锐的刹车声，出租车终于在那幢金碧辉煌的大厦前停了下来。与此同时，车门被用力推开，满头大汗的余小秀几乎是连滚带爬地从后座下来。还来不及喘口气，她便以百米冲刺的速度朝和风大厦奔去，所到之处，沿途的路人纷纷侧目。

正值上班时间，贺氏集团大厦附近车辆交错，人潮涌动，小秀焦急地在人群里搜寻着母亲的身影。

千万千万不要做傻事啊！小秀心里有一面巨鼓不停地擂动着。

头顶灼热的阳光像火山喷发的岩浆一样滚在身上，小秀觉得头脑，乃至全身几乎都要虚脱了。

用力揉了揉布满血丝的眼睛，在短暂的昏盲过后，一个熟悉的身影冷不防跃入眼帘——一个身形微胖的中年妇女，穿着扎眼的花衬衣和土灰色松松垮垮的像睡裤一样的长裤，手里拿着一个旧矿泉水瓶，里面装着浑浊的黄色液体，正站在大厦前的台阶上左顾右盼，像是在翘首等待着什么人。毫无疑问，这人正是余淑凤。

至少噩梦还没有发生，小秀觉得心里的一块大石头暂时落地了。

她憋足一口气，三步并作两步冲上前，由身后猛地拉住余淑凤的手，并唤了一声“妈”。

响彻耳畔的声音把余淑凤吓了一跳，连忙回头去看，却发现女儿小秀从天而降似的出现在眼前，不由得一脸错愕：“你怎么知道我在这？”

“如果连这都不知道，我还能算您的女儿吗？”小秀的脸庞虽然眉头紧锁，唇角却也掠过一丝庆幸的笑容。

“滚！不要碍我的事。”余淑凤粗鲁地将她推开。

“你准备做什么？手上拿的又是什么东西？”小秀直直地盯着妈妈手里那个怪异的黄瓶子。

“你少管我，这是我要对付那个女人的。”这是余淑凤不眠不休想了一整夜才策划出的报复昨天那个客服部女职员的办法，她像护雏的母鸡一样牢牢护着它。

“我绝对不会让您在这里丢人现眼！”小秀使出全身气力扳过妈妈的手。

母女俩互相怒视着，谁也不愿退让，甚至当众争抢起来。余淑凤被气得瑟瑟发抖，嘴里一边叫骂，一边胡乱挥舞着手臂。四周经过的人不知道发生了什么事，都停下脚步，三三两两地站在那里看着热闹。

与此同时，大厦的台阶下，一辆保时捷在发动机低沉的轰鸣声中停在广场中央，车门打开，从里面走下一个穿着黑色西装，身材修长的男人。他有着高挺的鼻梁，饱满的嘴唇，幽黑的瞳仁犹如耀眼的星辰，浑身透露着雍容沉稳的气质——是前来总公司开会的贺轩。

车门关上的那一刹那，手机紧跟着响起，贺轩从容地接起，停顿一会儿，喉咙里发出淡定的声音：“是的，董事长，我已经到了……”

他一边说着话，一边迈开稳健的步子踏上台阶，朝大厦正门走去，丝毫没有注意周围发生的一切。

宽阔的台阶一级级消失于脚下，就在旋转的玻璃大门出现在眼前的同时，耳边也响起一连串尖利的叫声。

他不由得皱起眉，抬头寻找声音的来源。在全市最高级的写字楼，出现这种粗俗的吵闹之声是不可以原谅的！

也就在这个时候，一道黑影划破头顶的天空，以箭一般的速度朝他迎面飞来……紧接着，在完全茫然的情况下，一个像从垃圾堆里飞出的脏兮兮的瓶子，炸弹似的碎裂在脚边，瓶子里喷射出来的液体飞溅在他身上那套昂贵的意大利手工西服上……

散发着恶臭的，不知名的液体……

贺轩僵硬地站在台阶上，脸色一阵青一阵白，手机也失手摔在地上。

余小秀和余淑凤随后赶来，望着眼前发生的一幕，同样错愕不已。

彼此对视的目光中，弥漫着一股尴尬且危险的气氛。

好半天，贺轩低下头，望着身上污迹斑斑的衣服，颤抖的手指一根根地绷紧，突然火冒三丈地吼出两个字：保安！

6

余氏母女就这样被一群保安押送犯人似的带进大厦内一间像是会客厅的地方。

这间华贵宽敞的厅堂向走进这扇大门的每个人暗示着贺氏企业

的实力。头顶是光芒璀璨的巨型水晶灯，脚下铺着复古的米色羊绒毯，墙边还有精心雕饰的壁炉，炉边是一组华美的法式布艺沙发，空气里飘荡着清淡的香气。

母女俩从未到过这般奢华的地方，环顾四周，惊讶得一句话也说不出来。不知过了多久，耳边响起一阵脚步声，循声望去，被她们误伤的那个男人已出现在门口。此时他已换了一套干净整齐的衣服，但脸上的表情还定格在刚才那一瞬间，那眼神就像利爪，恨不得把面前这两个怡然自得的人撕成碎片。

“如果你们不能合理地解释今天所做的行为，我保证会让你们吃不了兜着走。”

凶狠的语调中，小秀怔怔地望着说话的这个男人，他穿得人模狗样的，口气却像黑社会老大。而且这声音如此熟悉，像在哪里听过，可自己那片盐碱地里何曾出现过这号人物呢！

就在她思绪乱飞的时候，余淑凤已经洋洋洒洒摊开一大篇的话，将昨天发生在客服部的事情，以添油加醋的方式娓娓道出。

“我一辈子的血汗钱全砸在你们公司这块地上，不管是谁的责任，总有权弄个清楚吧！可是你们客服部的小姐不仅没有半点同情，还落井下石，做出这种污辱人格的事情。如果不是因为她，今天所有的一切根本不会发生！”她以这句话作为结束陈词。

听完余淑凤的话，贺轩脸上露出一抹不易察觉的愧色，并不是他觉得面前这个粗鲁的中年妇女多么值得同情，而是客服部的行为摧毁了和风地产一贯宣扬的以人为本的形象。今天在大厦门前所发生的这件事若是被什么小报或是竞争对手抓住苗头，彻底调查，难免不会掀起一番无端的风浪。想到这里，他气愤难平，立即让人唤来事件的当事人和部门经理。

从名义上来说，贺轩担任的是贺氏旗下策划公司的总经理，与和风地产并无半点瓜葛，但是作为贺氏集团唯一的继承人，他的命令比公司里任何中高层的领导都更有效。没过多久，那个客服部的女职员和她的顶头上司便一道战战兢兢地出现在他的面前。

一番对质，那名女职员也不得不承认昨天的确对余淑凤做出不敬的行为。

这下，贺轩那压抑许久的可怕的小宇宙终于在一瞬间爆发，将所有的怨恨、委屈一股脑地倾泻到她头上，仿佛那瓶恶心的臭水是她泼出的一样。

可怜的女职员一方面要忍受着精神上的凌迟，一方面还要保证久经减肥药摧残的身体不会在关键时刻倒下，那样一来，自己肯定会像旧社会屈打成招的冤妇一样被当众拖出公司。可俗话说是福不是祸，是祸躲不过，纵然她想学泰山顶上一棵松，八千里风暴吹不倒，但在一旁察言观色的客服部经理却决定把松树砍下当成向上攀爬的云梯。他借着贺轩骂累了，中场休息的机会闪亮登场，大义凛然地要求辞退这个倒霉的女人。

不知民间疾苦的贺少爷想也没想就同意了，对他而言，这和丢弃一个空可乐罐没有任何区别！

望着女职员满脸悔恨的泪水，奔忙了一个早晨的余淑凤情不自禁露出胜利的笑容，心里更是幸灾乐祸。

小秀默默注视着面前这四个人，心里被一种不知是无奈还是感伤的情绪笼罩着。妈妈固然是出了一口恶气，可被骗的钱不会长出翅膀飞回她的口袋，昌海路上的那堆废墟也不可能一夜复原，说白了自己什么利益也没得到，还连累人家丢了一份工作。刚刚被航空公司拒之门外的她很了解这种被编入失业大军的感觉，那简直就像被整个世界抛弃了一样。

想到这里，她默默转头瞥了那名女职员一眼，却发现她也正低着头，恶狠狠地瞪着她和妈妈，眼神如同钢钉一般。

与此同时，贺轩大手一挥，命令所有人离开会客室。

众人刚要转身朝大门走去，却见小秀反向地朝前迈一步，站到贺轩面前，眼中浮起一抹倔犟的光芒：“请您重新考虑刚刚作出的决定。

只不过因为几句口角就砸了一个人的饭碗，是不是严重了点？”

贺轩微微抬起脸，眼光从下到上扫过这个突然杀出的“程咬金”：没有品牌标志的旧球鞋、裤脚脱线的咖啡色休闲裤、面料粗糙的红衬衫……看到这里他便停住了，没再往上看她的脸。

“我是在帮你们，你知不知道？”他厌恶地说。

“我知道，也很感谢。但这样做只会再增加一个无谓的受害者，对于我们而言没有任何实际利益。”小秀沉着地说。

“那你想怎样？让我出头替你们挽回全部损失，最好再把你们因为头脑进水被骗的店铺割让出来，重新填上你们的名字？”小市民的贪得无厌让贺轩极为藐视。

“我猜这位先生从小到大一定锦衣玉食没尝过一点挫折吧？”小秀理直气壮地作出反击，“我们想挽回店铺是再正常不过的心理！因为我们和你不同，你掌控着这么大一家地产公司，随便失去一家店铺都只是九牛一毛，可对于我们这种平民百姓而言那却是一辈子的心血。每一寸地、每一块砖都是我们用血用汗换来的。刚刚被你辞退的这位小姐也是一样，努力念了那么多年的书，所希望的也不过是谋份好工作开开心心地生活。如今因为一次失误就被赶出公司，等于是退回起点，重新开始。这种被推入深渊的感觉，你怎么可能理解？”

听完小秀这番慷慨陈词，贺轩眼中掠过一抹意外的神色，正如从小到大他不曾受到任何挫折一样，除了身为董事长的父亲，也从来没有人敢这样跟他讲话。就性格而言，他很想立即叫来保安把她拖出自己的视线，但转念一想，这么一来，自己的行为与那个女职员相比没有任何分别。而且细细回味，这丫头的言辞虽然直白，却并非没有道理，就这样毁掉一个女人的饭碗也许是残忍了些。

正在寻思之间，小秀又继续开炮道：“你知道一个失业的女孩想在社会上立足有多难吗？没有经济收入，十几块钱的地摊货摆在面前也成了香奈儿，出门坐趟公车都要精打细算，而且无论走到哪里都会遭人白眼，没有人承认你、也没有人看得起你，至于过去曾有的梦想，也都成了街头巷尾的笑话……如果这样的遭遇换到你身上，你又将作何感想？”

听她一口气又说了这么多，贺轩倒觉得挺新奇，原来失业者的生活竟是这样的啊！虽然这种事情不可能发生在自己身上，但确实值得同情。更何况多一个或少一个员工对他、对整个贺氏集团而言都无足轻重，既然如此，也就网开一面，当成做件善事吧。

于是，他慢慢抬起头对客服部主管说：“那就把你的下属退回培训部重新培训评估，然后根据实际情况换个部门试用。”

“是，是！”主管弯下腰，连声答应。

眼看事情解决了，小秀走到妈妈身边，催促她尽快离开。这种地方，多待一分钟也会让人胸闷气短。

谁知余淑凤心有不甘，一把推开她，心怀顾忌却又充满希望地望着贺轩：“虽然不知道你究竟是谁，但想必一定是公司里的大人物吧？”

贺轩皱起眉，疑惑地等着她接下来的话。

“你既然这么菩萨心肠地把工作还给她……”余淑凤似笑非笑地指着客服部的女职员，“那么，是不是也应该帮我们一个忙？”

“你究竟想说什么？”贺轩已经露出非常不耐烦的神色。

“给我女儿一份工作！”余淑凤一字一句地说。

“什么？”贺轩简直有点不敢相信自己的耳朵，这母女俩简直排着队得寸进尺！

“现在我的店没有了，没有任何收入来源，如果我的女儿还没有工作的话，我们全家只能饿死。所以，请你给她一份工作，不然……我不能保证像今天这样的事情不出现第二次！”余淑凤壮着胆子威胁着。

贺轩的脸色顿时阴沉下来。

“难道我不是已经做了我所能做的一切吗？”他强忍着怒火。

“我是以一个当妈的名义恳求你。我就这么一个女儿，她从小没有爸爸，吃了很多苦，但是一直非常懂事。如果我的店还在的话，完全可以把她留在身边，至少吃穿不愁。可是现在我什么都没有了，只剩下她……你知道一个母亲为了孩子什么事都可以做得出来！”

站在一旁的小秀听见妈妈说出这番话，恨不得找个地缝钻下去。在陌生人面前说这些事，简直太丢脸了。

没想到，贺轩紧绷的脸庞却没有持续恶化下去，反而转头瞟了小秀一眼，又静静想了一会儿，这才说：“我没看过她的简历，不知道她能做些什么。”

“你想要我随时让她送来。她什么都可以做，哪怕看门、扫厕所，只要能糊口就行！”余淑凤激动地说。

她这副模样和所说的话让贺轩觉得可笑，他停顿了一下，之后以惯用的职业口吻说：“关于这件事，并不是我一个人就可以做决定的，需要时间考虑。”

“那我等你消息。”余淑凤说完，从随身手提包里拿出一张余记大排档的叫餐卡，放在沙发边的茶几上，“这上面有我的电话。”

之后，她一反常态很有礼貌地冲贺轩行了个礼，这才拉起女儿的手转身迈出大门。

傍晚时分，红霞满天，一辆豪华的加长林肯缓缓驶进市中心一条闹中取静的街道。这里依次错落着全城最尊贵的别墅群，处处洋溢着浓郁的异国风情，其中一幢红色尖顶的洋房前，大片的郁金香竞相盛放，闪耀着太阳一般的金光。

那辆林肯安静地在院门前停下，司机匆忙下车拉开后座的车门，贺轩优雅地从车上走下，轻轻整了整西装，径直朝大门走去。

走到门口，刚要伸手按门铃，不想门却提前一步自己打开，一位贵妇的面容出现在门后。

她穿着全套粉紫色Chanel套装，一头酒红色的波浪卷发优雅地垂在肩上，配上饱满圆润的珍珠项链和钻石耳钉，恰到好处。她脸上的妆容也很淡，没有大多数中年女人的浓墨重彩，却仍然看不见什么皱纹，皮肤白皙明亮，眼眸宛若明珠。时间的流逝不仅没有增添她的沧桑，反而使她更显出女性独有的韵味。

贺轩一见到她便露出孩童般单纯的笑容。

此时一阵微风拂过，空气中弥散开一阵植物的清香，贺轩转过头，看见房前花园里，大片鲜艳的花朵竞相开放，蝴蝶在花丛间悠然起舞。他忍不住踏过草地，用手捧住一朵馥郁的郁金香，深深呼吸一口，尔后小心翼翼地摘下，奉到那位女士的面前："时间匆忙，没带礼物，我这就算作借花献佛吧，亲爱的妈妈。"

对此，贺轩的母亲显得十分欣喜，却没有接过那朵花，而是笑着拉过儿子的手，返身来到客厅，指着坐在沙发上一个的女孩说："这花儿应该送给她！"

贺轩顺着她手指的方向望去，看见一个穿着真丝绣花长裙，从头到脚打扮得十分精致的年轻女孩正在和父亲愉快地闲谈。他先是感到一阵诧异，尔后立即明白发生了什么。

"想不到派董事长的专车接我过来，就是为了这个。"他的语调很轻，却饱含着轻蔑。

此时，贺董事长也从宽敞的组合沙发间站了起来，冲着儿子挥手道："来，贺轩，我给你介绍，这是顺昌集团董事长的千金马淑芬小姐。"

父子俩对视的时候，贺轩的脸上显得很不自然，不由自主地将眼神抛向其他地方。

与此同时，马小姐配合着贺董事长的介绍，展露出大家闺秀的风范，绽放端庄恬静的笑容，伸出修长的手臂，示意友好。

"你好！"贺轩仅仅是客套地回了一句，手却始终插在口袋里，脸上冷若冰霜。

马小姐灿烂的笑容顿时犹如隔夜的鲜花瞬间萎靡，面前这个男人虽然英俊得犹如希腊神话中的狄俄尼索斯，让人看上一眼便忍不住醉倒，但全身却像被厚重的冰川包裹着，根本无法接近。

尴尬的气氛在两人之间流淌着。

贺轩的母亲看出了端倪，连忙打圆场："时间不早了，先吃饭吧。"

穿过客厅，沿着铺着波斯手工地毯的走廊踏入饭厅，远远的便已闻到食物诱人的芳香。虽然只是一次家宴，长形饭桌上的菜色却很丰盛，不仅色泽鲜艳，就连盘子、碗碟都精致考究。贺董事长坐在座首招呼着客人，贺太太更是安排马小姐紧倚贺轩而坐。然而，整顿饭下来，贺轩始终没有抬头望一眼对方的脸。偌大的饭厅只有碗筷碰撞的轻微声响，以及在客厅上空飘扬的古典音乐。无论大家怎样努力调节气氛，没有男主角的配合，这场盛宴，依旧生涩得如同嚼蜡。

时间一分一秒地过去，从开胃菜到甜品，贺董事长的脸色也渐渐由微笑变得阴沉不定，就在佣人送上咖啡后，他在端起杯子的同时也打破了餐桌上的沉静："贺轩，我听说你那里连个保姆也找不到，家里乱得一团糟，是不是这样？"

贺轩眯缝着眼注视着父亲："您不会还派人监视我吧？"

贺董事长放重语气说："我这是关心你。如果住得不舒服不如搬回来，家里应有尽有，房子也够大……"

"不用了！"没等父亲说完，贺轩便果决地打断他的话，"我已经二十七岁了，早就不是那个需要牵着爸爸妈妈的手才敢朝前迈步的小男孩。这个年纪的男人如果还没有办法独立，那么不管他在名利场上多么的春风得意，终归只是一场笑话。"

贺董事长脸上不悦的神情更加明显。

对此，贺轩仿佛视而不见，紧接着便从椅子上站起来，向母亲点头致礼："如果没有什么事，我就先回去了。今天一天都在总部，自己公司那边一定积了不少事情。"

"要保重身体啊，如果实在找不到合适的保姆，就先让江阿姨过去帮忙。"母亲抬起头，疼爱地注视着他，语调里透着浓浓的关切。

“知道了，妈请放心。下个周末我再回来看您，不过……”他的眼睛不经意地瞟了一下身边的相亲对象，“请不要再过分热心地关注我的私人生活了。”

说完，他拿起外套，以从容的步伐朝玄关迈去。

座椅上马小姐的眼睛定格在他转身那一刹那嘴角嘲讽的微笑上，隔了很久，终于露出绝望的表情。

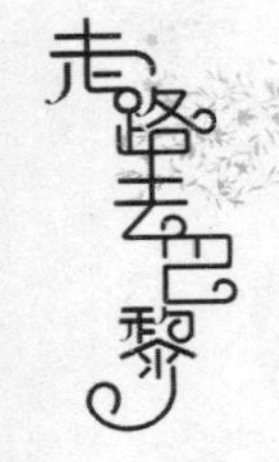

第二站 邂逅最美的男子

1

天香居是这座城市人人都知道的一家酒楼，远远望去，就像停泊在闹市街区边一艘华丽的画舫，红墙绿瓦描绘出唐风古韵，雕梁画栋的大门前悬挂着两串醒目的红灯笼，在风中轻轻摇动，带来遥远时空的气息。店堂里环境清幽淡雅，红木桌椅上雕刻着古色古香的图案和花纹，仿古戏台上现场演奏的古筝琴音像清泉一般流淌在空气里。

晚餐时分，陈志东局促不安地坐在二楼靠窗一张雅座前，不时眺望着窗外，像是在等什么人。

耳畔回荡的悠扬的古乐与面前一盏碧绿清茶都没能使他平静下来。

大约十几分钟以后，一个穿着灰西装，戴着黑框眼镜，手拎公文包的中年男子出现在他面前。

"志东。"他以同事间若即若离的口吻和他打招呼。

陈志东闻声望去，焦躁的神情顷刻间像鸟一样飞走，转而换上一副释然的笑容，并立即起身请他入座，寒暄几句后又恭敬地将一本精致的菜单推到他的面前。

男人接过菜单，翻了几页，突然抬起头，似笑非笑地望着他："陈志东，你中彩票了还是捡到钱了，竟然请我到这种地方吃饭？"

"我哪来这么好的运气，前辈您就别取笑我了。"陈志东露出一抹苦笑。

“莫非……”男人停顿了一下，“你还是先说事情吧，不然这顿饭我可吃得不安心。”

“不愧是人力资源部的主管，一眼就看出我有心事。不过请放心，对您而言并不是什么棘手的事情，我不过是想向前辈讨教一点经验。”陈志东一边解释着，一边为他的茶杯里添上新茶。

“哦！那你说吧。”男人的表情略微放松下来。

“相信您一定也听说了贺总限我一周之内帮他找到满意的保姆的事情吧？”陈志东的眼神瞬间黯淡下来。

“呵呵……原来是这件事。怎么，还没有眉目？”男人转而释然一笑。

“贺总要找的那种保姆恐怕根本不在地球上！前辈您阅人无数，在公司有这么多年的招聘经验，大家又是同一所学校的校友，这次一定要救救我！”陈志东抑扬顿挫地说着，并紧紧握住他的手。

“这有什么难的，就看你脑子会不会拐弯了！”男人轻描淡写地说。

“怎么拐弯，快请说！”陈志东的眼睛里猛然放射出希望的光芒。

“像贺总这种从国外回来的富家公子我见多了，连招个打字员都不能低于电视台新闻主播的标准，更何况是与他私生活密不可分的保姆。如果你纯粹只在家政公司里找，那还不如什么事情也不做，静静地享受你在公司最后一周的时光。”男人神态越来越不以为然。

“那我到底要怎么做才可以？”陈志东加紧追问。

男人轻轻一笑，打开公文包，啪的一声甩下一叠厚厚的简历。

“这些都是这星期来应聘总经理秘书的人，哪个不是名牌大学毕业，智慧与美貌并重。”男人斜望着其中一张简历上粘贴的一寸照片感慨着。

陈志东跟着瞟了一眼，哇呀！的确是位小貂蝉哪！

“可是……这和我又有什么关系？”他失神地盯了半天后又问。

“真是笨蛋！难道你还不明白，想要在家政市场找一个完美的保姆就跟去鸡窝里找一只凤凰一样难。可是你如果直接到凤凰窝里去找，岂不是手到擒来，还需要在这里唉声叹气吗？”男人忍不住白了他一眼。

“你是说让我去应聘秘书的人里找保姆？”陈志东不由得皱起眉。

男人不动声色地点了点头。

“这简直是开玩笑，那些前来应聘秘书的女人怎么可能甘心去当保姆？”陈志东脱口而出一声惊呼。

“保姆和秘书其实没有本质上的区别，都是帮老总打杂，只不过一个坐在办公桌前，穿着中国产的Chanel套装装模作样，另一个躲在家里裹着围裙和锅碗瓢盆打交道。但是不管做什么，只要能让老板满意，那么每月月底从财务部领到的钞票一张也不会少；同学聚会的时候一样人人羡慕，从今往后更不用扎堆似的挤着去听什么就业压力讲座。因此，你完全可以从这批名单里挑出几个会做家务的送到贺总面前，让他亲自挑选，并大胆地说出这个想法。我想鉴于现实，他没有理由拒绝这条妙计。这样你和贺总可以说是各得其所，短时间内他应该也不会再去为难你！”男人滔滔不绝地说开了。

“也就是说，以招聘秘书的名义招聘保姆，这……这不是招摇撞骗吗？”陈志东瞪起了眼睛。

“什么招摇撞骗？！那些打着‘高薪诚聘’的幌子满世界诱骗无知少女的小公司才是招摇撞骗！相比之下，以咱们贺氏集团的名声，任何人哪怕能进来扫厕所也该掩着嘴偷笑了。再说，这个社会原本就充满谎言，只要你能骗得真，骗得成功，就是最大的赢家，不然的话只有死路一条！总之我把该说的都说了，也不辜负学弟你这顿饭！”男人说着，便自顾自看了菜牌。

“事到如今，恐怕也没有其他办法了。”陈志东低下头，沉沉地叹了口气。

清晨。

海滨别墅区的金色大门内，一排排法国风情的别墅依次错落着，笼罩在淡淡的雾气之中。花园里的草地像被清洗过一般翠绿，挂着颗颗晶莹的朝露，粉白相间的百合花迎风生长，贪婪地吸吮着清晨第一缕阳光。

一阵轻风拂过，吹开其中一幢洋房二楼华美的丝缎窗帘，阳光恬静地洒在一张俊美的脸上。

贺轩慢慢睁开眼睛，从床上撑起身子伸了个懒腰。揉着惺忪的睡眼，他光着脚下床去找拖鞋，谁知才迈开一步，落脚时却突然踩到一个圆滚滚的异物，随着一声闷响，当即重重地跌在地毯上，整个人瞬间清醒过来。

环顾四周，房间里一片狼藉。

四处乱滚的可乐瓶，满地零碎的废纸团，替换下来还来不及清洗的衣服；还有窗前花瓶里枯萎的百合，只剩一棵光秃秃的花茎耷拉在瓶沿，风干的花瓣都变成了深褐色，随风四处乱飞……

一股无名之火突然涌上心头，他快步走到浴室，原想冲个凉水澡，谁知推门而入，地上全是深深浅浅墨汁一般的脚印，洗面台上也是零乱一片……他不由得皱起眉，转身下楼。

一楼客厅与厨房的景象更是惨不忍睹，名贵的楠木家具上覆盖着厚厚一层灰尘，乍一看还以为是刚刚出土的文物；沙发的布套上污迹斑斑，靠枕也四处乱飞。茶几上，隔夜的茶杯里冒着白泡，空食品袋堆满一桌。

厨房的洗碗池里泡着满满一池脏盘子，散发着难闻的臭气，不时有蟑螂沿着橱柜边缘肆无忌惮地晨跑。

站在客厅中央的贺轩呆呆地望着这一切，试图伸手捂住口鼻，却连整只手臂都开始颤抖。之后，他连早饭也没吃，到衣帽间换了身新衣服，便怒气冲冲地朝公司赶去。

一路上，保时捷像银色的闪电一样掠过马路，两旁绿化带上的花草被带起的风吹得瑟瑟作响。

到了公司所在的大厦，刚停下车，他就按捺不住拨通陈志东的电话，劈头盖脸一顿训斥，归根到底也只有一件事：“陈志东，保姆找到没有？”

“已经准备好简历了，只等您亲自过目。”

不久之后，一叠光鲜的简历被放在贺轩的办公桌前。

他皱着眉，粗略地翻了几张，突然抬起头，狠狠瞪着站在面前的助理：“陈志东，你现在的胆子是越来越大了，竟敢拿应聘秘书的简历来糊弄我！信不信我可以马上让你滚蛋？”

这声咆哮差点没把陈志东吓昏过去，他颤颤巍巍稳定重心，鼓足全部勇气，才把那个大胆的主意以委婉的方式全盘托出。

起初，贺轩脸上全是厌烦和质疑的神情，然而随着解释的深入，渐渐的，他像是被一股力量给吸引了过来。的确，正如陈志东所说，想把在巴黎时对于保姆的欧洲 1 号标准带回国内是行不通的。为了证明这一点，他已付出惨痛的代价，以至于任何时刻只要一想起曾经出现在他面前的那些所谓家政公司的精英，全身就会出现诸如头晕、恶心、抽筋等诸多症状。如果再恪守着最初的原则坚持下去，不仅性命难保，他那幢漂亮的新宅也会变成老鼠、臭虫的游乐场，更有可能成为父母嘲笑的对象。带着光环回到国内的集团继承人，竟连自己的住处都没办法打理清楚，将来又怎么管理好一个资产庞大的企业？

出于生存的本能和种种考虑，他不得不向现实作出妥协，并在心里默默安慰自己，难道吃不到白米饭就一定要放弃面前的窝窝头吗？

渐渐地，他开始放慢速度，细细地翻阅面前几份简历。然而看来看去，这些精雕细琢的简历无论是照片上僵硬的笑容还是兴趣、经历……都像是一个锅里的窝头，分不出好坏。揉了揉酸胀的太阳穴，他将它们抛给陈志东：“你自己挑出几个满意的先来面试看看。”

陈志东的脸上亮起希望的光芒，捣蒜一般地点着头，很快消失在办公室的大门外。

午休过后，几个妙龄少女先后叩响经理室的大门。

仿佛是DVD机里快进慢进不停循环的影碟片，她们无一例外都有着完美的身材和漂亮的大学学历，见到面前这位年轻英俊的总裁的第一刻，都不约而同地露出将要窒息的表情。一问起公司情况和薪资待遇便滔滔不绝，可是提到家务，有些回答得很勉强，有些虽然一再夸口，但是眼神却闪烁不定，仿佛隐藏着什么。

一个下午的时间很快便过去了，原本满怀希望的贺轩最终还是绝望地仰头倒在椅背上，闭着眼睛，脑子里一片空白。

这年头，会做家务的女孩都死绝了吗？他拍着脑门，在心底反复咒骂着。

就在此时，大门再一次被轻轻叩响，伴随着一声精疲力竭的“请进”，陈志东小心翼翼地推门而入，手上捧着一个厚重的文件夹。

“贺总，这是总部刚刚还回来的——您昨天送去的项目资料，另外还有会议记录。”

“放在桌子上。”贺轩连眼也没睁。

“是。”陈志东答应着，一声不响地将文件夹放在他的面前，尔后赶紧退出办公室。

隔了很久，贺轩才从靠椅上直起身子，闷闷不乐地打开那个文件夹，随手翻了几页。不经意间，一张红色的小纸片从页缝间掉了出来，飘落在地上。他低身捡起一看，是张皱褶斑斑还沾着油沫的送餐卡，上写着“余记大排档”几个大字。

一个中年妇女剽悍的身影立即从脑海里一掠而过，耳畔再度回荡起她殷切的恳求：我女儿什么都可以做，哪怕看门、扫厕所，只要能糊口就行！

他不由地震动了一下。

细细回想了半天，虽然早已记不清她女儿的相貌，但印象里似乎也还年轻干净。家境贫穷的女孩必定手脚勤快，这年头，但凡能与“勤快”二字沾上边的年轻女孩已经不比熊猫多了。更何况还是大排档老板的女儿，可口的饭菜应该是看家本领。想到这里，他的心里泛起一阵异样的涟漪，有生以来，头一次体验到溺水者遇稻草的感觉。

他立即唤来陈志东，将那张叫餐卡抛在他面前：“你选的人我都不满意，打这上面的电话，把老板娘的女儿叫来。”

陈志东瞪圆眼睛望着面前那张熟悉的卡片，脸上露出看恶搞喜剧时才有的表情。

2

接到陈志东那通电话的时候，余小秀刚刚抱着一叠发不出去的简历从劳动力市场的招聘会出来，垂头丧气地回到家里。

她根本没料到母亲的闹剧竟会奏效，为此，她还和她打赌，那位神秘的大人物一定会在她们走出会客厅的第一时间把那张送餐卡撕得粉碎！

像和风房产这种大公司，如果会因为一个女人的几句哭诉就敞开仁慈的大门，那么毁掉她一生梦想的航空公司或许也会重新把她送上蓝天。但这一切都是不可能的，在她内心深处，早把自己当成了幸运绝缘体！

谁知在毫无准备的情况下，奇迹般的电话居然真的来了，而且面试的职位还是“总经理秘书”。这使小秀错愕不已，以至于第二天坐到贺轩面前，依然是一副云里雾里的状态。

偌大的经理室气派得使人感到无尽的压力，所有设施一应俱全。地上铺着暗红色的香脂木地板，使整间办公室弥漫着天然异香，墙壁上是鲜亮的法国墙纸。整体布置得华丽而不浅薄，优雅而不单调。

贺轩坐在窗边一张线条优雅的大办公桌前，静静审视着面前的女孩。虽然在此之前，双方已有过两度照面，但他却是在这一刻才真正注意起她。她平凡得总让人觉得像在哪里见过的脸蛋，稻草一样蓬乱的头发飘散着劣质洗发水刺鼻的香味，洗得发旧的T恤下隐隐藏着小腹的赘肉……浑身上下一无是处。

他幽幽地叹了口气，又随意瞟了一眼她的简历："旅游学校空乘专业毕业？既然如此，怎么没到航空公司工作？"

"因为我太胖了，飞不起来！"小秀一边自嘲着，一边也在细细打量着面前这个男人。阳光透过他身后的窗户静静地掠过办公室的地面，也在他的脸上涂抹上一层浓郁的金黄色，棱角分明的轮廓因而显得更加性感。她生平从未见过这么俊朗的男人，觉得他看上去比电视上的明星还要耀眼，更像一杯醇美的葡萄酒，哪怕轻轻闻一闻香味，也会立刻醉倒。不过，美中不足的是，此刻的他看上去显得很疲倦，眼睛四周有一圈淡淡的黑影，也许是生病了。

胡思乱想之间，贺轩又发话了："看来，你的学历实在不是很高！"

"我是没上过大学，但是从小到大所经历的苦难就是我的大学，它让我比一般女孩更加努力，也懂得怎样珍惜来之不易的机会。"小秀没有丝毫怯懦。

贺轩不由得顿了一下，抬起头，又认真地打量了她一番。这个女孩唯一特别的地方便是眼睛里那一抹犹如男孩一般坚毅的神色。他生平见过无数美女，但是这样的眼神，却还是第一次遇到。

终于轮到最关键的问题，他干咳了两声："另外，你会做家务吗？"

"当然会。我妈成天在外忙生意，家里的活全是我做的，下课后我还要到大排档帮忙洗碗。"小秀不假思索地回答。

贺轩心底这才掠过淡淡一丝欣慰："那么，做的饭菜怎么样？"

"我从小就喜欢美食，家里穷没钱上馆子，当然只能学着自己做啦！不过后来倒也幸运，我们家自己开了大排档，大概从十二岁开始我就在后堂偷师，档口前后换过四五个大厨，所以川、鲁、淮、粤菜基本难不倒我。”说到这里小秀停顿了一下，“可是，这跟秘书的工作有什么关系吗？”

“没……没有，只是随便问问。”贺轩心虚地一笑，随后从座椅上站了起来，“OK！余小秀小姐，你的简历我收下了，从明天开始进入试用期。我不是一个吝啬的人，所以薪水会令你满意的。明天早晨七点半，准时到西海路的‘巴黎阳光’51号别墅报到。”

“‘巴黎阳光’？是海滨浴场前面的那排别墅吗？”小秀不由得叫出声来，语调与惊叹“凡尔赛宫”没什么两样。

“是啊，有什么大惊小怪的？”贺轩皱起眉，脸上透出难掩的鄙夷。

“没……没什么。”小秀捂住起伏的胸口，“可上班不是应该来公司吗，怎么让我去那里？”

“余小姐，对于没有任何大公司工作经验的你，我必须提醒一句，想要在这里安安稳稳地生存下去，那么唯一的准则就是上司的命令必须绝对服从，也不可以问上司任何问题！”贺轩板起脸，冷冷地说。

小秀被他的威严震慑得不敢再说话，但眼里却露出一抹不易察觉的倔犟神色，办公室里随后陷入一阵沉默。

“现在，到陈助理那里去签合同，他会告诉你该怎么做。”贺轩说着，将转椅转到大办公桌的另一侧，忙自己的事情去了。

小秀点了点头，站起身朝他鞠了一躬，随后快步走出办公室。

就在打开大门的那一刹那，一个鬼鬼祟祟的人影幽灵似的浮现在眼前，因为开门的震动还险些狼狈跌倒。小秀定睛一看，竟是陈志东，原来他一直躲在门边偷听。

行为暴露，陈志东干笑了两声，但还是难掩激动的心情，张开双臂一把将小秀抱得喘不过气来，口中还不住说着谢谢。以他的智慧绝对无法料到，自己职业生涯的救星看似远在天边，其实近在眼前。如今警报解除，他唯一想做的事情就是痛痛快快地来一大扎冰镇啤酒。

夜晚，路边的大排档灯火辉煌。

余记的摊位还和往常一样，人不多也不少，划拳声、劝酒声交汇成嘈杂的声浪回荡在空气里。客人来来去去，没有谁会去留意老板娘眼底隐藏的不安。

小秀从和风公司回来，还没走到档口，余淑凤已经远远瞧见了她，并不顾忙碌地冲了出来："怎么样，录用你了没有？"

小秀有些心不在焉地点点头。

"录用了你还这么无精打采的？"余淑凤瞪起了眼睛。

小秀叹了口气："那个老板看起来很难相处的样子，往后还不知道会怎样！"

"知足吧你，这种大公司的老板若没点架势能管住那么多人吗？不管怎么说能录取就该阿弥陀佛了，明天一定要去庙里还神。"余淑凤一边说着，一边双手合十望着夜空喃喃自语。

小秀皱着眉头望着她："可我总觉得这事哪里不对，总经理秘书……那个看上去挑剔的家伙怎么可能舍弃那么多名牌大学毕业的美女录用我这样的人。"

"这还不是你妈我的功劳，为了你的工作把老脸都豁出去了！要说有哪里不对，也是你的脑子不对。你要是再敢胡思乱想把这份工作给丢了，我一定揭你的皮！"余淑凤说完，头也不回地转身回到排档里。

小秀无奈地目送妈妈远去的背影，尔后缓缓抬起头，望着漆黑的夜空。突然眼前掠过一道异样的红光，像是夜航的红眼飞机，却和几亿光年外的星辰一样遥远。

是的，她现在只是需要一份工作，除此之外无从选择！所谓的理想、愿望，都只是不切实际的奢侈品。

第二天早晨，洗漱完毕，小秀换上一条洗得干干净净的白棉碎花裙子，按原定时间迈出家门。

屋外，朝霞还未散尽，天空尚蒙着一层浅粉，薄薄的雾气弥散在空气里。

在公车站随着汹涌的人流挤上一辆通往海边的公车，颠簸了近一个小时，这才到达终点站海滨浴场。

下了车，沿着海岸线走了一会儿，远远可见巴黎阳光的金漆大门矗立在法国梧桐树荫间，在阳光下透出耀眼的光芒。

此时，小秀的心突然莫名紧张起来。

走到大门口，经过保安严格的审查，小秀方被允许进入社区。沿着入口处的喷泉一直朝里走，小秀感觉自己就像是来到另一个世界。望不到尽头的绿地在阳光下闪动着玉田般的光泽，来自异国的珍稀奇葩开成连绵的海洋，空气中弥漫着青草与鲜花的香味。法国古典风情的别墅掩映其间，隐约传来的钢琴声掠动树梢，与树叶哗哗伴奏。

小秀不知不觉张大了嘴巴，眼睛瞪得大大的，不停四处张望。就像梦游仙境的爱丽丝，对于一切都充满兴奋和好奇。从出生到现在，这样的地方她还从来没有来过，更别提亲身走进其中一幢豪宅零距离接触贵族般的生活。

沿着曲折的林荫道迂回了许久，51号别墅醒目的门牌冷不防跃现在眼前。

房子面临大海，属于典型的法式风格，三层半高，外墙是宜人舒缓的米色，门前有着一块堪称奢侈的绿地，种着大片的百合花和海棠树，饱满的花朵不时探出院外的栅栏。屋后头还有一个很大的游泳池，水被头顶的蓝天印得碧绿。小秀观望着眼前的景致，心里一阵惊动，这幢奢靡华丽的豪宅就像一面镜子，反照出她生命里不为人知的穷困艰难。

她推开木栅栏的门，慢慢穿过花园，踏上石阶，忐忑不安地轻轻触动了可视门铃。

悦耳的铃声隐隐在大门的另一端荡漾开去，不久之后，只听见

“哔哔”两声，大门自动弹开一道小缝，小秀顺势走了进去。

也只有置身于其中，才能真正感觉到这幢房子内部的宽敞。主客厅被装饰得非常奢华，有巨大的玻璃落地窗，镶金边的吊顶及水晶灯，浮雕般花纹的帷幔，庞大舒适的布艺沙发，以及一看就令人觉得温暖古朴的壁炉，古董和油画……

只是细看之下，这里仿佛很久没人居住，地板、家具全都蒙着一层厚厚的灰尘，杂物四处乱堆，垃圾随处可见，时不时还有令人尖叫的小昆虫悠闲地漫步而过……远远望去，开放式的厨房里似乎还有脏水不断漫到客厅，雪白的瓷砖地面像被泼上了墨汁，腐臭的味道随风一阵一阵飘来……

在房子里停驻的时间越长，小秀的眉头便皱得越紧，终于，在心里那根弦绷断的那一刻，她开始下意识地收拾起脚边几本零乱的杂志。此时，楼梯上传来一阵脚步声，穿着睡袍的贺轩缓步走下。

柔和的晨光下，他浑身散发着天成的雍容气质。混合着初醒状态下的一丝慵懒，淡蓝色的丝绒睡袍微微敞开，隐约可见胸口健康麦色的皮肤，透出令人目眩神迷的性感。

小秀抬起头，呆呆地望着他……

贺轩冷哼一声，走到她的面前，一声惊天动地的“喂”，这才将她唤醒。

回过神来的小秀羞得面红耳赤，怔在原地不知该说些什么才好，贺轩却面无表情地与她擦肩而过，朝客厅另一侧的沙发走去。

小秀像受到莫大耻辱似的瞪着他的背影，那眼神就像钉子要钉进被诅咒的人偶里一样。

对于小秀的想法，背对着她的贺轩当然不可能知道。他慢慢地，甚至可以说是小心翼翼地走到沙发边，随手抄起一只靠枕，用力拍了拍坐垫，将灰尘掸掉，这才安然坐下，开始早已准备好的发号施令：“今天你就留在这里，把房子打扫干净。一定要恢复到刚刚装修完的模样，一点灰尘也不能有，明白吗？”

“什……什么？”小秀大喊一声，差点把屋顶掀翻。

“你这个人怎么这么笨？都说了不能问上司问题，让你做什么你就做，这就是试用期的考核！”贺轩显得极不耐烦。

“可我从没听说过，应聘秘书还有这样的考核！”小秀壮着胆子回了一句。

“做我的秘书就必须样样精通。”贺轩简明而强硬地堵回了小秀的话，同时瞥了一眼墙上的挂钟，眼见早班时间将至，连忙起身到二楼衣帽间换衣服去了。

只是纵然隔着一层楼，他仍不忘利用时间，一边换衣，一边继续发挥他的霸权主义。

“记着，所有的门窗都要仔细擦过，地板上也不能有一点灰！我是一个非常爱干净的人，所以不容许有一点瑕疵。衣服只能用手洗，不同的材质要分开用不同的洗衣液。饮水机里也没水了，记得叫水，我只喝‘Evian’的。还有，最重要的一点，我食素，菜里不能有一点荤腥。如果我打算回来吃饭，六点之前会让陈志东通知你！”

小秀远远听着他没完没了的唠叨，感觉像被几千只苍蝇围绕着，脑袋都快炸开了。

在她的想象中，所谓大公司的高级秘书，应该是穿着丝缎面料的套装，烫着妩媚卷发，坐在宽阔的办公桌前，以优雅的姿势敲打电脑键盘或是接听电话，就像是生活在偶像剧里幸福的女主角。而且，印象里和风公司的其他女职员似乎也是如此。可是，为什么到了她这里，充满期待的偶像剧就成了一部彻头彻尾的恐怖片，充满着诡异的气氛和未知的艰险。难道自己有什么地方得罪了他？或许，他对妈妈上回的行为不满，迁怒于她，从而伺机报复。

这会儿的余小秀还没料到老天其实是跟她开了个玩笑。

此时整装一新的贺轩已从楼上快步走了下来，D&G的条纹修身西装穿在他身上显得合身极了。他微微扬着唇角，不动声色地走到小秀面前，突然弯下腰，把脸凑到她耳边：“知道吗？你要脸蛋没脸蛋，要身材没身材，要学历没学历，如果连这点事情也做不好，那就是投错了胎，应该去做猪！”

挖苦讽刺绝对是贺轩的特长，这句话像一根针扎进小秀的心里，她被气得浑身颤抖，一时间，却又不知该说些什么话回敬他。而贺轩早已经拎起玄关柜上的公文包，头也不回地朝车库走去。

不一会儿，门外保时捷低沉的轰鸣声响起，并随着一缕青烟扬长而去。

小秀一面冲着贺轩远去的背影发出无声的诅咒，一面环顾着他留下来的一整幢楼的烂摊子，头痛得几乎要晕过去。

3

真正打扫起这幢房子，才知道有多么艰难。

地板上的污垢由于沉积太久，即便用水也很难冲刷，小秀跪在地上，拿着钢刷一点点把它刮掉，再用沾满消毒液的湿毛巾一遍遍擦拭……前后五六遍来回清洗，客厅的地面才重新恢复原来雪白的颜色。

此时，小秀圆圆的脸蛋早已是汗雨淋漓。可是，桌椅之间还有一大堆的垃圾等着她。

当所有的塑料瓶、包装袋、废纸等全被回收起来之后，竟然装满了十几个大垃圾袋。大门前的垃圾桶装不下，只能分放在四周，远远望去就像垃圾站的小山。

不停往返于屋内和院外的垃圾桶，小秀觉得腿脚酸麻，腰也要断掉了。

可是最棘手的还不在于此，真正踏入厨房，她才知道什么是人间地狱。虽然地面铺的是彩色亮瓷，橱柜也是进口的高档品牌，却比大排档简陋的后堂更加惨不忍睹——油污菜叶满地都是，放眼望去几乎没有一处可以落脚的地方。洗碗池里污水横流，并且已经发绿，散发着令人窒息的臭气。成群结队的蟑螂比蚂蚁还多。

“真难以想象啊，一个长得这么帅的家伙，家里竟是这副德性！”她一边感叹着，一边用餐巾纸堵住鼻孔，抄起拖把杀了进去。

等到一楼完全打扫干净，已是午后。由于还剩一大半的房间没有打扫，小秀连饭也顾不上吃，又拿着抹布和拖把匆匆上了二楼。

这里绝对是天堂般的私人领地。

长长的走道上铺着复古花纹的羊绒手工地毯，一路走过，不仅柔软得没有一点重量，还会反射出不同的光泽，犹如踏过彩虹一般。走道两侧依次错落着五扇雕花大门，有书房、客房、衣帽间……其中最大的一间是贺轩的卧室。推门进去，映入眼帘的尽是奢华的家具与摆设。布局疏朗大方。巨大的透明落地窗前，带有金光的绿色窗纱与红色织锦窗帘搭配在一起非常醒目，散发着阳光的味道。

小秀生平只在电视上见过这样的房间，如今它真实地出现在眼前，又怎能放过参观的大好机会。于是，借着四下无人，她大胆抛下手中的拖把，深入房间各处，摸摸这个又碰碰那个，一脸的新奇。

对贺轩而言已经混乱得无法容身的房间，在她眼里却不亚于路易十六的寝宫。

“已经乱成这样了，居然还是这么漂亮，真是不简单哪！”她喃喃自语地说。

手抚过墙边气质古典的雕花长桌，精致柔软、有华丽光泽的桌巾在日光的反射下闪烁着一片迷离的光泽。

手绘花纹的五斗柜上放着仿古烛台和古董花瓶，每一个细节里都有时光流淌的印记。

然而，最令人震动的时刻还是在她发现写字台前的水晶艾菲尔铁塔以及装着贺轩在卢浮宫前留影的相框。

那一瞬间，心脏怦怦剧烈跳动着，一种久远但却浓烈的情结将她紧紧攫住。她缓缓伸出手，捧起那尊水晶铁塔，手指灼烫如火，一路燃烧到心脏。已经死去的梦想又突然清晰地浮现在眼前。

在这个世界上，没有谁会不爱这座城市，即便是出身寒微的小秀，终其一生的梦想也是在有朝一日亲自踏上这片土地。带上日记，一台记忆时光的照相机，骑着单车，穿过迷宫般的街道，到圣母院前祈祷……

虽这个梦想对她而言是那么遥远，然而，就在咫尺之间，却有人轻而易举地实现了这个梦想。照片上的这个家世显赫的男人在拍下这张照片的时候，即使身后的背景是这样伟大的建筑，他的脸上依旧维系着一贯的优雅与平静，简直就像在自己家的花园里散步一样。

想到这里，小秀的鼻子酸酸的，同时，眼睛也像被窗外投射进来的日光刺痛了，泪不由自主地要涌出来。

她颤抖着放下手中沉重的铁塔，倒退着向门外挪去，可视线却始终没有离开它。

正因为如此，逃离的脚步变得飘忽不定，未走两步，突然碰到莫名的障碍，踉跄了几下，还是无法稳住重心，整个人狼狈地仰面向后跌倒，重重地摔在卧房中央的大床上。

那是一张宽阔得如同国王宝座的大床，即便将双手用力撑开，依然触不到边际。床框细腻的线条和床头繁复的雕花昭显出它高贵的身份，搭配色彩绚丽的织锦床品，尽显完美奢华。

遭遇惊吓的小秀还来不及作出反应，已经被柔软的床垫彻底收服。躺在上面的感觉就像躺在云端一样，美妙的心情实在难以表达。她此刻唯一想做的事，就是一动也不动地躺在这张床上，舒舒服服地睡上一觉。像这样的床垫绝对比任何催眠药都要有效，如果人生永远如此，那世上还有什么值得羡慕？

反正时间还早，睡一小会儿也无妨。小秀暗暗宽慰自己，没过多久就闭上眼睛沉沉入梦，寂静的房间里还响起轻轻的鼾声。

在梦境里，小秀仿佛真的来到了魂牵梦萦的浪漫之都，站在古老街道的中央，沿着古老的石砖和鹅卵石地面，一路瞻仰着十七、十八世纪的建筑，感受着从那宽厚石墙里传出的积淀几百年的历史体温。

耳边，隐约回荡着街道尽头塞纳河缓缓流过的声音。

强烈的兴奋几乎使她激动得窒息，即便是在梦里，她仍情不自禁地想要奔跑起来，想要抓住每一分每一秒尽情游历这座城市的每一个角落。

远远的，已能看见卢浮宫的金字塔透明屋顶。

更远的地方，是凡尔赛宫，玛丽王后漫步过的后花园……

然而，就在触手可及的瞬间，身后却有一股强大的力量拖住她的脚步，同时猛烈摇撼她的身体。仿佛电击般，她突然睁开眼睛，由梦境一步跨回现实。抬眼一看，竟然是贺轩！

他铁青着脸，眼神里弥漫着鄙夷与憎恶，就像一枚随时可能爆炸的炸弹！

窗外，明亮的阳光已经消失得无影无踪，取而代之的是浓重的暮色，强大的夜风不断灌进窗户，吹得窗帘肆意翻飞。伴随着一阵彻骨的凉意，小秀这才猛然间清醒过来，知道自己闯了大祸。

彼此目光对撞的刹那，透明的空气里几乎都要激出火花！

“像你这种女人居然也敢睡到我的床上？！给我滚，马上滚出去！”完全爆发的那一瞬间，贺轩一边吼着，一边粗鲁地将她从床上拽下来。

“住手！你弄疼我了。”小秀惊恐地尖叫，手腕上已经出现五个鲜红的手指印。

她拼命想要挣脱，可越是挣扎，贺轩的手就抓得越紧。她痛得脸色煞白，整条手臂感觉就像脱臼了一般。

然而，贺轩不仅没有丝毫同情，反倒透出更加露骨的轻蔑：“不要再装了，你是我见过的最无耻的女人，就算是只猪也比你懂得廉耻、比你勤快！我真后悔怎么会让你走进这幢房子，在彻底惹毛我之前，你最好识相点自己滚出去，不然后果自负！”

字字句句都像一把尖刀剜着小秀的心，听得她的脸一阵红一阵白。曾经有人说过她笨，有人说过胖，却从来没有人说过她无耻。更何况，她只是因为疲劳过度倒在床上睡了一会儿，这样就是无耻吗？归根到底，还不是因为这个男人的房子比猪圈还乱。若说谁是猪，也只有他了！

忍无可忍的时候，她终于激烈反驳："不就是在你的床上睡了一会儿吗？大不了帮你把床罩重新洗一遍。你以为你是谁？王子吗？即便是王子，也不会有你这样的小肚鸡肠。相比之下，你最多是一个得了'王子病'的变态！"

这样的污辱对于贺轩而言也是当头一棒。身为贺氏集团的继承人，从来没有人敢这样对他说话，惊愕之中，他的胸口一阵阵怒火翻涌，怨气使他的脸色看起来非常恐怖。

然而，激愤中的小秀并没有收敛，反倒摆出一副不要命的架势，拼命扯动着手臂大喊："放开我！你听到没有，放开我！"

贺轩故作不闻，依旧死死扼住她的手腕一个劲儿地往外拖，没有丝毫松懈。

床前的羊绒地毯在两人的推搡间被踩得皱成一团，羊毛满地乱飞。

被彻底激怒的小秀只觉得有一股热血直冲脑门，一时间忘了身在何地，也忘了彼此悬殊的身份，只是凭着本能低下头，张大嘴，深深咬住那只钳住自己的手。

"啊——"随着一声痛苦的呻吟，贺轩的手不由得松开了。钻心的疼痛使他顾不得许多，唯一能做的便是用另一只手护住自己受伤惊颤的手臂，等到剧痛稍缓，抬头再找小秀的时候，她早就逃得无影无踪。

房间里空荡荡的，窗外，银白的月光透过被风摇曳的树枝倾泻进来，在地面投下一片阴影。

贺轩吹着风，面无表情地站在那里很久，尔后，寂静的房间里响起一声花瓶碎裂的声音，紧接着，又是一声。

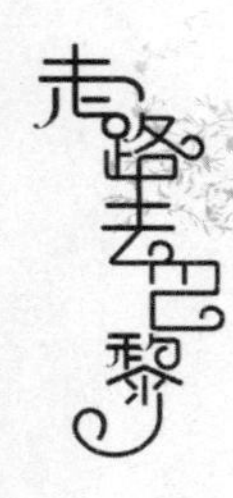

昏暗的光影里，他攥紧拳头，浑身散发着冰冷的寒气。

这是早晨出门之前完全没有料到的结局。那个看似软弱愚笨的穷女人，居然是这么危险的一只雌性动物！贺轩捂着憋闷的胸腔，感觉一股腥臊的血气回荡其间。

更为雪上加霜的是，伴随着一阵突如其来的眩晕，肚子也不听使唤地发出抗议。为了避免更加狼狈的状况发生，无奈的他只得转身离开卧室，到楼下去找些东西吃。

随着一步一步走下台阶，心中的沮丧更是像蹦极似的一落千丈。白天处理公司的大小事务已经让他疲惫不堪，回到家里却连吃一碗清粥白饭都不能如愿。这就是外人看来光芒万丈的贺氏集团少东的真实生活，真是一个黑色幽默。

漆黑的客厅里，家具的影子朦朦胧胧，什么也看不清楚。

贺轩走到开关边，一口气打开大大小小所有的灯，也就在这个时候，他突然惊奇地发现一切都变得有些不一样了。地面洁净如镜；桌椅分列得整整齐齐，纤尘不染；花瓶里换上鲜花，淡淡的香味弥散在空气里……方才因为急匆匆地推门进屋，只顾上寻找余小秀，竟没有发现这些变化。

他望着眼前的这一切，许久没有回过神来。

回想之前请过的几个保姆，任谁也没能打扫得如此干净、彻底。很显然，能够清洁得这般细致必定付出超乎寻常的努力。难道她真的是因为做得太辛苦而累倒在床上，想到这里，他的眉头轻轻凝了起来。

紧接着走到厨房，原本必须随时提防地面的污水溅到拖鞋上，因而需要像芭蕾舞演员那样踮高脚尖行走，谁知今晚一踩进去，却发现地面十分干燥，彩色瓷砖再度焕出崭新的光泽，令人痛恨的蟑螂也不见了踪影。碗柜里，干净的盘子整齐排列着……

他再一次感受到一种无形却十分有力的震撼。

与此同时，门铃的音乐声突兀地响起。

他快步走到对讲机面前，取下话筒，出现在屏幕前的是完全意想不到的面孔。

惊讶之中，他下意识地触动了开锁键，大门打开了。

余小秀双手捧着一个被塑料袋包裹着的一次性餐盒站在门廊上，脸垂得很低，几乎看不清表情。她的头发被风吹得很乱，衣服也是乱糟糟的，有赶路的痕迹。

“还没吃饭吧，这个给你！”说话间，她已将手里的餐盒塞到贺轩怀里。

“你这是做什么？”贺轩完全没有反应过来，只是一头雾水地望着她。

“我给志东去了电话，知道你一下班就回家。我原本应该为你准备好晚饭，可是我真的太累了，稀里糊涂就睡着了，没有接到志东提前的通知，也没有煮饭，这的确是我的失误。刚才在楼上，也是被逼急了才会咬你，我平常绝对不是这样的！这碗芥菜饭就当做赔偿好了。你放心，我明天不会再来了！”说完，她转身便要离开。

贺轩茫然地望着她离去的背影，低下头看着手中温热的餐盒，一股浓郁的香气扑鼻而来，深吸一口气后，他不禁脱口而出叫住了她。

小秀表情艰难地转过身。

他叹息一声道：“既然回来了，还是先进来坐一会儿吧！”

犹豫了好一会儿，小秀还是迈进了大门。

见她走进客厅，贺轩这才捧着餐盒走到餐桌边。坐下来揭开盒盖一看，一碗精致油亮的芥菜饭呈现在眼前。饭粒颗颗晶莹饱满，芥菜碧绿如玉，再配合萝卜、香菇丁的点缀，令人一见便胃口大开。

他当即便舀了一大口放进嘴里，芥菜的清香混合着米饭的软糯，感觉回味无穷。对于从小到大品尝过无数中外美食的贺轩而言，这碗菜饭完全不同于专业厨师程式化的口味，很有家常温暖的味道。而他已经很久没有这样的体会了。

坐在客厅另一端的小秀一动不动地望着他的脸，不无担心地问：

“觉得味道怎么样？”

明明已被美味打动的贺轩却回答得很牵强：“味道……还可以！”

小秀长长地舒了口气：“你觉得还能吃得下去，我也就放心了。原以为像你这样的有钱人，肯定不会吃这种普通的食物。”

贺轩不置可否地淡淡一笑，一句话没说，继续低头吃饭。

然而在小秀看来，这抹笑容却拒人于千里之外，她不安地站起身：“时间已经不早了，我还是不打扰你休息了。”

贺轩低着头，不动声色地说：“别忘了，明早还是来这，时间一样。”

小秀顿时瞪大眼睛望着他，怀疑自己的耳朵是不是听错了。

贺轩故意面无表情地说：“上回在总公司，你妈不是说，失去店铺以后你们家的生活变得很困难吗？我可怜她做母亲的心，所以决定再给你一个机会。”

他原本以为小秀会立即感激涕零地向她道谢，从此以后小心翼翼夹着尾巴做人。谁知在恍惚了十几秒钟以后，余小秀突然收回脸上所有的忐忑，一双眼睛闪烁着怒火：“你以为我是在用一碗芥菜饭骗取你的同情和施舍吗？”

贺轩不由得放下勺子，带着难以理解的表情望着她。

小秀冷冷地说：“我之所以回头带饭过来是为自己的工作失误尽最后一点责任，不是想跟你交换什么！更何况，在发生了那样羞辱人的事件之后，你以为我还会为了一点微薄的薪水，在这里当个任由你打骂的使唤丫头吗？”

原本已经熄灭的怒火再度在贺轩心底蹿了起来，他猛地站起身，绷紧下巴，用鼻孔望着她：“不知天高地厚的死丫头！你又以为你是什么人才？！当初，我是禁不住你妈的苦苦哀求才勉强把你招进公司的，不然，像你这种‘三无产品’在街上随便一抓一大把，我看都不会多看一眼。”

小秀一时间没反应过来：“三无产品？”

贺轩振振有词地嚷着："废话，一没脸蛋，二没身材，三没学历，不是'三无产品'是什么？真不知道你妈是怎么把你给生下来的！"

这番话把小秀气得满脸通红，却毫不示弱地反驳："是，也许我是很普通，也没有什么特殊才能，可是我至少还有选择自己老板的权力！不管做什么工作，薪水多高，我只愿意为一个懂得尊重人的老板工作！"

这番话说得这么义正词严，让人忍无可忍，更让人忍无可忍的是她竟然头也不回地朝大门走去。望着她消失在门后的背影，贺轩恍然失神。

窗外夜色深沉，海面吹来的夜雾在玻璃窗上笼罩着一层白纱。

一阵沉闷的气息悄然弥漫着。

4

夜晚十点多，本该是大排档的黄金时间，可余记的红色帐篷下却空荡荡，一个客人也没有。

小秀从贺轩家回到这里，远远就看见妈妈坐在残茶剩饭的桌子前托着腮帮发呆，表情写满凄凉。

她知道一定有事发生，于是赶忙加快脚步走进档口，还故意将脚步声弄得很响。可是余淑凤始终一言不发地坐在那里，即便明明已经看见女儿，依然不闻不问，仿佛面前站的是个陌生人。这样反常的态度使得小秀一阵心悸。

难道说，她已经提前得知了自己从贺轩那里愤然离开的消息？如果是这样，那今晚一定是个"暴风骤雨"的不眠之夜。

"妈……"她战战兢兢地叫了一声。

余淑凤很久才抬起头，有气无力地望了她一眼："刚才，房东来过了，还带着租客。"

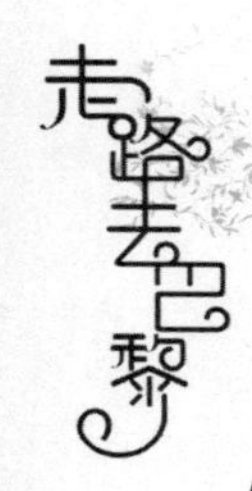

小秀意外地怔住了，没想到是这件事。

她呼出一口气，可庆幸的喜悦很快被更大的危机感冲散了："咱们的租约不是还没有到期吗？"

余淑凤咬牙切齿地说："那个臭婆娘早就在盘算着涨房租的事，如今不知道从哪里听来的风声，知道我们交不起下一季的房租，竟然一天也等不及了，今晚就来闹场。我们当场大吵了一架，客人也全都吓跑了。"

望着她青筋毕露的额头，小秀的心情更加沉重。刚才在回家的路上她就在考虑该怎么把辞职的事情告诉妈妈，以她对余淑凤的了解，不管费心解释什么理由也会被活生生剥去一层皮。哪知祸不单行，如今又多了一个这么危险的导火索，只怕话一出口，立即会被活活打死。

想到这里，她不由得打了个冷战。可是，现在才知道害怕已经来不及了！

与此同时，余淑凤阴沉的声调回荡在耳畔："死丫头，你刚下班回来又炒了碗饭出去，到底在搞什么鬼？"

天哪！那一瞬间，她就连心脏也要停止了。

"没有，我……我饿了，还有剩饭吗？"小秀慌忙转移话题，直奔后堂而去。

"吃，你就知道吃，胖成这样还吃……"身后传来余淑凤连绵不尽的唠叨。

后堂里已经没有什么菜了，再加上体力所剩无几，小秀拿锅里的剩饭随便炒了碗蛋炒饭就拖着疲惫的身躯走了出来，坐到妈妈身边。

累了一整天的她直到比时才吃上一口热饭。被蛋花包裹的饭粒散发出的淡淡香味刺激着饥肠辘辘的肠胃，她像非洲难民似的大口扒着饭，整张脸都快埋进碗里去了。这副模样连余淑凤都看不下去，皱着眉，连声叹息道："你这德性，将来能嫁得出去吗？"

小秀连头也没抬，嚼着食物，声音含糊地反问："你都能嫁出去，我为什么不能？”

余淑凤毫不留情地一掌拍在她脑门上：“死丫头！胆子越来越大了，竟敢这样跟老娘顶嘴。我还没问你呢，今天第一天上班，情况怎么样？”

小秀突然剧烈地咳嗽起来，饭粒好像都噎在喉咙里似的。

余淑凤的目光像箭一样锋利，径自刺在她的脸上：“怎么了，难道又出什么闪失了？”

小秀脸色刷白，觉得连心脏都快停止了，只得竭力掩饰着：“没……没有啊！”

余淑凤冷冷盯着排档外来往穿梭却始终没有走进来的食客，格外严峻地说：“没有就好。咱们家已经到了这一步，你不能再丢工作了知道吗？”

小秀闷不吭声，隔了很久才涩涩地说：“那老板简直像个戴着铁面罩的怪物，还对我又打又骂……”

话没说完，余淑凤的眼睛一下瞪圆了，转过头目不转睛地盯着她。

被这样的目光盯着，小秀觉得右手僵硬得几乎拿不起勺子。

不知过了多长时间，周围始终笼罩在一片寂静之中，帐篷外的风呼呼吹过，让人感觉到夜深露重。

碗里的饭早就吃完了，小秀依然在用铁勺不断刮着碗底，勺子划过碗壁的声音听起来非常刺耳。

终于，面无表情的余淑凤发话了：“余小秀，你是从我肚子里爬出来的，从小你爸不要你，是我一把屎一把尿把你拉扯到这么大的，你就别指望有什么事瞒得住我！”

与余淑凤以往一贯的大呼小叫相比，这句话说得十分平淡，却像一枚重磅炸弹炸开了小秀极力想要掩饰的伪装。她浑身不由得一颤，手里的铁勺也跟着重重掉在地上。

望着这一切，余淑凤的脸痛苦地皱了起来，憋了很久的情绪几乎快要失控："你这个孩子，怎么这么不懂事，就连简简单单一个吃饭的家伙也握不住，你到底还能做什么？难道我千辛万苦把你养大，就是为了有朝一日和我一起去讨饭？还是咱们是前世的冤孽，你非要把我活活气死才算甘心？"

说完，她就抱着自己的头不停痛哭起来。

小秀顿时被吓得手足无措，长这么大，她还是头一回看见妈妈像个无助的小孩一样号啕大哭。此刻，她后悔极了，所有的原则和坚持轰的一声全部倒塌，她真恨不得时光倒流，回到和那个铁面怪对峙的现场。如果当时顺水推舟和他打一圈"太极"，大家当做什么事都没有发生，那么可怜的妈妈现在至少还能获得一丁点安慰。

可是，那个男人现在还会原谅她吗？小秀心里七上八下，乱得像一团找不到头的毛线球。真是应了那句名言：冲动是魔鬼！

可即便心里没谱，看着余淑凤哭得死去活来的样子，身为孝顺女儿的她又怎能不管，想来想去，没有其他办法，她只能硬着头皮欺骗说："妈，事情根本不是你想象的那样，工作只是不顺心罢了，根本没丢，我明天还要去上班呢！"

听到这句话，余淑凤顿时抬起头，半信半疑地望着她："你说的是真的？"

小秀用力点了点头："我就算有天大的胆子也不敢骗咱们余记的老板娘啊！"

余淑凤这才偷偷地松了口气，抹掉眼泪站起身，转眼之间就像什么事情也没发生过那样："那还不早点回去睡觉，不然明天上班迟到肯定没好果子吃！"

小秀望着妈妈如此戏剧化的表情，张了张嘴，始终一句话也说不出来。

这天夜里小秀严重失眠，强烈的自责和惶恐压迫着她的神经，以至于翻来覆去，折腾得脖子都快断掉，还是无法闭上眼睛。在此之前，无论发生什么，她都会安慰自己“明天毕竟是新的一天”，这剂屡试屡爽的心灵良药总能使她含着微笑进入梦乡。可是今晚，即便反复默念了它不下一千遍，眼皮还是像被强力胶粘住一样纹丝不动。她这才明白，过去之所以还能笑得出来是因为尚不知什么是绝望，可就目前的形势来看，明天究竟是不是新的一天，完全取决于那个铁面老板的态度。世界上还有什么比命运掌握在别人手里更令人难过的呢？更可悲的是，除此之外，她根本找不出其他办法安抚濒临崩溃的妈妈。过去，余淑凤受生意所累，很少有时间顾及女儿，如今，眼见着经营了十几年的大排档摇摇欲坠，她已经提前把100%的火力集中到她身上，所以小秀有任何微小的闪失都有可能引爆她烈性炸药般的本性。一想到这里，小秀便觉得毛骨悚然。

时间一分一秒无声地流过，她躺在床上，呆呆地望着窗外深渊一样的天空，看着它由漆黑慢慢转为灰白，直至明亮。小秀的心情如同迎来世界末日那样沉重，可在她的人生信条里，即便真是世界末日也要尽力呼吸到最后一秒钟，因此，不管结局是什么，也一定要和铁面怪最后背水一战。而且，已经按捺了一整夜的她根本无法继续忍受等待的煎熬，没到上班时间就告别了妈妈，昂首挺胸迈出家门。

清晨的巴黎阳光别墅，在不远处湛蓝海水的照耀下泛着淡淡蓝光，却宁静如深湖。依稀传来的几声鸟鸣混合着雄浑的海浪声，用婉转的声音在空气里编织出一片隽永的风景，其中51号别墅在薄薄的晨雾点缀下显得格外尊贵。

透过微风中飞扬的窗纱可见二楼卧室依旧脏乱无序，甚至更胜往日。一套替换下的织锦床品散乱在房间各个角落，皱得就像一大团抹布，上面还有清晰的脚印。尚在睡梦中的贺轩蜷身躺在一床新换的被褥里，头发微乱，睫毛微颤，呼吸轻声有序，脸上表情纯净如孩童。

叮叮叮叮——

寂静之中，一阵门铃声犹如惊雷把他从梦中唤醒。他揉揉眼睛，翻过身看了一眼床头柜上的闹钟—— 6 点 40 分。这么早，会是哪个不识趣的家伙！

半梦半醒的他带着一股怨气，摇摇晃晃地冲到楼下，连可视电话也没接就径直打开大门，定睛一看，竟是那个让他在梦里都想掐住她脖子的余小秀！

“你又来干什么？”原本就积着一肚子怒火的贺轩可以说是新仇旧恨一起涌上心头，咆哮的声音几乎震动整个社区。

小秀慌忙捂住耳朵，并极力掩饰脸上惊吓的神情，装蒜道：“我来上班啊！你不是让我今天重新来这报到吗？”

“哈哈！上班？”贺轩不禁干笑两声，“你在耍我吧，你昨天不是说不会为了一点微薄的薪水在我这当使唤丫头吗？”

“昨天……昨天是我失言了，其实我想说的不是这个，我……我想说的是，我的工作本来不是秘书吗……”小秀吞吞吐吐解释了半天，也没能说出个所以然。

“你现在在我这里什么也不是，就是替我提鞋我也不要。给我滚！我不想再看见你。”贺轩不耐烦地打断她的话，之后“砰”地一声将门关上。

门猛烈闭合时带出的冷风吹乱了小秀额前的刘海，她呆呆地伫立在厚重的雕花大门前，脸色一阵青一阵白。

清晨的花园空荡荡的，只剩下她单薄的身影。

屋子里，拖着疲乏脚步回到二楼的贺轩原本想再睡个回笼觉，谁知才刚刚掀开被子，吵闹的门铃声再次响起。这一次他早有准备，踏着飞快的脚步直冲到门口，开门的同时爆发出一路默念的咒骂：“你是乞丐吗？赖在人家门口不走？”

“我有话说，请给点时间，让我进去解释清楚。”说着，小秀试图轻轻避开他的身子，朝门缝里钻。想不到兵来将挡，贺轩也随着她敏捷地移形换步，将她死死堵在门外。

被人硬生生地挡住去路，小秀显得非常难堪，可还是不愿放弃，又向右挪了挪。贺轩不依不饶，还是将她拦住。

左左右右不停地变换，无声的拉锯战持续了好几分钟，小秀咬着嘴唇，近乎绝望地抬起头望着贺轩：“不让我进门，那我就在这里向你郑重道歉，还不行吗？”

“不行！”随着一声冷冷的回绝，沉重的大门也被再度关上。

哐当——关门的声音格外响亮，没有一丝拖沓。

从没有见过这么无礼的家伙！小秀捂着剧烈起伏的胸口，十根手指哆哆嗦嗦全在发抖。不过，等到胸口翻搅的情绪渐渐平复下来以后，不屈不挠的她还是再一次按动了门铃。

“啊——”门未开，声先至，贺轩这一次彻底被激怒了，开门的时候，一脸阴沉的表情简直像要杀人。若不是碍于她是女生，以他的脾气一定会一脚将她踢出视线以外。

“你再敢按一次门铃，我可就要叫保安了，到时候你别后悔！”他指着小秀的鼻子，严厉地下着最后通牒。

“怎么这么说话，就算看在昨晚那碗芥菜饭的份上也不能这样吧？”小秀的声调也随之提高一个八度。

“那种低贱的食物在路边小店随便花三五块钱就能买到一大碗。”贺轩不屑地白了她一眼。

“虽然不是什么值钱的东西，但至少也是在你最饥饿的时候送来的吧？这样特殊的意义是它本身的价值可以衡量的吗？”小秀义愤填膺地说。

这句话堵得贺轩哑口无言，可也懒得争辩，干脆什么也不说，直接用力关上大门。

小秀再一次被冷冷地挡在门外，心里的怨恨也像气球一样不断膨胀。若是换到往常，她早就把它转化成行动，伸出一脚踹在大门上。

可是今天，理智像铁链一样牢牢绊住她的脚，头脑里也有另一个声音反复告诫着说，无论如何不能失态，如果还不想被妈妈结实有力的手掌打得血溅三尺的话。于是，她被迫将所有的能量转移到征服这扇大门的生死决战中。怎么做才能让它像阿里巴巴的石门那样，一念“芝麻开门”就乖乖听话地敞开呢？她在花园里来回踱步，想来想去，最终来到社区的电话亭，拨通了死党尚媛的电话。

时间还早，尚媛也还睡得迷迷糊糊的，半天才听出小秀的声音，而接下来好友的请求更是让她觉得匪夷所思。

“什么，你要来我家？借厨房？”

5

华美而凌乱的卧室。

重新躺到床上的贺轩再也睡不着了，他不停翻身，把头蒙进被子里……但用尽各种方法都无济于事，尽管很想安抚因为睡眠不足而头痛欲裂的脑袋，可只要一闭上眼睛，脑海里就会浮现出那张令人憎恶的面孔，这使胸口的闷气像海浪一样一波波地涌遍全身。在直视着天花板许久之后，他终于忍无可忍地一跃而起，大步朝卫生间走去。

打开洗面台前的水龙头，他捧起冷水一个劲儿地泼在脸上，可猛地抬起头，在镜子里看到的竟是一副憔悴的面容——眼睛里布满血丝，眼眶四周浓重的黑眼圈就像被人刻意涂画的恶作剧一样。

这副德性让我怎么出去见人？！他咬牙切齿地瞪着镜中那张一直引以为傲的脸，心底的不悦达到顶峰，接下来的动作真实地反映了他此刻的心情——只听见一声巨响，镜子的玻璃被一瓶洗手液砸得四分五裂。

叮叮叮叮——

没过多久，噩梦般的门铃声再一次奏响。

房子里的主人简直要疯了！贺轩的嘴里发出哀号一般的怒吼，光着脚重重踏过房间的地板，就像只马上要发出攻击的狮子。

一路上，经过的地面扬起滚滚浮尘，飞奔下楼的时候，整条楼梯都在颤动。

谁知大门打开的那一刻，面前并未出现意料中的情景，门廊上空荡荡的，一个人影也没有，倒是有一只从天而降的保温罐摆在脚下。

贺轩的眉头随着心底的诧异皱成一个“川”字，他弯下腰，一头雾水地拾起那只罐子，翻看了半天，从外观上却不见任何异常。他又扭头仔细望了望四周，寂静的花园里连一只苍蝇也看不到。为了揭开谜底，他只能别无选择地打开那只保温罐。

就在瓶盖被旋开的瞬间，伴随着一股浓浓稻香，一份晶莹剔透的桂圆莲子粥呈现在眼前。他意外地怔住，隔了一会儿还不相信似的揉了揉眼睛，可就算眼睛会出现幻觉鼻子也不可能失灵。真切的香味早已充盈着整个身体，思想交战了好一会儿，他终于忍不住干咽了一口口水，这才发现，从一大清早折腾到现在，肚子早就饿了。

贺轩接下来的行为证实了饥饿中的人智商等于零这句话。关上门，他怀着意外获宝的心情，捧着沉甸甸的保温瓶快步来到餐厅，从碗柜里拿出最后一把干净的铁勺舀了一大勺粥放进嘴里——浓浓的香味当场溢满整张嘴，直抵肠胃深处。

深深地呼吸一口，他的脸上呈现出满足的神情，开始大口大口地吃。因为吃得太急，他还差点咬到自己的舌头。

就在整瓶粥很快要见底的时候，门铃再一次响了。

这一次他打着饱嗝走到可视门铃前拿起听筒，可屏幕上依然透明一片，除了大门前的景致一个人也没有。他又打开大门，依然没见到任何人，却看见地上用百合花压着的一张纸片。

他弯腰拾起，只见纸片上写着一行整齐的字：如果您不愿听任何解释，那就品尝我亲手做的早餐吧。莲子可以降火，桂圆可以补足失眠的元气。并不是刻意打扰您的美梦，只是迫切想让您知道我道歉的诚意。余小秀。

原来中计了！贺轩的心咯噔一声随着纸片落到地面，脸色就像在太阳下淋了一场大雨那么难堪。

可粥已经吃完了，除非他能干干净净地把它再吐回到瓶子里，否则有什么理由不原谅这只狡猾的狐狸呢？想到这里，贺轩像吃了黄连的哑巴，一句话也说不出来，除了对着透明的空气吐出那三个字：“出来吧！”

话音刚落，小秀便笑嘻嘻地从别墅的后侧绕到门廊下，伫立在他的面前。

贺轩恶狠狠地瞪了她一眼，依然没有说话，转身朝屋内走去，却没有再一次关上大门。

小秀跟随着他的脚步，一前一后来到客厅的组合沙发边。松软宽阔的座椅近在眼前，贺轩却没有招呼她坐下，自己倒心安理得地摆了个很舒服的姿势，半仰着头，静静注视着她的举动，然后说：“你真的想在我这里工作？”

小秀毫不犹豫地用力点了点头。

贺轩轻笑一声，随后冷淡地说：“那你得拿出诚意来才行。”

小秀深吸一口气：“我一大清早六点多就站在你家门口向你道歉，还不够有诚意吗？”

贺轩的嘴角弯出一抹嘲讽：“卖嘴皮子谁不会。如果靠卖嘴皮子就能得到一份工作，那街上耍猴的也能当电影导演了！”

小秀拼命忍住想要揍人的冲动，直奔主题：“那我究竟要怎么做才行？”

贺轩不紧不慢地说：“和我昨天交代过你的一样，在我下班回来之前，把房间打扫干净，把晚饭做好。若出现一点纰漏，就算你跪在我家门前三天三夜我也不会再原谅你！”

小秀没料到贺轩又让她打扫房子，不由得怔了一下，随后却立即装出一副笑容，信誓旦旦地承诺：“放心吧，这次肯定不会有问题的。”

然而，贺轩看也不看她一眼就径直上楼，仿佛身边摆放的不过是个全自动的家务机器，而且还是老旧、笨重，不太灵光的那种。

空荡荡的客厅里，小秀望着铁面怪远去的背影，紧紧咬住了嘴唇。

一会儿，贺轩换了身新西装从楼上走下来准备去公司上班，临走之前仍不忘冷冷地威胁："除了打扫卫生，任何时间不许上楼，更不许进我房间。如果被我发现事情不是这样，你就等着滚蛋吧！"

自恋狂！我就算疯了也不会无缘无故踏进那个像猪圈一样的地方，小秀在心底默默还击。

等到贺轩走后，整幢房子只剩下小秀独自一人的时候，她系上围裙，把袖子挽得高高的，开始用行动捍卫这份工作。

由于一楼在昨天已经进行过一次彻底的大扫除，所以隔天打扫起来并不费什么力气，二楼和三楼才是真正考验体力和耐力的地方。三百多平方米的楼房，从雕花楼梯到顶层的阁楼，无一不蒙着厚厚的灰尘，然而在小秀认真的擦拭下，它们就像被仙女的魔棒划过般重焕光彩，变得晶莹透亮。玄关处各个花瓶也被重新换上清水，插进花园里刚刚绽放的新鲜百合。书房里随处可见的废纸、散书和衣帽间的衣服都被重新归类。哪怕最棘手的卧房，在几个小时的辛苦劳动下，也被整理得井井有条。同时，卫生间地面粉身碎骨的镜子碎片也被一点点收拾起来……这幢房子就这样一点点恢复原有的生气，重新变得温馨洁净。

等到所有的活计都忙完的时候，站在一尘不染的客厅中央的小秀，确实也感到一种前所未有的成就感。

"啊……难道我天生是当保姆的料吗？"她这样亦喜亦悲地感慨着。

贺轩下班回家的时候，虽然略有心理准备，但进门的那一瞬间，却还是被眼前强烈的视觉冲击给震住，几乎怀疑自己是不是走错了大门。

今天的客厅比昨晚更加干净，就像浸在透明湖底的水晶宫，纯净得没有一点杂质，即便是五星级酒店专业保洁也不可能完美到这个程度。夕阳的余晖透过窗前的纱幔投射进来，使空气里弥漫着一片过滤后的粉红光泽，更添温情之感，就连房子的主人也觉得自己从未像现在这样爱着它。

怀着错综复杂的心情，他又快步来到二楼，看见走道的地毯就像新买的一样干净，上面一根头发、一点污迹也没有。衣帽间被划分得泾渭分明，无论是外套、衬衫还是配饰，都一目了然。卧室也不再像往常那样混乱，收拾得完全不像男人而更似公主的香闺。更令人惊叹的是卫生间被砸碎的那面镜子不知何时又破镜重圆，完好无损地回到墙上。

“镜子是我打电话给志东，让他找到以前的装修公司给安排换上的，应该没有什么差别吧？”正当贺轩捉摸不透的时候，小秀不知于何时出现在他身后，适时地解开了疑惑。

“完全不同的两面镜子能一样吗？我一进来就觉得不对劲！”贺轩口是心非地皱着眉说。

小秀张了张嘴，想说什么却又没说，但攥紧的拳头已经想要打人了。为了复原这面镜子，她和陈志东几乎花了一整个下午的时间，现在却连一句肯定的安慰都得不到。

这个刻薄的铁面怪！

“晚饭准备好了吗？”贺轩对于她的愠怒视而不见，更将脱下身的外套随手扔到她的身上，伸手指了指衣帽间的方向。

“做好了，就在餐桌上。”小秀没好气地说完，便捧着那件昂贵的西装外套头也不回地朝衣帽间走去。

贺轩也跟着离开房间，转身下楼。

穿过宽敞的客厅来到饭厅，贺轩远远便闻到一股扑鼻香味，香得使人无法相信这会是一顿素斋。他不由自主地加快脚步来到餐桌前，只见铺着蕾丝桌巾的长型餐桌上摆放着四菜一汤五样菜。

色泽如蜜，闪耀着诱人光华的蜜汁素鸡；在香甜中带出芬芳甘脆的腐皮芝士卷；被精致地雕成翠竹形状，每个竹节中盛有素蟹黄的青瓜盅；香气浓郁，形如佛手，看不出食材却精致得有些不切实际的佛手鱼卷；还有色彩分明，汤浓热香，漂亮得令人不忍触动的太极羹。

细细地浏览过这些菜色之后，贺轩再一次深切地体会到早晨为何会像个白痴似的中了余小秀的圈套。坦白地说，这只恐龙长相抱歉、身材失败、脾气火爆，但毫无疑问是个厨艺天才，做出的饭菜总是带着让人难以抗拒的诱惑。看来上帝还是很仁慈的，即便将罪人推落黑暗的人生地狱，依然会留下一扇小窗，让他能够照耀到一点微光，不至于完全绝望。

出于这点，贺轩决定代表上帝施展神迹，赏给她一个糊口的饭碗。

尔后，他坐下来，低头夹起距离他最近的一块蜜汁素鸡，放进嘴里尝了一点。转眼间他的脸上就呈现出愉悦的表情，一边咀嚼着，一边赞不绝口。在此之前他并没有食欲，可是在品尝了这么美好的食物之后，却突然觉得饥饿无比。接下来，他又迫不及待地尝了佛手鱼卷。这道菜最外层包裹的形同鱼皮的金黄外皮其实是腐皮，却完全没有素食的味道，吃到嘴里脆嫩无比，鱼香四溢，内馅又饱满丰盛，实在令人大呼过瘾。

正当贺轩深深沉浸于美食世界的同时，小秀从楼上走下来，来到他的面前，在仔细察言观色了一番之后，壮着胆子说：“看来这顿饭没有让您太失望，是吗？”

正在大快朵颐的贺轩被突然传来的说话声吓了一跳，抬起头望了小秀许久，最终还是违心地说：“这算什么，和素食馆师傅的手艺相比差得实在太远了！”

话一出口，连他自己也觉得太刻薄了些。

而小秀，煞费苦心准备了这样一桌丰盛佳肴，不知付出多少汗水和精力，换来的却是冷冷无情的打击，她的心里更加百般不是滋味，眼神顷刻间便黯淡下来。

四周再一次笼罩在令人窒息的沉默里。

为了缓解尴尬，也为了平复良心上小小的愧疚，贺轩站起身，走到一边橱柜的抽屉边，随手取出放在那里的几张纸币，扔到桌子上。

“这是给你的小费，拿着吧。以后就要照今天这样做，OK？”

这是在干什么，施舍吗？

小秀紧咬着嘴唇，眼眸里透着幽幽的光芒：“为什么要另外给我钱？在公司签合同的时候不是说工资每个月会汇到银行账户上吗？”

“这是我私人赏你的。”贺轩倾斜地扬起嘴唇，声音尤为刺耳。

天哪！这个不可一世的铁面怪，真的把我当成他的女佣了吗？小秀二话不说，立即拒绝：“公司开出的工资已经很高，只要能平平安安拿到那笔钱我就已经很满足了。多出来的钱若真的收下，会使我良心不安的。”

原以为她会立即接过去并且眉开眼笑的贺轩再一次被她出乎意料的举动震住，难道这个世界上还有不爱钱的女人？再说她不是家里生活困难吗，每一分钱对她而言都应该是弥足珍贵的吧！他望了望桌上鲜亮的钞票，又望了望面前的女孩，一脸困惑的表情。

直到小秀离开离开别墅，脚步声彻底消失在耳畔，贺轩依然坐在餐桌边，抿着嘴唇，保持着她临走前的姿势。

晚上，贺轩坐在整洁如新的客厅里看着家庭影院，感觉无比的惬意舒适，再没有往日那在肮脏的环境下随时可能爆发的怒火。这是贺轩自回国以来，第一次真正享受着下班后的休闲时光，让他内心深处不由得生出一种喜悦。在这个被余小秀打扫过的房间里，似乎弥漫着某种特别的香气，这种香气不是香水所发出的香气，也不属于世界上其他的香料，就是世间最香的花卉也不能与它相比。它看似清淡，却紧紧揪着他的心，不肯放开。

第三站 灵魂的香气

1

清晨，灰白的天空飘起了细雨，轻柔的雨丝在海风的吹动下仿佛薄纱笼罩着整幢房子。花园里的草地被冲刷得很干净，百合花吸吮了甘露，绽放得更加猛烈，远远望去如同一片壮丽的雪景。偶尔有几只燕子穿梭在树枝之间，拍拍双翼，倏忽便不见踪影。

饭厅中央，精致的雕花餐桌上整齐摆放着不逊于香港茶楼的各式点心和白如牛奶的清粥。贺轩坐在描金餐椅上，一边浏览早报，一边怡然享受着美食，完全把伫立在一旁的余小秀当成了透明人，更没注意到她眼睛里茫然的神色。

突然之间，寂静的厅堂内响起炸药爆炸般的声音："难道这就是我的全部工作吗？"

毫无疑问，这样的叫声只可能是小秀发出来的。一连几天，她都在这幢房子里重复地做着扫地、做饭、洗衣服之类保姆的活计。这与最初的想象实在相距甚远，压抑了许久，她终于忍不住爆发出满腔的愤懑。

贺轩不紧不慢地抬起头，两人的目光尖锐地交错。

尔后他继续低头看报，同时给出了肯定的答案："没错，这就是你的工作！"

"可是，当初招聘的时候，不是说我的职位是总经理秘书吗？"

小秀又惊又急地问。

“哈……”只听见报纸下发出刺耳的嘲讽笑声，“你觉得，就凭你的能力能够胜任总经理秘书的职位吗？”

“如果我不能胜任，当初为什么招我进来？以咱们公司的规模和声望，不可能把签署合同的正式招聘当成小孩的家家酒吧？”小秀反将一军。

贺轩再一次放下报纸，抬起脸，这一次眼神里多出许多厌烦之色。“不是家家酒，但公司完全有调剂职位的权力。就连总统也是四年一换，更何况是你这种‘三无产品’。目前这个职位我觉得是最适合你的，反正薪水是按秘书的标准，你还有什么好埋怨的？”他以上司的口吻训斥道。

小秀公然跺着脚说：“当然有，我才二十岁，不想提前过上大妈、大婶们那种一天等于一年，一年等于一生的无望生活，我也有自己的理想和抱负……”

话没说完，贺轩已经大笑着打断了她：“这是我这辈子听到过的最好笑的笑话。那你说说看，你究竟有什么抱负？”

小秀深吸一口气，憋了很久，才鼓足全部勇气大声说：“我——想——去——巴——黎！”

贺轩含在嘴里的一口粥差点没喷出来，好半天，他掩着嘴，想笑又笑不出来地说：“就连你也想去巴黎，那我真该反思一下自己当初留学是不是选错了地方！”

小秀恨恨地白了他一眼：“为什么我就不能去巴黎？”

贺轩不置可否地耸了耸肩膀：“那你说说，你为什么想去巴黎，而不是巴格达、巴塞罗那……”

小秀没有立即回答，而是回身望了一眼窗外近在咫尺的花园。烟雾状的雨丝从遥远的天空以优美的舞姿穿透茂盛的百合花丛，坠在湿润的泥土里，又从地底涌起阵阵水汽徐徐上升，透出一股梦幻般悠远的异国情调。

她深深叹了一口气，无限惆怅地说："初二那年，我在书报亭的一本画刊上看到一段巴尔扎克的名言，他是这么说的，'巴黎是一片名副其实的海洋，任凭什么探测器也永远无法知道她的深浅。跑吧！写吧！无论你怎样费尽心思地跑遍各个角落、写尽每处细节，无论有多少人和多么感兴趣的探险家去探索这片海洋，下一次总会发现新的未知之地、未见之人。它充满花草、珍宝、魔鬼，充满让人眼花缭乱的事物，还有那些被文学探索者们所遗忘的角落。'就是因为这个，我从此便想亲自到巴黎去看一看，做一个像他那样的探险家。也想到巴尔扎克曾经到过的那些咖啡馆坐一坐，品尝一杯据说像引擎开动那样推动了他持续不断地进行写作的咖啡。"

听完这些话，贺轩变得不再说话，而是瞪圆双眼一动不动地注视着她。没想到这个职专毕业的女生还能背出大段巴尔扎克的名言，这实在超乎他的想象。

可贺轩毕竟还是贺轩，没过多久，他便恢复常态打趣道："这么说，你和那些大名鼎鼎的文豪还有共通之处，虽然穷困，但心中却都怀着伟大的梦想。"

小秀攥紧拳头有力地说："所以我心里最大的愿望就是有朝一日能攒够钱去巴黎。虽然当空姐这条路已经失败了，但是我不会放弃的！如果到了三十岁还是没有钱，我也会想尽办法走路去，即便要一辈子才能走到，也在所不惜！"

说这一席话的时候，小秀整个人突然变得生动起来，脸上散发着最坚强也最灿烂的光芒，如同从天而降的美丽仙女出现在贺轩面前。恍惚之中，贺轩甚至听到有人唱起了"哈利路亚"。他呆呆地望着她，仿佛整个世界只剩下了她，奇异炫目的光晕围绕在她的四周。

片刻之后，他回过神来，触电般从餐桌边站了起来，以换衣服作为借口，带着惶恐的神色，转身朝楼上走去。

"你到底是什么意思？不会真的就让我做你的保姆吧？"小秀没有发现他的异样，在身后不依不饶地追问道。

“你先安心做着吧，等公司有职位空缺的时候再说。”远远的传来贺轩的声音，似乎是看准了她不可能辞职。

这句话到小秀耳朵里也就变成：未来还有很忐忑的路要走，在此之前捧着保姆的饭碗才能保命！她的心情当即坠入谷底，也许厄运才刚刚开始。

窗外的雨越来越大，一声声清晰地敲打在玻璃窗上。

收拾完碗筷，小秀照例拿着抹布上楼，先到卧室整理房间。

首先，要把床上乱成一团的床单和被褥铺平，再把床头柜上花瓶里的水换掉，接着开始擦拭各个地方的灰尘……一切井然有序地进行着，混乱的房间在一点点恢复它原有的华美。谁知，就在清理窗台边的书桌的时候，小秀在宽大的桌面上看见一个密封的文件袋，封口处“欧瑞城开发计划书，26 日会议”几个简单的字样映入她的眼中。

今天正是 26 日！

之前在楼下，小秀就曾听见贺轩在几通电话里提到今早的会议，语气尤为郑重。那么这个文件袋，一定是被他遗忘在家里的会议资料。

想到这里，她不敢怠慢，连忙拿起电话，按下贺轩的手机号码，可几秒钟后，听到的却是正在通话的提示音。她又奔到阳台，在雨中放目远眺，可贺轩的银色保时捷早就不见踪影。上班时间一分一秒地迫近，情况紧急，她决定亲自跑一趟公司，替他把资料送去。

脱下围裙，她飞一般地朝门外狂奔。

雨越下越大，密集的乌云沉重地迫近地面，风势也渐渐变得凌厉起来，树叶满地打转。

车辆来往如梭的公路上，贺轩目视前方，紧握着方向盘，依然平稳地朝总公司的方向行驶着。

突然，手机响起，他从容不迫地触动无线耳麦，耳边传来一个干练的女声。

“贺总，您好！欧瑞城的开发会半小时后在集团26楼的5号会议厅召开。”

“我知道了，我现在正在路上。”

几句简短的对白后，电话挂断，贺轩习惯性地瞥了眼放在副驾驶座上的会议文件，却突然觉得有些异样。

随着一声尖锐的刹车声，保时捷猛然停靠在路边。

他绷着脸，拿起所有文件仔细翻了好几遍，发现唯独少了计划书。一定是粗心忘在家里了，他立即调转车头，以最快的车速朝反方向驶去。

城市的另一端，和风公司所在的大厦，小秀也刚刚从出租车上下来。冰凉的雨滴大颗大颗地打在她的脸上，她却只顾护着怀里的文件袋，眼睛直直盯着大厦入口，奋力朝目标奔去，玩命的样子堪比DHL广告片里的快递员。

五分钟以后，她像只落汤鸡似的出现在公司大门前，狼狈的样子聚焦了周围所有行人的目光。不过，尽管全身上下的衣服都湿得可以拧出水来，怀里被塑料膜包裹的文件袋却是滴水未沾。

整了整衣服，她怀着庆幸的心情推开公司大门，径直朝大厅深处的经理室走去，可是没走几步，却被前台接待员追着拦了下来。

“我们这捡破烂的不给进的，要收瓶子到走廊垃圾箱那里捡。”她捂着鼻子，玉手冷冷地指向门外。

“你在说什么啊？”小秀气得满脸通红，“我是特意给贺轩送文件来的。”

听见这个打扮邋遢、满身泥水，和要饭婆没两样的家伙竟敢直呼总经理大名，前台小姐瞪圆眼睛，一副将要窒息的表情。再往下看，她脚上的雨水已经浸湿了周围一小块地毯，那污迹简直比别人往她身上的Chanel套装上扔狗粪还要严重，她立即推搡着轰她出去。坐在周围的同事听见动静，也纷纷从办公桌前站起身，将目光抛向这里。

小秀被羞辱得怒火翻腾，也扯着嗓门嚷道：“我和你一样，都是公司里的正式员工，你也不问问清楚就赶人，耽误了老板开会你担待得起吗？”

谁知前台小姐一句也听不进去，还反唇相讥道：“开什么玩笑？！你如果也是公司里的人，那我还是贺总的梦中情人呢！”

无可奈何的小秀“啪”地一声，将怀里的文件袋重重扣在她脸上。

大雨中，银色保时捷从巴黎阳光的大门飞驰而进，停在51号别墅院门前。

车刚刚停稳，贺轩就立即从车内冲出来直奔大门，谁知连按了几声门铃，都没有人前来开门，似乎没人在家。

飞速按下一连串密码，门开了。他冲进客厅，可是客厅里空荡荡的，而且像是还没打扫过卫生的样子。

他又冲上楼梯，奔进卧室，可是不仅没人，书桌上装着计划书的文件袋也不见了！大开的窗前，密集的雨水混着狂风不断吹进来，地面被打得斑驳一片。

墙上的时钟已将分针指向了“10”，还有十分钟，欧瑞城的开发会就要开始了。

他攥紧的拳头重重砸在空荡荡的桌面上，汗珠混杂着雨滴，交错地从额头滚落。

雨越下越大，丝毫没有停下来的意思。

等贺轩重新回到公司，见到那份计划书的时候，会议时间早已错过，贺董事长严厉的训责也不止一次通过各种现代通讯设备冲击着他的神经。

偌大的经理室内静悄悄的，空气里弥漫着一股危险的气息。

贺轩坐在那张大叶紫檀的办公桌后，冷冷地望着面前的小秀。她湿漉漉的头发打着结，身上穿着毫无品味的棉背心和牛仔裤，还被雨水打得湿透，不难看出剧烈运动后的痕迹，而这些在他眼里都成了愚蠢的证明。

他靠在真皮椅上，用力点燃一支烟，深吸一口，慢慢一字一句地说：“从见到你的第一眼起，我准确的第六感就告诫我说，这个女人愚蠢的基因和她的肥肉一样多！可我依然还是想把你塑造成公司平易近人的典范，就像你母亲所期望的那样，就像你上一次站在这里所承诺的那样，扫地、做饭，无所不能……也许，你在家务方面是有些天分，可是，我只是让你打扫房子，你的职责也只限于巴黎阳光 51 号，没人允许你踏足这里，不是吗？”

听着贺轩言辞犀利的数落，小秀的心里就像被针扎着一样难受，但更为难忍的是一种前所未有的委屈感。她闭上眼睛，好半天，才从喉咙里艰难地挤出一句：“我只是想帮你……”

“你不帮忙我反倒要感谢你！”话没说完就被贺轩无情地打断，“欧瑞城是价值几十亿的地产项目，对于公司未来的发展有多关键你知道吗？如此重要的一场开发会就被你一个人搅乱了！如果被上头知道了，你会有什么样的下场？”

像被进行拷问似的，小秀觉得有种烙铁烙在身上的感觉。

她低头望着自己的脚尖，努力将盈满眼眶的泪水挤回去：“对不起，我不知道会是在总公司开，也是因为上班时间临近了，怕你来不及才会直接送过来的……”

“不用再说了，我现在什么也不想听！”贺轩挥手，冷冷地抗拒任何解释。

小秀知道再说什么也没有用了，现在的贺轩并不是居家时那个有点傲气，有点冷漠，却又简单直白的男人，坐在办公室里的他是和风公司的总裁，贺氏集团的继承人，他们中间隔着一堵厚重但却无形的墙。

她一边发誓再也不要和巴黎阳光之外的贺轩有任何瓜葛，一边缄默地转身，面无表情地退出经理室。

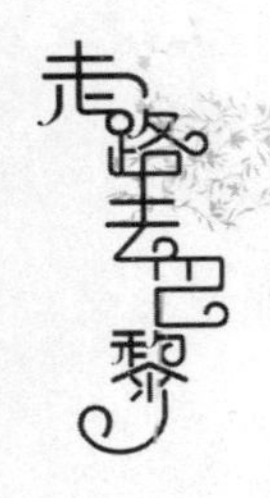

2

阴雨一直持续到夜幕降临仍然没有停止，贺轩从公司回到家里的时候，院子里很潮湿，满地都是玉兰花破碎的花瓣，在院门前路灯的映照下透出清冷的光泽。

打开大门，屋内漆黑一片，空荡荡的一个人也没有。

他走到沙发前，将衣服随手一扔，整个人也跟着倒了下去。忙碌了一天，眼皮沉重，不过思绪却变得稳定下来，尤其在回到家里以后。

回忆今天发生的意外，余小秀窦娥附身似的一张脸无可避免地出现在他的脑海里。

把眼睛合上三秒，然后又把眼皮张开，还是如此。

看来是内心的愧疚作祟，从余小秀头也不回地离开办公室，并狠狠扣上大门的那一刻开始，他就发觉自己是被怒火冲昏了头脑。正如小秀所言，尽管阴错阳差犯下了严重的错误，可出发点完全是善意的帮忙。她冒着那么大雨从家里赶到公司，自己被淋成了落汤鸡，文件袋居然完好无损，一滴雨水也没溅上。假设，今天的会议地点不是在总部而是在自己的公司，那么两人碰面时的情景，应该和现实有着天壤之别吧。

想到这里，一股焦躁的情绪突然揪住他的心，使他坐立不安，只能在空旷的客厅里来往踱步。环顾四周，略显零乱的客厅还维持着清晨的原貌，并没有小秀回来过的痕迹……那么，这样大风大雨的天气，这丫头究竟上哪儿去了？他犹豫着瞥了眼沙发桌上的电话，插在口袋里的手伸出去，又缩了回来。

怎么可以主动给她打电话呢？万一被看穿了心思，岂不是颜面扫地？

重新回到沙发边坐下，他告诫自己千万要冷静，可没过多久，内疚和牵挂又像潮水一般汹涌地涌上心头。

然而，一旦提起话筒，指尖碰触到第一个按键，他又触电般地退缩了。

内心反复交战了许久，他决定兜个圈子，让陈志东代替他打电话到小秀家问明情况。

等待回复的间隙，心脏不知为何，竟像大风里的秋千一样摆荡不停，震得胸腔难受。为了平复心情，他打开电视想要分散一下注意力，没想到一则惊人的新闻却占据着整个屏幕。

全省发布台风警报消息！

今年第8号台风已经临近我省，并有可能在今日午夜在我市东面沿海登陆，受其影响今天白天到夜间，我市有大暴雨到特大暴雨……

伴随着新闻主播凝重低沉的声音，窗外的雨声钝重有力地打在玻璃窗上，狂风摇撼着花园里的玉兰树，剧烈得随时可能拆断一般。天空中，厚重的乌云也不断逼近房顶，简直触手可及。

果然是台风来了！

此时，电话铃声也骤然响起，贺轩慌忙提起听筒。电话另一端传来陈志东的声音，他说小秀一整天都没有回家，也没有往家里打电话。

贺轩心头一紧，脸一阵烫又一阵凉，许久，才问：“她有手机吗？”

“没有。”

伴随着沉重的一声叹息，他僵硬地命令道：“隔……隔十分钟再打！”

“是！”陈志东应承完，便挂断了电话。

这十分钟对于贺轩而言如坐针毡，听着花园里的树枝被狂风刮得沙沙直响，他的心也像被无数刀片划过似的疼得难受。这么危险的天气，那丫头居然不回家，如果因为和他怄气而出现什么意外，自己岂不是成了千古罪人？

十分钟后，陈志东继续带来坏消息，小秀还是没有回家。

贺轩的手一颤，电话听筒重重跌落在地板上。

窗外的风雨越来越猛，天空电闪雷鸣，银色的闪电像利刃划过整片天空，远处时不时传来重物落地的声音。一种粗野而疯狂的力量，正在吞噬天地。

电视新闻仍在作着跟踪报道，并一再提醒市民今晚千万不要外出。

余小秀此刻又在哪里呢？贺轩闭上眼睛，不祥的预感阵阵袭来，使他头痛欲裂。

几分钟后，他顾不得诸多禁忌，亲自拨通了小秀家的电话。

电话那端传来余淑凤的声音，语调里也透着焦急。

“小秀还没有回家，是不是下班遇到大雨所以堵在路上了？”

贺轩不敢向她透露实情，应付了几句便心虚地挂断了电话。

在客厅里徘徊的脚步变得更慌乱了，有种令人不知所措的情绪像块巨石压在他的胸口，使他无法呼吸。对贺轩而言，这是有生以来第一次陷入如此混乱的境地。以前，无论遇到什么情况，他总能沉着冷静地调整自我状态。

抬头望向窗外的天空，暴雨仿佛永远不会停止似的倾盆而下，一条条闪电不像是划破天空，而像划在他心底。

不能再等下去了！贺轩冲到玄关柜前拿起车钥匙，不顾一切朝门外走去。

在暴雨中他发动了汽车，并将车速提至最快，箭一般地冲出社区大门。

不知该去哪里找人，只是沿着海边的马路不停朝前行驶。漫天大雨包裹着车子，雨线模糊了车窗，长长的马路上一辆车也没有，使它看起来就像迷失在大海里的一叶小舟。它的舵手紧紧握着方向盘，眼睛一刻也没离开两旁的公路。可从海滨一路开到市中心，马路上始终不见半个人影，他要找的人究竟去哪里了呢？

车子从积水的街面穿梭而过，溅起一路飞花。在狂风的摇撼下，原本稳如磐石的车体也不停地颠簸，驾驶座前的贺轩也随之被颠得左右晃动，紧握方向盘的双手早已被汗水浸透。

沿街店铺大多提早关门，只剩几家二十四小时营业的酒吧在和恶劣的天气对抗。就在他驱车经过其中一家酒吧的时候，店里突然冲出几名男女，尽管隔着雨雾根本看不清楚相貌，贺轩还是抱着一线希望推开车门，冒雨冲到他们的面前。正在这时，一道闪电划破天空，借着照亮天际的白光他才看清，人群里根本没有小秀。

瓢泼大雨粗暴地打在身上，他失落地望着面前的陌生人，默默地站了很久，直至对方都已经走远。

恐惧的预感和正在向这座城市逼近的台风一样压迫着他的神经。风越来越大，路边随时都有粗壮的大树被折断，如果发生什么意外怎么办？如果明天见不到她怎么办？贺轩心里悔恨交加。

正当他转身，打算回到车里继续寻找的时候，一阵狂风袭来，街边一棵高大的梧桐树重重地断裂在他脚边。

只差一步，仅仅一步之遥，他就会被压在树下。倘若真是这样，后果不堪设想。

一阵寒气从脚底涌上来，他本能地冲回车内，呆呆地坐在驾驶座上，大口地喘着气。可奇怪的是，此刻占据内心的，依然不是对于方才险情的后怕，而是不知身处于这座城市哪个角落的余小秀。

未知的危险已经降临到每一个人头上，没有回家的余小秀会不会也遇到这样的情况？想着这些，他心里的悔恨刮得比车窗外的暴风雨更加猛烈，攥紧的拳头重重砸在方向盘上。

正在这时，手机响起，清脆的铃声划破车厢里的寂静。低迷的情绪中，他下意识地按下接听键，彼端立刻传来一个男子急促的声音，是陈志东。

“贺总，我刚刚又给余家去了电话，小秀已经回家了，之前是因为大雨没车回去。”

终于……到家了！

听到这句话，贺轩紧绷的脸上出现一丝放松，尔后长长地呼出一口气。纵然车窗外的风雨依然肆虐，可此刻贺轩心里却是雨过天晴，变得无比轻松。

除此之外，同样幸运的还有这座城市，这场强台风最终没有像气象台预报的那样正面登陆，而是转头袭击了三百公里外的一座海岛。

第二天清晨，风雨已经逐渐平息，天空渐渐变得明朗，只有零星小雨飘荡在空中。

小秀照例七点准时来到贺轩家，进门后便一头钻进厨房准备早饭。一小时后，丰盛的餐点被摆上饭桌，浓浓的香气充盈着整幢房子。奇怪的是她的上司并没有像往常那样准时下楼吃饭，她等了很久，眼见上班时间一分一秒地迫近，不得不上楼一探究竟。

轻手轻脚地登上楼梯，与楼梯口相对的卧室的门是虚掩的，小秀试探性地敲了两声，没人答应。她壮着胆子推门进去，看见贺轩侧身躺在床上，盖着厚厚的棉被，脸色很差，似乎昏迷不醒。

她连忙走上去摸了摸他的额头——一阵滚烫，才知道他正在发烧。

虽然不知道他究竟怎么生的病，可小秀隐隐觉得和昨晚的暴风雨有着某种必然联系。然而，身居豪宅高楼，出入都有跑车的贺大公子哪来的机会淋雨呢？这使她不由得联想起另一件怪事，昨晚回家以后，妈妈就告诉她，陈志东不断打来电话询问她的去向，其间，贺轩也曾亲自打来，莫非……

不可能！这个铁面怪不亲手把我推下悬崖就不错了，怎么可能还会关心我的安危？小秀用力摇着脑袋，努力把胡思乱想甩出大脑。

正在这个时候，贺轩也缓缓睁开眼睛，一见小秀站在面前，先是一惊，接着抿紧嘴唇，一动不动地望着她，两人间被一股捉摸不透的气氛笼罩着。

事实上，此时的贺轩很想鼓起勇气对小秀说抱歉，但不知是怎么回事，脱口而出的却是恶狠狠的质问："死丫头，昨晚上哪鬼混去了？"

粗暴的声音震动着小秀的耳膜，她立即瞪起眼睛，以同样的火力还击："和朋友去酒吧啦！怎么样？"

贺轩支起身，斜倚着床头，阴沉的表情因为苍白的面色更显可怕："一个年轻女孩，大风大雨的夜里不回家，还跑到夜店消遣，你这副德性和那些太妹有什么两样？"

小秀抬头冷笑了一声："还不是拜你所赐！如果不是因为心情不好我干吗去那种地方？"

此话一出，贺轩嚣张的气焰顿时像被一盆冷水浇熄了似的，张了张嘴，半天说不出一句话来。

见他身体不适，小秀也不想给他难堪，说了声"好好躺着吧"便转头扬长而去。

这丫头的胆子越来越大了！望着小秀消失在门后的背影，躺在床上的贺轩眼里冒出愤怒的火花，真想追上去把她的脖子给拧断。可是生病的身体正在抵御入侵的感冒病毒，根本腾不出空闲，力不从心的他只能随手抄起床头柜上的闹钟，使劲朝视线尽头掷去。可是，当这最后一丝力量都耗尽之后，他的头顶一片眩晕，连坐在床边都显得很困难。无奈之下，他只能重新滑进被窝里，乖乖闭上眼睛。

不知过了多久，半梦半醒间有人轻轻推他。他至少耗费了平时在健身房举一次重磅哑铃的力气才撑开眼皮，眼前先是一片白茫茫的迷雾，随后画面渐渐清晰起来。只见小秀端着一个托盘站在床边，托盘里有一杯开水，一碗稀粥和退烧药。

见他醒来，小秀把托盘放在床头柜上，然后端起热腾腾的燕窝粥舀了一勺送到他嘴边："生病得吃些有营养的才行。看到厨房里有燕窝，我就帮你做了一些，赶紧吃吧！"

一股清甜的香味随着呼吸渗透全身每个细胞，沉重的身体顿时感到轻松许多。他不由自主地张开嘴，大口咽下，很快，一碗燕窝粥就被一扫而光。

看着贺轩听话地吃完早餐，小秀脸上露出满意的笑容。过了一会儿，她又将药和开水递给他，让他吃完以后好好睡上一觉。

这等悉心照料是贺轩万万没有想到的，之前小秀离开的时候，他还以为自己成了被抛弃的悲剧人物，原来她下楼是为了煮粥备药。尤其是那碗燕窝粥，就像女巫特制的魔法糖，甜甜地融化了他的心。

窗外的细雨不知不觉中已经停了，柔和的晨光透过窗前的纱幔撒进房间，在小秀的脸上涂抹上一层温暖的光芒。贺轩望着这张脸，嘴角露出一抹不易察觉的微笑，眼睛再次轻轻闭上。不过这一次，不是被病痛折磨得昏昏欲睡，而是舒适安逸地进入梦乡。

小秀站在一旁静静守护着他，直至房间里响起均匀的呼吸，她才走到床沿，替他掖了掖被角，又伸出手试了试他额头的温度，感觉有所平稳后，才踮着脚尖轻轻走出房间。

3

午后，金色的阳光钻出厚重的云层，大地重获光芒。

一片雪白的花瓣从花园的玉兰树上飘落下来，随风飞进卧室的窗户，落在枕边。浓郁的香气把贺轩从沉睡中唤醒，他睁开眼睛，坐起身伸了个懒腰，又摸了摸额头，发现烧已经退了，身体也恢复活力，甚至比病前更加精神。

从未有过的轻松促使他一跃而起，光着脚便朝楼下走去，沿路的地面被拖得干净又明亮，赤脚踏过的感觉简直是一种享受。

听见楼上传来的脚步声，正在厨房擦地的小秀放下手里的活儿，飞奔着来到楼梯口，抬起头，瞪大眼睛望着他："你醒了，这么快就没事了吗？"

明明已经康复的贺轩却不太情愿让自己马上恢复“真身”，于是扯了个谎：“还没完全恢复，身体还是软绵绵的。”

“那还是再去床上躺一会儿吧。”小秀皱眉劝道。

“我又不是七老八十的老头子，再躺下去身体就僵化了。”贺轩一路做着简单的伸展运动来到饮水机前，倒了杯矿泉水，大口灌下。

小秀跟在他身后走了两步，对着他的背影说：“志东刚刚打电话过来，问你下午去不去公司，如果不去的话，晚上他会把今天需要处理的文件送来。”

“今天就不去公司了，难得给自己找个借口放一天假！”随着一声高呼，贺轩突然转过身望着小秀，“我现在可是病人，你必须好好照顾我，明白吗？”

“这么精神的样子，哪像病人啊！”小秀撅着嘴，小声嘟哝着。

接下来的时光，房子里出现平日难得一见的景象——洒满金黄阳光的客厅，小秀披着围裙，扎着高高的马尾辫，像个森林精灵似的在房子里上上下下，四处忙碌着；贺轩穿着睡衣，慵懒地斜靠在沙发上，一手拿着报纸，一手拿着电视遥控器……他们之间的距离时远时近，眼光也不定时地微妙交错着，一股暖洋洋的气息在空气里悄然弥漫开来。倘若从屋外透过玻璃窗朝里望，还以为是一对甜蜜的新婚夫妇呢！

由于享受“病人”的待遇可遇而不可求，贺轩抓住机会一分一秒也不浪费，一会儿要喝冰镇西瓜汁，一会儿又让小秀过来给他揉肩捶腿。没过多久，居然说所有的电视节目都太无聊，吵着要看最新的好莱坞大片，逼迫小秀到市中心的音像店去给他找 DVD 光碟。等这些愿望一一被满足之后，窗外已是夕阳西下，可晚饭还没有做，洗衣桶里的脏衣服也已经躺了一天，等着人洗。

小秀一边祈祷着贺轩千万别再出什么整人怪招，一边满头大汗地来到洗衣池边，准备完成这最后一项工作就去做饭。然而，就在她拿起脏衣服准备浸入水中的时候，却发现衣角、袖口上的一些异样。

这些污泥究竟是怎么回事呢？即便是毫无逻辑能力的白痴，对照着贺大公子身上种种异状联想一下，也能够很快得出结论吧。

一分钟后，她背着手，得意扬扬来到贺轩面前。

“你是怎么生病的啊？”

“我怎么知道，我又不是医生。”

“是昨晚出门淋雨导致的吧？”

“啊？！”

贺轩的声音像被人剥光衣服那样颤抖着。

“不要掩饰了，你昨晚的确出门了对吧，衣服上全是污泥和水渍！”

小秀从背后拿出一件烂咸菜似的衬衫。

砰——后脑勺像被人重重地锤了一下！贺轩瞪大眼睛，望着那件“罪证”，感觉自己和正在法庭上受审的罪犯差不多。不过，无论是什么性质的罪犯面对再充足的证据时也绝对不会承认自己所犯的罪行，贺轩自然也不例外。停顿了数秒钟，他才缓缓抬起头说：“我是出门了，不过不是昨晚，而是昨天傍晚……去了欧瑞城的工地，刚刚动工的楼盘，溅点泥也值得你这么大惊小怪的？”

听了贺轩的解释，小秀不由得怔住，却也找不到反驳的理由，于是不置可否地耸耸肩，拎着衬衫回到洗衣池。倒是贺轩，望着她的背影，捂着胸口，长长舒了口气。

千万不能被这丫头知道我昨晚出门是为了找她，不然她的尾巴一定翘到天上去！

夜幕悄然降临，宽敞的客厅，水晶吊灯光芒夺目，敞开的落地窗前，海风吹开纱幔迎送着海洋的气息。欧式古典的长条餐桌上，摆放的都是白粥和一些清淡的食物。这些食物虽然清淡却做得十分精致，无论是像雏菊一般盛开在盘中的胡萝卜花，还是香甜软糯的糯米枣，或者金黄发亮的酥皮香蕉卷，全都令人赏心悦目。

一走进饭厅见到这些菜，贺轩的眼里立刻透出闪亮的光芒，拿起筷子，迫不及待夹起一块酥皮香蕉卷塞在嘴里。层次分明的香蕉卷，外层轻如羽毛、稍稍用力表皮就酥脆脱落，而内部由均匀的气泡撑起一层层有弹性的薄膜，吃在嘴里可以感受到层层叠起的细腻的面皮散发出清淡的奶香，吃完后口中却一点也没有油腻感。

小秀穿着粉色的Hellokitty围裙，站在一旁，脸上挂着颇具成就感的笑容："怎么样，感觉还行吗？"

贺轩觉得这是他吃过的最好吃的一道点心。

不知是于出感动还是愧疚，他指着桌对面的餐椅对小秀说："你也坐下来一起吃吧！"

听到这句话，小秀不由得愣住，怀疑自己是否听错了——这个一直以来都是用鼻孔看人的铁面怪居然会让他的保姆坐下来和他一起共进晚餐？

"坐下来啊，有什么不好意思的！"贺轩再一次发出邀请。

小秀还是僵直地站着不动。

见她这么被动，贺轩突然站起身，伸出手作出一副要强制执行的架势。无奈的小秀这才走到桌边，小心翼翼地坐下。与英俊年轻的总裁面对面地吃着晚饭，这大概是全公司的女职员做梦都不敢想的事，也显得特别缺乏真实。但不知为何，小秀胸口却回荡着一阵阵灼热的暖流。

贺轩对于她的拘谨付诸一笑，又夹起一朵萝卜花，不紧不慢地说："以后你都跟我一起吃饭好了，反正这么多菜一个人也吃不完的。而且你回家再吃饭，时间也太迟了，长久这样下去，胃会弄坏的。"

小秀瞪大眼睛望着贺轩，完全没想到他会说出这样关切的话，顷刻间脸颊便红了。

温暖的灯光笼罩在头顶，诱人的饭香弥漫在餐桌周围，不多时，一桌饭菜基本被消灭完了，吸收了这些营养的身体也变得无比充盈起来。

饭后，小秀洗完碗筷决定告辞回家，却再次意外地被贺轩拦在客厅。

“你今天表现得还不错，赏罚分明例来是公司一贯的政策，既然你不收小费，那我只能另外送你点别的了。”

说完，没等小秀反应过来，他就拉起她的手，穿过长长的厅堂，翩然来到后院。

绿意弥漫的花园里，耀眼的百合和薰衣草在夜风里摇曳生姿，花园中央一片蓝色的水光，是波光粼粼的室外游泳池。游泳池前的草地上安放着一张原木的秋千椅，面向远处风景怡人的海滩。

贺轩一直拉着她来到秋千椅前坐下，然后指着远处的大海说：“这片只属于我一个人的风景，就是给你的奖励。”

小秀望着远处波涛起伏的大海，浮起一抹惊叹的神色，却又想不明白。

贺轩继续说：“这里是整幢房子视线最好的位置，可以清晰地看见整片大海。每当心情不好的时候，我就会坐在这里，一个人静静望着大海，这样似乎所有的烦恼都会被海浪卷走。也因为这个，我爱上了这幢房子。而且，这片风景向来是我独占的，从来没有和任何人分享过。”

小秀出神地望着他，此时的贺轩表情温柔，眼光清澈，根本不像从前拒人于千里之外的铁面怪。秋千椅轻轻摇晃着，发出吱呀吱呀的声音，抚慰着她疲惫的身体，就像一卷被揉皱的缎那样在夜风中慢慢舒展开来。

他们并肩坐了很久，开始海阔天空地闲聊。从大海聊到天空，从巴黎聊到曼谷，从美国电影聊到文艺复兴……天上地下，百无禁忌，最后，话题又绕到昨天发生的那件事情上。

“昨天……昨天我在办公室那样羞辱你，你真的一点也不生气？”

“生气啊，所以和好朋友去了酒吧。不过从酒吧出来以后就什么都忘记了。我这个人的性格就是这样，哪怕碰到再郁闷的事，只要笑一笑就忘了！也许是因为从小经历的不幸实在太多，如果一件件全都记着，我的大脑恐怕没有那么大的容量。”

听到这句话，贺轩不禁嘘唏一声，亏他昨晚还那么担心，怕她想不开在大风大雨的夜里会做什么傻事，原来这丫头竟是个刀枪不入的铁布衫。不过，这又使他对于她的过去发生了兴趣。

“你从小吃了很多的苦？”

“嗯，从记事起就没断过。”小秀说着，掀开刘海，露出额头上一道细长的旧伤疤，“这是三岁的时候，我爸用酒瓶砸的。因为这个原因，我妈后来就和他离婚了。再后来，因为妈妈一个女人带着我独自生活，没少受别人的欺侮，所以，你对我所做的这些根本不算什么。”

看着她轻描淡写的样子，贺轩简直感到惊叹，被亲生父亲用酒瓶砸伤、父母离异、从小遭人歧视……这样的经历无论换到任何一个人身上都会给心灵蒙上阴影，可在她身上怎么看不到一丝痕迹呢？

“你真的从来没有绝望过吗？”

“我一直觉得，人之所以会绝望是因为他找不到希望，可我相信希望的存在。即使接到航空公司的落选通知，即使初恋男友弃我而去……都不能使我产生怀疑。这些不幸只是让我明白了人生不快乐的时候要比快乐的时候多，也让我学会怎样去珍惜。其实人生最难得的就是快乐，因为想要快乐，所以我是永远不会被打倒的余小秀！”

听着这些话，贺轩觉得这个女孩的心仍像个孩子似的透明。虽然它受过伤，流过血，可她一声不响地把它包扎好，擦得晶晶亮。这样的光芒是他不曾在任何其他女孩身上见到过的。

“那么，你现在觉得快乐吗？”

“嗯，很快乐，比你要给我小费那会儿强多了。”

小秀说着，圆圆的脸蛋上露出灿烂的笑容，如同一道光芒注入贺轩眼中。他一动不动地注视着她，目光如宝石一般闪亮。

从海上吹来的凉风轻轻吻过他们的脸颊，月光下，玉兰树的花瓣在风中轻轻飘落，散落整个花园。如泉水般透彻的月光洒在身上，让人有一种说不出的满足与丰盛。

四周静悄悄的，只有昆虫的鸣叫。

小秀的肩头轻轻一颤，心跳突然变得剧烈起来，两人距离这么近，光是看着这张帅脸也会令人窒息的。

危险、危险！她心里响起了一连串紧急警报！

就在这个时候，花园边缘的花丛一阵异动，随后栅栏前探出一个人头，两人一齐扭过头，定睛一看，原来是陈志东。

他夹着公文包，慢慢地挪进花园，尴尬地笑着："贺总，我一直在前门按门铃都没有人开门，所以跑到后院来看看……没有……没有打扰你们吧！"

"说什么呢！"贺轩站起身，面红耳赤地咆哮着。

小秀也跟着从秋千椅上弹坐起来，含糊不清地道了声别，就转身朝大门外夺路而逃，连放在客厅的手提包都忘了拿。

4

"尚媛，如果和一个你最讨厌的人坐在一起会心跳，是说明你越来越讨厌他了吗？"

小秀在无法入睡的深夜悄悄拨通了好友尚媛的电话。

"对方是男是女？"

"男的。"

"那你肯定是喜欢上他了！"

因为这通电话，小秀一整个晚上都处于失眠的烦躁中。她不断反问自己，怎么可能喜欢上面目狰狞的铁面怪呢，简直是无稽之谈！二十年来，只有那种温暖如阳光般的男生才能扰乱她的芳心。至于那个铁面怪，天天板着一张脸阴气沉沉，就连牛头马面见到他还要避让三分，自己又不是傻瓜，怎么可能吃错药往枪口上撞。

My God！这个世界疯了吗？

第二天早晨走进贺轩家的时候，她的脸上有明显的黑眼圈。

而昨晚和她一起在后花园看海的贺大公子，此时正翘着二郎腿，拿着早报靠在沙发上，昨日温柔的态度荡然无存，一张嘴就是犀利的讽刺。

“你昨晚回家的路上被人打劫啦？眼圈黑得跟国宝似的。要再穿身黑衣服，直接可以往动物园里送了！”

上天不仅赐给这个男人英俊的外貌，更赐给他敏捷的思维、卓越的口才，让他在叱咤商场之余也能把挖苦别人的专长发挥到最高境界。

对此，小秀很想扯着喉咙高喊：这还不是你害的！可如此一来，不就等于不打自招说明自己对他别有用心吗？于是她只能怒目圆瞪地反驳道：“你也好不到哪去，不然干吗一早拿报纸遮着脸，跟流窜的通缉犯似的。”

“你……”贺轩气急败坏地甩开报纸，“不要以为在后花园聊了一会儿你就可以登鼻子上脸了，记住你的身份和应该做的事。扫地、做饭，把房子整理清楚……这里面没有一件是需要用嘴说的。”

说完，他把报纸揉成团狠狠扔在地上，然后面无表情地朝屋外走去。

小秀望着他离去的身影，张大嘴，一副难以置信的表情。都说“六月的天，孩子的脸”，而这家伙的心情变化简直比三岁小孩还夸张——一会儿晴，一会儿雨，完全不知道他脑子里在想什么。自己怎么可能对这种铁面怪产生好感呢，尚媛简直比八卦小报还能胡扯！

一个早晨就这么闷闷不乐地度过了。

午后，大朵大朵的流云舒缓地掠过这座城市，天，湛蓝得如同另一片海洋。空旷的别墅区显得很安静，只有窗外花园里的花瓣静静飘落的声音。

小秀刚刚清洁完所有的地板，地面再一次在日光的照耀下透出晶亮的光芒。虽然心里有怨气，可做起事来她依然一丝不苟，三百多平方米的地面，居然一根头发丝也看不到。

稍稍休息了一会儿，到饮水机前畅快地饮下一杯矿泉水，她又准备到屋外擦落地窗的玻璃。

正在此时，门铃突然响起。

小秀赶忙快步走到门前，打开门，还没看清是谁，就见一个人影旋风般地扑过来，兴高采烈地紧紧将她抱住。

这股力量太猛，害她险些一个踉跄跌倒在地，好不容易稳住重心，这才回过神来：“尚媛，怎么是你？”

被骄阳晒得满头大汗的尚媛没有回答她的话，而是一步跨进屋内，左看看、右瞧瞧，目光中渐渐浮起一层惊诧的颜色。随后，她又回头上下打量了小秀一番，瞪大眼睛说：“前些天你告诉我在这里上班，我还以为是设在别墅区的公司，没想到竟是私人住宅？你……你该不会在这里当保姆吧？”

小秀觉得大脑深处出现一股近乎昏厥的眩晕。

她扶着脑门，强掩着尴尬：“当然不是保姆，是总经理秘书。只不过因为我们老总临时请不到人，所以我在这里帮忙。秘书不就是做这些事的吗？只要哪里需要，就在哪里出现！”

尚媛不置可否地嘿嘿一笑，继续朝客厅深处走去。眼见满目奢华，绝非等闲，不禁好奇地问道：“对了，我还从来没有问过你，你这个老总究竟什么来头？”

小秀淡淡答道：“他是贺氏集团的太子爷。”

正在随处参观的尚媛突然停下脚步，转过头怔怔地望着他，脸色因为过度的惊讶而变得苍白。

隔了很久，她才感慨万千地说：“余小秀，这回你可发财了，居然成了贺氏太子爷的贴身秘书。果然是塞翁失马，焉知非福。我以前一直不相信这句话，如今在你身上，我总算领略到了古人的智慧。”

小秀突然觉得头更晕了：“胡说八道什么呢，你这家伙现在是越来越不着调了！”

尚媛发出清脆的笑声：“难道不是吗？就连这幢超级豪宅，如今也是你们一人一半了。白天是你的，晚上才归他！”

小秀摇着头，一脸苦相道：“没有你想的那么美好，人家是住房子的，我是打扫房子的，你知道想打理好一幢三百平方米的房子有多么不容易吗？”

在小秀的抱怨声中，尚媛再一次细细品味起置身其中的这幢建筑。方才未进门之前，她就已经感觉到这必定是一幢气势非凡的宅子，进来之后，更在第一时间被它彻底折服。开阔的客厅用古典的欧式风情书写着主人的内敛与尊贵，古朴的壁炉营造出“壁炉夜话”的意境，所有的家具在日光照耀下散发着自然的淡淡金辉。沙发与落地窗近在咫尺，坐在沙发上，看窗外花园的风景，感觉不到任何距离，只觉得就坐在庭中观望花开。完全属于财富塔尖人群的生活，哪怕能在这样的房子里做一天的白日梦也是好的呀！

想到这里，她失神很久，脑海里却又突然跳出自己此行的目的，便回过身认真地对小秀说：“我今天抽空过来，其实是想告诉你，我下周过生日，想搞个生日Party！”

小秀笑着点点头：“嗯，我记得日子！正打算打电话给你，问你要什么礼物。”

这句话正中尚媛的下怀，她的脸上划过一抹不易察觉的微光。

“你真的打算送我……礼物？”她的尾音拖得很长，同时用深邃的眼光凝视着小秀。

小秀爽快地应承着：“是啊！虽然不可能送很贵的东西，但至少也会尽一份心意。”

“那我不要你任何东西，只要你帮我实现一个梦想就可以了！”尚媛一蹦一跳地扑上来，亲昵地搂住她的脖子。

望着好友过分甜腻的笑容，小秀的心脏不由得微微突跳了一下，脸上露出狐疑的表情。

尚媛不是没有看出她的疑虑，但是由于心情过于急切，也顾不得那么多了，她大胆地脱口而出道：“把这幢房子借给我办一场Party怎么样？”

听到这个出乎意料的请求，小秀呆住了，随后，脸上露出惊恐的神色，坚决地摇头：“绝对不行，铁面怪会把我杀掉的！”

尚媛的眉头皱成了一个大疙瘩：“铁面怪？”

“是我给我们老板取的外号。光听这个名字你就应该知道他有多恐怖了，如果他知道我们瞒着他在这房子里捣乱，他一定会把我……”小秀说着，抬起手，做了一个抹脖子的动作。

尚媛仍不死心，又软磨硬泡道：“那咱们不让他知道不就行了吗？像他这种大忙人，白天会回家吗？咱们把Party设在中午，时间不超过两小时，散场以后我帮你收拾，肯定能做得滴水不漏。”

“不行不行！俗话说不怕一万只怕万一，如果出了什么闪失，饭碗保不住还算事小，回家肯定会被我妈打死！”

无论尚媛如何挖空心思，从小学的交情扯到职专，又列举了往日为她赴汤蹈火的种种事例，例如有一次学校组织到农村郊游，小秀在村口惹恼了一只猪，被它追出二里地，是她投石相救；还有一次，她献身作为诱饵，引诱小秀暗恋的一个男生出来约会，借机为他们牵线搭桥；当然更没忘了提那回在酒吧，她及时通风报信，让小秀认清了男友现代版陈世美的真目面。可无论如何追溯往事，小秀终归只有一个态度，就是抵死不从。尚媛费了半天的劲，讲得口干舌燥，还是没有达成目的，一时间也是火冒三丈。

“这是我进航空公司的第一个生日，对我的人生、人际关系有多么重要的意义你知道吗？你连这点忙都不愿意帮，算什么好朋友。”

小秀一脸无奈，唯有沉沉的叹息才能表明心迹。

可是尚媛根本不吃这一套，恶狠狠地瞪了她一眼，甩下一句要绝交的话，转头就要离开。

眼见即将失去相交十数年的好友，小秀心里又痛又急，眼睁睁望着尚媛越来越远的背影，终于在她即将消失在门口的那一瞬间，揪心地抛出了三个字：“你——等——等！”

尚媛回过头，依旧怒气冲冲地望着她。

小秀近乎绝望地说：“话都说到了这个份上，我不答应能行吗？不过，时间只能定在下周一。因为周一是他最忙的一天，选在这个时间应该不会出什么差错。”

仿佛早就料到会是这个结局的尚媛顷刻间便转怒为喜，脸上胜利的笑容比屋外阳光下的花朵更加灿烂。她兴奋地张开双臂，像鸟一样扑上来，紧紧地将小秀抱住。

到了周一的清早，小秀心怀鬼胎地将贺轩送出门，便急急忙忙开始准备中午Party需要的食物和酒水。这对她而言并非难事。等穿着美丽裙装的尚媛走进别墅大门的时候，空气里早已萦绕着浓浓诱人的香味。几十盘佳肴整齐地摆满长条餐桌，四周还有鲜花点缀。这实在令这位寿星大喜过望，未等宾客到齐就抢先开了一瓶香槟。随着“砰”的一声响，木塞被弹入高空，两位好友的碰杯声也响亮回荡在大厅。当第一杯金色液体温柔地滑过喉咙，微甜的味道停驻在舌根，尚媛便觉得自己已经醉了。

尔后，如约前来的宾客们正式掀起意想不到的狂欢。在他们连声赞叹这幢豪宅的同时，客厅的组合音响也被释放出最劲爆的电子音乐。人们手举着高脚杯，围绕在一起尽情扭动着腰肢。噪音吵得正在午休的邻居连连打来抗议电话，却没有任何人作出收敛的动作。一些宾客跳累了，就坐到沙发上打情骂俏甚至公然热吻。还有一些擅自走上二楼，随意参观。更有甚者绕到后花园，一头扎进游泳池里畅游……直到这个时候小秀才发现，事情比她想象的要糟糕得多，已经到了无法控制的地步。

她一边收拾着众人随地乱扔的垃圾，一边劝说他们安静下来，可没有人理会，所有的客人都把这场Party当成一次盛世嘉年华，生怕一旦错过就再没机会。时间已经远远超出约定的两个小时，四周却看不出有任何散场的迹象，反倒越来越High。

又气又急的小秀开始满世界寻找尚媛的影子，客厅、厨房、花园……甚至卫生间都没有放过，就是不见她的踪影。她面如死灰，发誓往后若听见尚媛再提出一次这样无理的要求，一定当机立断和她绝交。可发誓归发誓，现实还是必须面对的，如果在贺轩下班之前还没能把房子恢复原样，自己连同在场的所有的人都会被铁面怪打入十八层地狱。想到这里，她喘着粗气，又马不停蹄地朝楼上奔去，粗暴地推开一扇扇房门仔细找人。终于，在主卧的大床上看见尚媛，她醉得迷迷糊糊倒在一个男人怀里，旁边的床单上似乎还有星星点点的呕吐物……

小秀呆呆地望着这一切，只觉得脑海深处的血液轰的一声炸开。回想上一次，自己不过是在这张床上休息片刻，房子的主人就歇斯底里成那副模样。如今，若是他在场，看到此情此景，一定会当场将这两个人从窗口扔下去。

“尚媛，你给我起来！”她气得咬牙切齿，伸手便去拖她。

抱着尚媛的男人面对突然出现的犹如夜叉般的女孩，也被她凶神恶煞的表情吓得怔住，倒是半醉半醒的尚媛显得不以为然：“干吗这么急着催我，一年一次的生日多难得呀，反正时间还早……”

一听见这句话，小秀更是火冒三丈，当初进入这幢房子第一天，她就是抱着这种想法才会大胆地躺到这张床上，谁知一觉醒来，厄运便从天而降。以史为鉴，今天无论如何不能让惨案再度上演，于是，她不顾一切地用力拉扯着她的手臂，一定要把她赶下床。

正在此时，一阵门铃声陡然响起。

叮叮叮叮——

声音已被楼下劲爆的舞曲淹没成无力的呜咽，所有的人都没有留意到这个单调的声音，唯有小秀像被一道凌厉的闪电劈过，险些一个踉跄跌倒在地。

那一刻，她觉得脑子里天旋地转，世界仿佛都崩塌了，泪急得差一点涌出眼眶，不知该如何迈向门口。虽然打从心眼里讨厌贺轩，可是他毕竟出于信任才会把一整个家交给她，支付的报酬也显得非常慷慨。如今，她竟然在朋友的怂恿下无耻地利用了他的信任，这样的局面该如何向他交代。

就在小秀后悔莫及的时候，门铃又接连响了第二遍、第三遍，不去面对已经是不可能的事了。沉沉地叹了口气，她以董存瑞托炸药包的决心朝大门迈去。

谁知，就在开门的那一刻，面前出现的居然不是想象中的贺轩，而是一位盘着亮泽的发髻，穿着一袭剪裁得体、做工精美的旗袍，戴着耀眼钻石项链的贵妇人。她柔美的脸庞看上去比实际年龄要年轻许多，皮肤依然保养得吹弹可破。

这突如其来的急转让小秀目瞪口呆，而对方也被惊得怔在原地，看了看她，又透过门缝窥见其中一派混乱的情象，好半天才犹豫着问："这……这是贺轩家吗？"

"是啊！请问您是……"小秀也显得十分谨慎。

贵妇人这才稍稍舒了口气说："我是贺轩的母亲，你是谁？"

贺轩的母亲？小秀只觉得脑海里掀起一阵更加猛烈的眩晕，浑身无力，需要扶住门框才能站住。如果面前站的真的是铁面怪的妈妈，那事情恐怕就没有设想的那么简单了。现在需要对付的是一柄升级版的双刃剑，此时的她恨不得冲上楼杀了尚媛！

就在小秀不知所措的时候，贺夫人又再度发问："怎么，今天贺轩在家里开Party吗？现在应该是上班时间才对。"

小秀完全不知该如何回答，紧张得面如土色。

贺夫人等了半天也没得到答案，觉得面前这个年轻女孩笨笨傻傻的，干脆直接夺门而入，谁知寻觅了半天，都没有看见儿子的踪影。

她开始感到事情有些蹊跷，粗扫了一遍眼前的宾客，看上去也不像他们这个圈子里的人，于是，二话不说，从手提包里掏出手机，迅速拨通了贺轩的电话。

就在贺夫人举起电话的那一瞬间，站在她身后阴影里的小秀只觉得自己正被笼罩在头顶的强大阴影一口口吞噬，随后脚下一空，如同从几万米的高空坠落，直抵黑暗无边的世界。

5

等到贺轩驾车从公司火速赶回的时候，所有的闲杂人等都已经消失，客厅里空荡荡的，只剩下坐在沙发上的母亲和像雕像一般僵立在她身边的余小秀，彼此脸上都没有任何表情。

窗外，玉兰树的树影透过巨大的落地窗在大理石地面上无声地晃动。

空气里弥漫着看不见的压抑气息。

随着大门被打开的声响，小秀也看见穿着Dior西装的贺轩犹如一道白色闪电出现在眼前，并踏着沉默的步伐一步步朝自己走来。心底绝望的裂缝变得越来越大，恐惧的感觉前所未有，她的头垂得快与地面平行。

谁知，贺轩的第一句话竟然不是针对她的，而是埋怨起母亲："妈，您怎么没打一声招呼就来啦？"

贺夫人虽然还在生气，声音却保持着贵族般的淡定："听说你换了个新保姆，是个小姑娘，我想过来看看是否真的合适。另外，我也有其他的事情要和你商量，没想到……"

说到这里，她狠狠瞪了身边的小秀一眼，碍于自身素养没有挑明。

妈妈的这道眼神贺轩看在心里，也猜到即将会发生什么，如果这件事发生在小秀上班的第一天，他一定会添油加醋、煽风点火……可惜，时至今日他已彻底拜倒在小秀的围裙之下。家里几经波折，好不容易才变得整洁干净，下班后随时能吃到丰富可口的饭菜，换成谁也不愿倒退回从前那种原始社会般的恐怖生活里去。出于这一点，他必须尽办法保存余小秀，保存了她，也就等于保存了自己。

想到这里，他来到沙发边坐下，并故作轻松地开口道："嗯……您说那场Party是吧，其实是我同意的。如果不是因为公司太忙，我也要参加的！"

"什么？"贺夫人与小秀异口同声地发出惊呼，三个人的目光微妙地交错着。

尤其是小秀，怎么也没料到贺轩竟会主动帮他解围，就在刚才，她满脑子还是他进门后暴跳如雷的画面。

贺夫人认定其中必有隐情，强忍着内心的诧异，不动声色地问："可是，刚刚在电话里，你不是还说你完全不知道这件事吗？"

贺轩眼睛一转，再度随机应变："那是因为……因为时间问题，小秀本来跟我说时间定在明天，没想到今天就提前举办了，所以我才说不知道。"

"是……是因为我朋友明天临时有事，所以只能放在今天。"小秀也机警地配合他演戏。

贺夫人满脸疑惑地盯着儿子，似乎不太相信。

被妈妈这样盯着，贺轩觉得背后直冒冷汗，赶忙采取声东击西的策略："您刚刚说还有其他事要和我商量，什么事？"

贺夫人轻轻一笑："那件事等一会儿再说，先解决眼前这桩麻烦。不管出于什么原因，这个保姆我不希望你再继续用了！"

聪明的贺夫人并没有中计，姜果然还是老的辣。

贺轩不由得叹了口气，觉得拐弯抹角下去并没有多大意义，索性摊牌道："妈妈，余小秀是我请来的人，我对她很满意，请您不要干

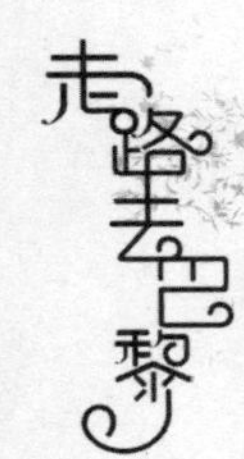

涉好吗？”

听到这句话，小秀惊讶地扭过头，眼睛瞪得圆圆的，仿佛站在她面前的是个陌生人。

贺夫人态度坚决地摇着头：“像这样趁着主人不在便如此放肆的保姆我平生闻所未闻，这样的人怎么可以留在家里？规矩全都被她弄乱了！”

贺轩毫不客气地回应道：“这是我自己的房子，不是大宅。在大宅我做不了主，在这里若还是做不了主，那么，您是不是希望我再回到法国去？”

这句话把贺夫人堵得哑口无言，空寂的客厅瞬间安静下来。

隔了很久，贺夫人与儿子对望了一眼，态度果然软化许多，轻声说：“那好，如果你答应我一个条件，那今天所发生的一切我就当做没看见。”

贺轩当即露出胜利的笑容：“您请说。”

贺夫人不紧不慢地从手提包里掏出一张精致的邀请函：“这也正是我这次来要和你商量的事。这个周末在莱薇酒店有一场有史以来最隆重的单身派对，全市企业家的未婚子女都在邀请之列，我希望你也能参加。”

话没说完，贺轩的眉头就已经紧紧皱了起来：“什么？又是这种无聊的派对！”

贺夫人露出淡淡的一抹微笑：“这是我唯一退让的条件，去不去你自便。如果你连这点面子都不给妈妈，那就算你真的回到法国去，我也不会阻拦，最多当没有你这个儿子！”

贺夫人的这席话看似随意却有四两拨千斤之功，正如她的性情，平时温柔随和，仿佛与世无争，然而一旦决定的事绝没有任何商量的余地。贺轩心里非常清楚，若想不得罪她，又让余小秀继续留下来烧菜做饭，那么唯一可以牺牲的就只有自己了。只不过一提到这种单身酒会，他脑子里立即源源不绝地涌出与之相关的记忆，耳边甚至回荡起一声又一声的狼嚎。除此之外，更让他心生异样的还有一种莫名的情愫，自己怎么就会因为几顿饭就被一个又胖又笨的保姆给收买了呢？没有答案的问题在他的脑子里扩大着领地，就像没有谜底的谜语。

头越想越痛，他索性快刀斩乱麻似的应承下来："好吧，妈妈，我答应您便是。那天我一定盛装出席，让所有的名媛闺秀都拜倒在我的西裤之下！"

听到这段自嘲似的幽默，小秀紧绷绷的脸差点忍不住笑出声来。

贺夫人也同时绽放出满意的笑颜："很好，那么到了那天就看你如何完美地表现了，最好下一周就能带女朋友回家。"

说完这句话之后，母子俩又再度亲昵地坐到了一起。

在此之后的几天，小秀一想起贺轩为了维护她而在母亲面前说的那些话，心里便有一阵电波流过。虽然她也知道他这样做完全是为了自己能够吃好喝好，可依然觉得十分舒服，毕竟从小到大。还没有哪个男人会为了任何一个理由站出来替她说话，更何况还是这样一个英俊的帅哥。

周六的傍晚。

粉红色的霞光从华美的紫色纱幔里透了进来，静静地洒在地上，这时本该是陈志东打电话来通知小秀贺轩是否回家吃饭的时间。

刚刚做完大扫除的小秀喘着粗气从卫生间洗完拖把出来，一路小跑地来到冰箱前，打开门取出一瓶冰水，咕咚咕咚灌下一大杯。

好舒服，从头到脚都是冰的，她深吸一口气，脸上有畅快的表情。

此时，电话铃声响了。

她用手抹了抹嘴，飞快地跑到沙发边的电话桌上提起电话听筒，原以为是陈志东，谁知电话那一端却传来贺轩的声音。

"四十分钟以后，在公司大门口等我，不许迟到！"

话一说完，没等询问原因，电话就被挂断，听筒里传来一阵刺耳的嘟嘟声。小秀愣了一下，也不客气地甩下电话，嘴里还嘟哝着，这个根本不懂得尊重人的家伙！

可嘴上这么说，腿脚还是不听使唤，脱下围裙，她连脸都没洗就转身出门。一路小跑赶往社区附近的公车站，坐上一辆开往市中心的巴士，小秀来到和风公司所在的大厦。

并排的三扇旋转玻璃门前，潮水般的人流汹涌来去，几乎全都是些衣着光鲜的男女。只有小秀，穿着一件洗得发旧的棉 T 恤，以及粗糙的黑色牛仔裤，顶着一头被风吹得蓬乱的头发，站在入口处等待着贺轩。

约定时间一到，只听得远处引擎轰鸣，从停车场疾速驰出一辆保时捷，如一道银光停靠在大厦正门前的马路上。小秀认得这辆城市中并不常见的名贵跑车，正是贺轩的座驾。它的主人此刻正坐在驾驶位上，戴着墨镜，穿着俊逸笔挺的黑色西服，透过车窗，冲远处的小秀轻轻扬了扬下巴，示意她上车。

不过是一个再细微不过的动作，却在小秀心里掀起轩然大波，毕竟见过这辆车和搭乘这辆车是完全不同的两码事。和风公司里许多员工都曾见过这辆车，却绝不可能有机会与老总并乘。事实上，她也正是所有员工中，第一个踏进这辆车的人。

强掩着内心的惊诧，她低头钻进松软的座位。舒适的空间里弥漫着淡淡高雅的香气，空调处于智能状态，吹得人极舒服。之前在夏季炎热的空气里等他好些时候，小秀身上早已被汗水浇透，突然遭遇一股凉风，骨头不由得轻轻哆嗦。

车子两旁的景物开始在窗前飞速倒退，伴随着车厢内轻柔的古典音乐，小秀也迫不及待地问：“今天为什么叫我出来？”

“因为要带你一起去那个本世纪最恐怖的单身酒会。”

“有没有搞错！这是你妈为你苦心安排的酒会，我去凑什么热闹。”

“我可是因为你才被拖下水的，本来难得的一个周末，我已经约好和朋友去打保龄，却变成一群母狼肆意围捕的猎物，于情于理你也不应该坐视不管。”

“可是，我去又能做什么呢？”

“你什么也不用做，只要紧紧跟在我身边，装做很亲密的样子就行。”

“开什么玩笑？！”

“这不是玩笑，这是很认真的一场硬仗。你要是出现任何一点闪失，惹得我不爽，我不敢保证不会炒你鱿鱼来泄愤。”

说话间，车子已经在一个大型商场门口停了下来。

“现在，我们得进去给你买件衣服，不然你连酒店大门都进不去。”

贺轩说完，率先一步走下车子，两人一前一后穿过人潮涌动的明亮大厅，踏上观光电梯来到顶层一家气派恢宏的国际名店前。脚下是近乎透明的白色大理石，映照着头顶水晶灯的光芒，正对大门的海报墙上，挂着最新一季的广告，金发碧眼的模特儿身段妖娆，醒目的品牌标志挂在胸前。这样的气势可把小秀给吓坏了，连看一眼橱窗的勇气都没有，只希望尽快离开。贺轩却恰恰相反，拉着她的手腕像迈进自家大门那样跨入店堂，指着海报上那件衣服就让店员拿出来给小秀试穿。几名店员原是无所事事地坐在收银台前，忽见有客进门，立即起身迎接。在看到贺轩身上那套西服，袖口边缘流露出细小但却震慑的标签，更是表现得格外热情。

从来没有碰触过皮肤的高档面料在身上脱上脱下十几次，小秀觉得像穿梭在梦境中一样晕乎乎的。而带她进来的贺轩却一直坐在休息区的沙发上，漫不经心地翻着时尚杂志，每当小秀换完一套新衣走出来，他只用点头和摇头表示意见，连一句话都懒得说。

在一连几十次摇头过后，试衣间的门再次敞开。这一次，小秀穿着绘有热带花朵的真丝小礼服，盘着为试衣方便临时挽起的蓬松发髻，斜插着店里一根细长的绿松石簪子出现在贺轩面前。她看上去有些心不在焉，随意卷在脑后的长发也略显得凌乱，但正是这种散漫随性和身上美式风情的礼服形成了绝妙的搭配。就连在世界各地见过无数美女的贺轩也不禁哑然，这个像从夏威夷走出来的热带精灵还是刚才那个土气的小保姆吗？

就这样，这件昂贵的露背晚装被幸运选中。贺轩让小秀穿在身上，原本穿着的那套旧衣服则让店员拿去扔掉。确认之后，他将信用卡随手甩在柜台上，任凭店员去刷。他签名的姿势很优美，像花瓣在空中飞舞。

离开的时候，几个店员在身后窃窃私语，似乎在猜测他们之间的关系。他故作不闻，直接去了鞋区，为她挑了一双金色高跟鞋。接着，又去了底层的美发沙龙，出高价请店里最好的设计师为她做了发型。最后，又马不停蹄地赶往化妆品柜台，试了很久，为她挑选了一瓶Tendre Poison香水。那青草一样的香气，闻起来沁人心脾。

今天的余小秀，是被他创造出来的女子——丰腴、明亮，皮肤黝黑却显红嫩，富有肉感的圆脸给人以洋娃娃般的可爱感觉。他端详了许久，尔后又想起点什么，转身跑到首饰柜台，为她取来一对钻石耳钉。耳钉不大，但一戴上，却顷刻间熠熠生辉起来。

在此之后，优雅非凡的银色保时捷再一次在宽阔的马路上飞驰起来，前往今晚的目的地——莱薇国际大饭店。

第四站 巴黎究竟有多远

1

全市最高档的五星级酒店之一——莱薇，今夜尤其灯火辉煌。顶层是可以俯瞰全城的旋转餐厅，在夜色中远望，如同飘浮在高空的城堡。穹顶绘有欧洲古典气息的壁画，中央悬挂着像银河一般璀璨的水晶灯，四周布置着庞大舒适的沙发及桌椅，垂落着法式宫廷风格的流苏。月光透过巨大的玻璃窗倾泻进来，空气中是悠扬的华尔兹和香槟酒的浓香。

散落在各个角落里谈笑的男女，也都身着盛装，很显然都是经过精心打扮才前来赴宴的，每个人的脸上都兼具骄傲与喜悦两种神色。今晚能不能觅得良缘还在其次，重要的是他们都将能够出席这次企业家子女的相亲会看做身份的标志，没被邀请只能说明他或是他的家族不过是徘徊在这座城市塔尖之外的二流角色。

就连进入宴厅都不是一件容易的事，分列在华丽雕花大门两端穿着黑色制服的工作人员要求每一位宾客都必须出示邀请函，尔后再在签名板上签到后才会放行。当他们看见并肩走来的贺轩和余小秀只有一张邀请函的时候，不禁心生疑惑。

“明明是两位客人，怎么只有一张邀请函呢？”

那一刻，小秀心里像有一面巨鼓不停擂动着，脸色也控制不住红得像是火烧一般，幸好有胭脂的掩盖，不然肯定穿帮。

相反，贺轩却显得十分镇定，用早已准备好的说辞应对道："这位小姐是昨天刚从美国回来的Miss Karen，是我的朋友，也是建山地产许总的侄女。我想她之所以没有收到邀请函是因为主办方并不知道她在国内，但是以许小姐的名望，连纽约时装周都被获邀参加，这样的宴会应该更不是问题吧？"

听完这番话，那名工作人员连忙以瞻仰的目光上下打量了小秀一番，最终微笑地退至一旁，伫立在大门两侧的门童立即弯腰为他们拉开大门。

随着厚重的大门徐徐拉开，面前出现一间豪华如王宫的大厅。自彩绘穹顶垂落下的巨大水晶灯像无数繁星在闪耀，宫廷花纹的地毯被照耀得熠熠生辉。

悠扬洪亮的华尔兹舞曲在耳畔回荡着。

这一切比刚才商场里的国际名店更让人手足无措，小秀只觉得完全来到另一个世界，慌乱中，她下意识紧紧拉住了身边贺轩的手。

被突然抓住手臂的贺轩诧异地望了身边的女伴一眼，从她脸上的表情他瞬间读懂了她内心全部的想法。说实话，让一个大排档老板的女儿出席这种酒会也确实挺难为她的，可这蛮女人也不能如此过分，自己西装的袖管都快被她扯破了。

四周注视的目光已经陆续投过来了，他连忙压低声音警告道："死丫头，别像生孩子似的死命抓着我，应该挽着我的手，像周围的人那样轻轻挽着，听到没有！"

小秀深吸了一口气，抬头望了贺轩一眼。他俊朗的面容从没有这么近距离地贴着她，刹那间，她觉得一切都像是一场虚幻的梦境。豪华的晚宴，漂亮的礼服，还有英俊的男伴，既然只是一场梦，为什么不抛开一切尽情享受呢？尽管梦境常有，可是一场值得回忆的美梦却是可遇而不可求的。想到这里，她终于能够放下烦恼，以一个优美的姿势顺利穿过贺轩的手臂。

这一刻，余记大排档的余小秀暂时消失了，与贺轩齐步向前的只有从美国回来的富豪千金Miss Karen。

这对靓丽的组合犹如一道彩虹出现在绚烂灯光下的大厅，很快聚拢到四周宾客的目光。前往餐桌边取餐的途中，一路都有人热情地和他们打着招呼，更有许多倾慕贺轩多时的名媛试图抓紧机会，主动上来搭讪。只是一见他亲热地挽住身边的佳人，并热情地为大家做着介绍时，满腔热情就被泼了一盆冷水，客套几句便尴尬离去。这正是贺轩所要的结果，身边有余小秀这样一张盾牌，可以保证他在狼烟四起的环境里独享清净，又无须承担任何意外风险。而她跟这里所有的女人都不一样，彼此身份悬殊太大，不可能对对方产生兴趣。

此时的小秀心里也在犯着嘀咕，为什么铁面怪不仅性情冷漠而且还跟个和尚似的不近女色？照常理来说，像他这种条件的男人，不是个个风流成性，换女人比换衣服还更勤快的吗？莫非他是个世外高手，已经学得“万花丛中过，片叶不沾身”的至高境界？

不过这些想法在她看到长条餐桌上铺天盖地的美食之后都被抛入九霄云外。自从来到贺轩身边之后，她不断体验到许多有生以来的“第一次”，这场精致丰盛的宴席更是其中的巅峰。此时的她只觉得心跳加速，口水也快流下来，于是憋足了劲，兴致勃勃地朝高热量、高脂肪的区域猛冲。这实在与贺轩的胃口大相径庭，尤其当小秀拖着他走到一堆腌制的熟肉面前，他竟然掩着嘴，露出一副将要呕吐的模样，之后逃命似的离开，直奔洗手间。

这副惨状让小秀十分鄙夷，冲他的背影抛了个白眼，自顾挑了一大盘美食，狼吞虎咽地享受起来。没过多久，她的小腹已和一个怀着小孩的孕妇不相上下，双腿也像灌了铅一般沉重，连挪动一步都显得异常艰难。

不知是她的吃相过于抢眼，还是改变形象后的她焕发着独特的魔力，在又一支华尔兹响起的时候，一位穿着礼服的男子来到她身后，轻轻唤了声“小姐，您好”。

正在吞一大块红豆慕司的小秀被冷不防回荡在耳畔的声音惊得

连声咳嗽，脸涨得通红，嘴角边还沾着奶油。好半天，她才回过头，望向身后的陌生人。

那一瞬间，一道璀璨的光芒照得得她几乎无法睁开眼睛。面前这个像从遥远时空走来的男人，一身纯白的西服使他看起来如同画家笔下欧洲古国的王子，高大挺拔的身材把视野里其他男人都变成微不足道的小矮人，五官疏朗而有活力，唇边荡漾着温柔的笑容，仿佛阳光下泛着金色涟漪的湖水。只是黑曜石般漆黑的眼眸带着隐隐的邪气，却更显气质绝伦。

这样的男人也找不到女人，要来这里相亲？

小秀心里感慨万千，怔怔地望了他很久，竟连话也忘了怎么说。

为了避免尴尬，对方再一次送来迷人的微笑："欢迎来到莱薇的'光棍俱乐部'，您看起来比这里所有的小姐都特别，更特别的是我之前好像从来没有见过您。"

小秀回过神，变得更加紧张："我……嗯……我叫Karen，前几天刚从美国回来。"

对方彬彬有礼地鞠了个躬，同时伸出纤长的手臂："我是这场酒会的策划人——飞扬策划的张靖阳。在享用美食之后来点运动是最棒的，我能帮您这个忙，希望有幸共舞。"

"她已经有舞伴了！"

没等小秀回答，不远处一个深沉的男音陡然响起，循声望去，只见贺轩正气势汹汹地朝这里快步走来。他的突然出现令在场的两人大吃一惊，不由得屏住了呼吸。小秀甚至本能地向后倒退半步。

早在他们相遇之前，贺轩从洗手间出来就一直在暗处望着小秀。当他看见身穿白色西服的英俊男人试图慢慢朝她靠近时，他难以置信地盯着这幅画面，又尖锐地注视着小秀身上光彩夺目的礼服。淡蓝色的露背礼服，性感地衬出后背上雪白的肌肤，如同蓝色海面绽放的一朵白莲，他的脑中一片眩晕，仿佛有血气直冲脑门，整个人像炸开一般！

她这身装扮、这份荣耀全是我给她的，凭什么拿来勾引男人！怀着这种想法，他当仁不让地阻挡在他们中间，以王者的目光，轻蔑地瞥了张靖阳一眼。那一瞬间，他又忽然觉得面前的这张面孔有几分似曾相识，却记不得具体在哪见过。这使他更加感到不安，二话不说，拉起小秀的手，迅速朝宴厅大门走去。

他一边走着，一边还不忘冷冷地讽刺道："灰姑娘，十二点的钟声已经提前敲响了，赶紧滚回你那又脏又破的小阁楼去吧！这里的男人不属于你，他们不是和你一个档次的。"

面对这个言语刻薄，从来不会遭受良心谴责的男人，小秀不由得怒火冲天。

"你这样有多不礼貌知道吗？打断别人的谈话，还强行把人拖走……我又不是你的奴隶，凭什么连我的人身自由都要干涉？"

"哈……价值八千多元的衣服，还有Gucci的鞋子、钻石耳环，难道这些都是白给你的吗？没礼貌也好，霸道也罢，总之你今晚就得听我的。再说，咱们已经大摇大摆地进来兜过一圈，我妈那里就算交差了，本来就应该回去，留恋这些浮华的泡沫对你而言是没有任何好处的！"

他不顾场合地大声数落着，动作也十分粗暴，全然无视小秀的抗拒和周围诧异的目光。就在两人相互拉扯着，准备穿过大门的时候，贺轩摇摆不定的身体突然与迎面而来的一名女子撞个正着。对方发出一声尖叫，猛地跌倒在地上。

突然出现的意外使贺轩赶忙刹住脚步，放开小秀的手腕，蹲下身去扶那个被撞倒的女子。就在目光对视的刹那，他的眼眸中飞快地闪过一丝震惊的神色。

跌坐在地上的女人似乎也是如此，她呆呆地望着贺轩的面容，彼此的神态很快交融在一起，竟像是相识已久的朋友。

站在一旁的小秀错愕地低头望向贺轩。

他的身子在不可遏制地颤抖，隔了很久，才伸出双臂将神情恍惚的女子从地上扶起。

“紫苏。”

从贺轩嘴里脱口而出的这声呼唤让小秀的眼睛瞪得更圆了，这种语调的呼唤，一定是在久远的时光和情感里发酵很久才变得如此深沉。

与此同时，罗紫苏也用激动得变了调的声音发出疑问。

“贺轩，你怎么也会来这儿？你是什么时候回国的？”

贺轩猛地抬起头，映出紫苏面容的瞳仁里掠过一丝异样的光芒。

突然之间，脸上忧伤的表情消失了。

没有回答她的话，也没有任何解释，贺轩挺直脊背，再次紧紧拉起小秀的手，面无表情地从像被钉在那里的罗紫苏面前走过。

两人对撞的目光最终消失在慢慢合拢起来的电梯门上。

在电梯缓慢下降的途中，小秀似乎可以听见自头顶隐隐传来的拍击声。

满腹疑惑的小秀抬头望着一直紧握住自己手的贺轩，电梯上方耀眼的灯光直射在他的脸上，显得是那么的苍白和可怕。他呆呆地望着正对面透明如镜的电梯门，思绪仿佛飘得很远很远。

走出电梯，穿过金碧辉煌的酒店大堂，来到大门口，服务生很快为他们把车子开到面前。两人先后钻进前座，当车门合上的那一刻，四周封闭，车厢里没有光，形同一只在外海航行的船，四周一片寂静。在摇曳不定的阴影中，车轮缓缓向前滚动，眼看那幢宏伟的建筑一点点走出视线，小秀忍不住回身望了一眼依旧灯火通明的顶楼宴厅，一阵失落感随之飘来。这场繁华的盛宴，居然还没完全展开就匆匆地落幕了。

出了酒店，车子很快转向公路，此时贺轩终于打破沉闷，转头望了小秀一眼：“你家在哪里？我现在送你回去。”

“刚才那个女人是谁啊？”小秀答非所问，语调里透着浓浓的好奇。

贺轩放在方向盘上的手渐渐握紧，一道阴影在他的眼底凝结。

“你怎么这么喜欢管人闲事？”

“我不是爱管闲事，我只是看不惯你对待女人的这种态度，就好像全世界的女人都欠了你似的！平时对我恶声恶气的也就算了，就连刚刚那个被你撞倒的女人也是这样，连声道歉也不说就逃之夭夭。亏你还是法国留学回来的，法国男人对待女人的温柔是一点也没学到……”

“住口！白痴女人，还没轮到你教训我的份儿。”没等小秀说完，贺轩便粗暴地打断了她。

“这是教训吗？这明明是忠告，而且我也是出于善意才说的。做人不能只听好听的话，忠言逆耳才是真心的。”

“如果不想下车就给我闭嘴，想说的话就滚到路边去说！”

刺耳的吼叫穿过小秀的耳朵，她顿时语塞，这个铁面怪的脾气也未免太差了，自己被强行拖出宴厅的账都还没跟他算呢，那可是这辈子第一次有帅哥找她搭讪。

车厢内暂时笼罩在一片死寂的气氛里。

就在此时，贺轩的手机陡然响起，划破沉寂的声响让两人都吓了一跳。

尔后，贺轩低头看了一眼闪动的荧光屏，是个陌生的号码，心烦意乱的他索性将手机扔给小秀：“你来接。”

明明是你的手机为什么我来接啊？小秀小声嘀咕着，可是一阵阵不断重复的铃声还是促使她不堪忍受地按下接听键，彼端立即传来一个女人急切的声音。

“这是贺轩的手机吗？”

“是的。”

“请贺轩接电话。”

小秀照她所说，将手机递给贺轩，可他不接，而是用口型配合眼色“说”了句：问她是谁！

小秀不耐烦地再次将手机放到耳边，没好气地问："请问您是谁？"

"你告诉他我姓罗，他就知道了！你又是谁？"对方反问。

小秀不知该如何回答，慌忙像扔掉一个烫手山芋一样把手机直接放到贺轩耳边："是位姓罗的小姐。"

听到这句话，贺轩脸色突变，一个急刹车，车子竟然在马路中央停了下来，幸好没有其他车辆紧随其后，不然一定是场严重的交通事故。

猛烈的惯性使毫无防备的小秀差一点和前窗玻璃接吻，手也随之一松，手机摔进贺轩怀里。

几秒钟后，反弹回车座的她捂着剧烈起伏的胸口，刚要质问贺轩，却见他抿紧嘴唇，拿起尚在通话中的手机，狠狠摔向窗外……那股狠劲和扔手榴弹差不多。

随着远处传来的一声爆裂声，小秀被眼前的这一幕震得说不出话来。她的大脑飞速旋转，却无法给刚刚发生的这一连串事件一个合理的答案。

一片诡异的沉静过后，车子再度发动起来，却没有继续朝前行驶，而是以一个非常危险的弧度掉转车头，往公路另一端飞驰而去。一路上，他们之间再没说话，彼此各怀心事，木然地望着前方。偶尔，路灯昏黄的微光透过车窗在他们的脸上迅速掠过，却留下一片挥之不散的迷雾。

2

车子最终在市中心一幢有着漂亮花园的欧式洋楼前停了下来，这幢房子比贺轩的"巴黎阳光"更加气派也更宏伟，简直像是矗立在月光下的城堡。

还没明白为什么要来这里，小秀已经被贺轩强行拖下车，跌跌撞撞地朝大门飞奔而去。穿过院门的时候，借着门口银白色的路灯，她清清楚楚看见门上写着“贺宅”两个字。

随着“哐当”一声巨响，贺轩一脚踹开大门，气势汹汹地走进客厅，闻讯而至的佣人慌慌张张地迎上前，却都不敢靠得太近。

“去把我爸、我妈叫出来，快去！”他声嘶力竭地怒吼着。

此时，楼上传来一阵沉重的脚步声，听见动静的贺董事长和贺夫人已经出现在楼梯口。灯光的阴影下，贺董事长的表情显得尤其煞白，语调也是冷冰冰的：“没有教养的东西，你在发什么疯？”

贺轩毫不示弱地反击道：“我就算发疯，也是被你们给逼疯的！我今晚过来，就是为了告诉你们，别再打着亲情的旗号干涉我的感情，你们所做的一切我全部都知道！”

听到这句话，贺董事长的眼睛顿时瞪大了，贺夫人的肩膀也开始微微颤动。

贺轩没有理会，继续道：“今晚的酒会一定出自你们的精心设计吧？就像四年前在巴黎，也是这样设计好的……想让我和那些有家世背景的千金小姐交往，也不能总用已经用滥的旧招式。”

贺董事长的眉头出现了深深的皱纹，空气里弥漫着浓烈的火药味。

贺夫人见状，连忙打起圆场，快步走到贺轩面前说：“我们所做的一切全部是为你好，希望你能找到一个家世、品貌都相衬的女孩。但今晚酒会上紫苏的出现的确不是我们的安排，接到她打来的电话，我和你爸爸也很吃惊。没经过你的同意就把手机号码告诉她或许是草率了一些，可完全是出于对你们的负责。有些事别人没法帮忙，只能靠你们自己解决。”

贺轩定定地望着妈妈，仿佛听不见任何解释，脸上有孩子般负气的神情，随后一抹冷笑在他的唇角渐渐荡漾开来。

“谢谢您的良苦用心，不过从今往后再也不需要了，我再也不会出席任何相亲、酒会，因为我已经有喜欢的人了——就是她！”

贺轩说完，猛地举起紧紧握住的小秀的手，像一杆旗帜似的停在半空。

那一瞬间，作为当事人之一的小秀被这突如其来的荒唐场面惊得说不出话来，只是一个劲儿地摇头，浑身也爬满了一层鸡皮疙瘩。

贺夫人这才注意起贺轩身边的女孩，看她一身华丽的装扮，倒也像是名门闺秀，可仔细一看，怎么觉得这张脸这么熟悉，仿佛不久前才刚刚见过。她再次细细地打量了一番，回忆终于在一幅幅混乱的画面里被拼接起来，刹那间，后脑勺就像被一只看不见的拳头击中，不禁脱口而出一声："是你？！"

小秀被她的惊呼声吓得只想逃跑，于是拼命想用力挣脱贺轩的手。可是，她越想挣脱，贺轩就抓得越紧，最终，以一个压倒性的力道反扣住她的手腕，使她动弹不得。与此同时，他也没忘了关照母亲，倾斜扬起的嘴唇送出犀利冷锐的言语："怎么，认出她了？觉得讽刺是吗？大可不必觉得委屈或者愤怒，因为这是你们四年前就该得到的报应！"

说完，他故意亲密地搂住小秀的肩膀，转过身，头也不回地离开了。

贺夫人望着儿子离去的背影，目光黯然，美丽的脸庞也失去了光彩，仿佛失去水分的花朵，还带着深深的隐痛。

而一直站在楼梯上，自视冷静自持的贺董事长也在儿子消失在夜幕下的那一刻发出低沉的叹息声。

走出贺家大门时已是深夜，空旷的街道上，凉风呼呼吹过，四周一个人也没有。

小秀累积多时的怒火终于可以肆无忌惮地爆发，她抓起贺轩箍住自己的手臂，狠狠地一口咬下，一道鲜红的牙印立即清晰地浮现。

谁知这一次贺轩居然没有喊叫也没有反抗，只是表情麻木地望着她，就好像这只手是假肢，和自己没有任何关系。

被他这样死气沉沉地望着，原本理直气壮的小秀反而感到一阵恐惧，满腹怨恨也不知该如何出口。隔了好半天的，小秀才结结巴巴地吐出一句：“你……你说话啊！”

他依然没有回答，只是更加无力地望着她，仿佛经历九死一生，刚刚从沙漠里走出来的幸存者，倾斜的影子被月光拉得很长很长。

小秀被他眼里的空茫吓到了，赶忙去摸他的手，却感到一阵冰凉。她的身子不由得一颤，理智告诉她不能让这个男人一直在街上待下去，不然接下来，他说不定会一头栽倒在地上。

“你还有办法开车吗？如果没有，我叫出租车送你回去！”她焦急地问。

一阵轻风拂过，贺轩突然打了冷战，黑曜石一般漆黑的眼睛又重新镀上一层光芒。他挠了挠头发，疲惫地叹了口气：“我只是……我只是很累。”

海边，巴黎阳光别墅。

冷清的月光像流水般倾泻在花园里，夜风中弥漫着百合花和玉兰花的清香，空气如雨季般潮湿。不远处，海岸线上模糊的灯塔以及飘摇的渔火忽明忽暗，给夜增添了几分诡秘的情调。海涛的呢喃顺着寂静一波波抵达，包围着整座院子。

小秀端着一碗热气腾腾的小米粥从厨房里走出来，来到蜷缩在沙发角落的贺轩的面前。他看上去精神仍然很差，脸庞泛着淡淡青色，而且一个晚上没吃东西，身体已经没什么力气，手脚和大脑都不太听使唤。

自从相识以来，小秀从没见过他这副模样，她欲言又止，心底荡漾着连她都陌生的酸楚。小秀默默地将粥碗递到他的手里，站在一旁看着他大口喝下。

香喷喷的热粥滑过喉咙后，身体似乎舒畅了许多，贺轩的脸上渐渐浮起一丝光泽，同时也恢复了一贯的冷傲，他从沙发上站起身说："我现在要上楼休息，而且不想被任何人打扰！"

小秀早已习惯他的口气，回答也显得很平静："我会把厨房收拾完再走，免得落下偷懒怠工的话柄。"

贺轩转过身瞥了她一眼，却没有说话，径直朝楼梯走去，背影和脚步声都在小秀的注视下变得越来越远。

飘散着淡淡清洗液香味的厨房。

洗碗池里的水哗哗流淌着，白色的泡沫变魔术似的越涨越高，小秀站在洗台前认真洗着碗筷，丝丝缕缕的汗珠从额头滑落，她不由微微眯起了眼睛。一恍神，面前的池水里却突然浮现出数小时前，在贺家大宅发生的那一幕，如同正在上映的一场电影那样清晰。

"我已经有喜欢的人了，就是她！"他当着父母的面脱口而出的这句惊人之语，虽然明知是句谎话，却还是轻而易举地扰乱了小秀心底一池春水。真是疯了！她拍着自己不争气的脑袋，把覆满泡沫的瓷碗狠狠地放入洗碗池内。

突然间，楼上传来一声大叫，几乎快要掀翻屋顶。

手里马上就要洗干净的一只碗扑通一声跌入水池深处，她连手也顾不上擦，便赶忙奔到二楼。用力推开贺轩卧室的门，一缕幽凉的月光从窗外透过淡红色的纱幔似有若无地洒在床上，而贺轩则像丢了魂似的呆坐在床上，全身都已被冷汗浸透了。

"发生了什么事？"小秀连忙大声地问。

"噩梦……康琳……康琳回来了……"贺轩用双手抱着自己的头，神经质般地呓语着。

康琳是谁？小秀对他口中冒出的这个像是个女人的名字尤其敏感，可她知道即便问，贺轩也不会回答。她又试图把她和今晚在酒店碰到的那个女人联系到一起，可脑子里明明清楚地记得，贺轩当时叫她"紫苏"。

强抑着内心纷乱的思绪，小秀慢慢地朝床边走去，一心想着该怎么安抚他。然而，不知是沉浸在噩梦里无法抽离，还是在黑暗中看不清小秀的模样，就在小秀靠近床沿的时候，贺轩竟一把伸出手将她紧紧抱住，像个孩子似的扎进她怀里不住颤抖，完全失去了平日里的霸气。

突如其来的举动让小秀的心跳剧烈加速，呼吸也几乎停止了，脑海深处偏偏又再一次响起今晚在贺家大宅，他当着父母的面说的那句话。她再也忍耐不住，慌忙一把将他推开，打开床头柜前的台灯，激动地嚷着："我不是什么康琳，我是余小秀！你看清楚点，要是再不老实睡觉，我就直接把你打晕过去！"

房间里突然明亮起来，贺轩用手挡住刺目的灯光，抬起头，呆滞的视线固定在小秀身上……不一会儿，他僵直的身子又一点点滑进被子里，最后，连头也被淹没。

半开的窗户那里吹进来凉凉的海风。

小秀站在床边，静静地望着他覆盖在被子下的轮廓，直至听见里面传出沉闷而有节奏的呼吸声，这才关掉台灯，重新回到楼下。

这个晚上她并没有回家，清理完厨房后就一直坐在客厅的沙发上，直到临近天亮才昏昏沉沉地倒下身，闭上眼睛。

楼上，豪华卧房里的贺轩也并不像平常那样睡得很熟，而是始终迷迷糊糊地处于半梦半醒的状态。仿佛被酒精麻醉，沉溺在混混沌沌、糊里糊涂的世界里。

在那里，整座城市都是爱的空气和蜜的味道……携手踏过的每一条青砖街道都悠长得像永远走不到尽头……在巍峨的埃菲尔铁塔前，热恋中的情人把吻献给全世界……Parc de Bagatelle 姹紫嫣红的玫瑰园里，繁茂的玫瑰花丛下，静静躺着用一千片花瓣拼出的爱的誓言"I Love You"……

那颜色，殷红殷红的，就像血……

那是一段他想要拼命掩埋的回忆。

东方的天空隐约露出鱼肚白，一束灰白而忧郁的微光，透过窗帘投射了进来。贺轩像是被某种神秘的感应惊醒，尽管头疼欲裂，还是挣扎着爬起身，一边穿衣服，一边伸了伸懒腰，之后迈开沉重的脚步朝门外走去。

原本想到楼下喝杯水使身体舒服一点，却不经意地看见躺在沙发上尚在沉睡中的小秀。她披散着浓密的长发，头枕在浅米色的麂皮绒扶手上发出均匀而平静的呼吸，身上仍然穿着酒会上那件蓝色的真丝礼服，飘逸的裙摆像花朵般绽放在地面。那一瞬间，他像中了魔咒一般被摄到她的面前，失神地凝视起她的睡容，发现这原来也是一张可爱的脸，尤其是睫毛，长长的像是洋娃娃一样。

一种莫名柔软的情绪突然萦绕在心里，他情不自禁地伸出手，想要摸一摸那道乌黑的睫毛。谁知才刚要触及脸庞，小秀的眼睛却突然睁开，猛烈的惊吓使贺轩猛地抽回手，脸上有尴尬的神色。

小秀揉着惺忪的睡眼，还没看清眼前是谁，一顿劈头盖脸的训斥便迎面而来。

“你怎么会赖在我家，不是让你回去的吗？随随便便就在男人家里过夜，你不要名声无所谓，我可不想被你拖下水！”

不用睁眼，一听见这声音便知是铁面怪。小秀心里一阵郁闷，脸都皱成了一团，懊悔昨晚不该因为无谓的担心而留下来守夜。她决定咬紧牙关绝不向他坦白真实的原因，于是随便抛出一个借口：“我昨晚洗完碗都已经过了十二点，最后一班公车都停了，你让我走回家去啊？这么漂亮的一个女孩，如果在路上遇见坏人怎么办？”

贺轩干笑了两声：“你还真是幽默，我相信坏人和我一样，都不会对你这种女人抱有幻想的！”

小秀立即昂起头回了一句：“那么，昨天是谁当着父母亲的面说喜欢我的？”

贺轩的声音就像被人揪住辫子那样又气又急：“只怕一只猪都知

道那是气话，如果你相信，只能证明你是非人类！”

小秀的脸上出现僵滞，但很快隐藏下去，露出讥讽的笑容：“同样的，恐怕连一只猪也不愿意和你这种狂妄又暴躁的男人沾上半点关系！”

贺轩的脸被气得通红，随后却张狂地大笑起来：“可笑，狂妄又暴躁？形容你自己还差不多。不想和我沾上关系？如果没有和我沾上关系，你身上这件一辈子也难得有机会穿一次的礼服，还有鞋子、钻石，以及昨晚的宴会能够从天上掉下来吗？”

果然是拿人的手短，吃人的嘴软！小秀在一夜之间已经把这两样占全了，于是嘴唇翕动着，极力想要反驳，却也无话可说。

贺轩一眼便看穿了她的心思，脸上露出胜利者的神情：“现在，赶紧起来去给我做早饭，还要是最好吃，从来没有做过的，不许偷懒！”

粗暴的声音震动着小秀的耳膜，她咬紧嘴唇，抬起头憎恶地望着这个难缠的雇主，清醒后的铁面怪和昨晚那个脆弱的男人简直就是两个完全不同的人。

3

夏夜的微风掠过远远望去像是一片红色海洋的排档街，霓虹灯闪烁的红帐篷内外，坐着来自四面八方的食客，粗俗的喧哗声隔着几条街都能清晰地听到。

如同电影的慢镜头一样，小秀穿着一天都没换下的华丽礼服，迈着沉重的脚步朝街口一步步缓慢地挪动。她的脸色苍白，在海风的吹拂下显得格外凄惨。

除了即将要见到的母亲，再没有谁能让她害怕到这个地步，此时的她满脑子全是对自己的责问：为什么昨晚留在贺家的时候没有想到妈妈生气时狰狞的面孔以及家里那个大扫把的威力？记得上回不过是半夜偷偷溜出去和尚媛喝了点酒，都被打成那样，这次一整个晚上没有回家也没有打一个电话，还不被老妈拿菜刀剁成肉酱！她一边想着，一边下意识地摸了摸淤伤所在的位置，感觉又酸又麻，就像刚刚才挨过打一样。

如果能坐着时光穿梭机返回昨晚该有多好啊！她无限惆怅地长叹一声。

不知不觉中，已经走到自家的档口前，嘈杂的声浪里，可以听见妈妈吆喝客人的声音。小秀的脸庞立即紧绷起来，冰冷的寒战像电流一样掠过她的全身，耳边回荡起一阵阵嗡嗡的声响。

“前几天才挨过的打你就忘了是不是？一个没出嫁的女孩子居然敢在外面过夜，而且还是个单身男人的家里！你是不是成心想把你妈活活气死？从小我就教育你，身为一个女孩子一定要洁身自好，不然必定一失足成千古恨！你倒好，全当成了耳边风，净给家门抹黑。如果每个女孩都跟你似的，这社会还不是乱了套了？死丫头！今天我要替天行道……”

幸好，这些还只是停留在小秀大脑里的幻想而已，实际上，余淑凤距离她至少还有五米以上的安全距离。不过，等她从想象中回过神来，余淑凤已不知于何时叉着腰站在她的面前。

连逃跑都已来不及了！小秀用两只手捂住脸，快要哭出来了。

谁知，目光相对的刹那，余淑凤竟然露出了难得一见的笑容：“你回来了？”

小秀惊愕地望着妈妈和蔼的样子，反倒更惶恐、更不安了，这一定是暴风雨来临前短暂的平静！她说不定是要等收摊后再慢慢收拾自己。

“妈，你听我说……”为了避免明天一早因暴毙登上早报头版，小秀决定坦白从宽，向她解释事实经过。

“不用说了，志东全都告诉我了，你跟你们老板去赴宴了对吧？”

没等详细解释，余淑凤已经挥手打断了她的话。

强烈的震惊中，小秀以看外星人的眼神望着妈妈。

“他已经跟你说了？什么时候说的？”她大声地问。

“昨天晚上来这吃饭的时候。”余淑凤笑得更厉害了，“真没想到，咱们家女儿这么快就出人头地，都成了总经理身边的红人儿。想着这事，妈妈高兴得一宿没合眼。”

“妈，不是你想象的那样，昨天……昨天……”小秀极力想要解释，没想到却越描越黑。

余淑凤此刻也正沉浸在自我幻想的世界里，对于事实真相充耳不闻。

“今天早晨起床，我还有点不敢相信这是真的呢！可是现在，看到你这一身光鲜的打扮……哎呀！啥都别说了，宝贝女儿，往后你就好好跟你们老总培养感情，晚上没空回家打个电话就行，妈妈等着你飞上枝头变凤凰的那一天。”余淑凤说完，便兴冲冲地回到后厨忙碌去了，留下小秀怔怔地僵在原地，不知是该哭还是该笑。

妈妈大概是快被生活逼疯了才会说出这样的话，可我必须保持足够的冷静，不能再像昨晚那样被铁面怪蛊惑。小秀拍了拍滚烫的脸，努力调整呼吸。

就这样，没过多久，她重新恢复了精神，回家换了件 T 恤和运动短裤又回到档口帮忙。因为是周日的关系，今晚的客人比平常更多，外送电话也是接连不断地打来，两个伙计忙不过来，小秀就帮忙负责送餐。

大片灰色的云层从城市上空无声漫过，并不算多的星星在天空闪闪发着光。

小秀踏着一辆已经生锈的凤凰自行车，后座载着一个巨大的饭箱，飞驰着驶过迷宫般的小巷。

随着汗水渐渐将后背浸透，堆满饭箱的白色盒饭也在一份份减少，饭箱变得越来越轻。到了只剩下最后一份的时候，面前出现一幢闪耀着金色光芒，充满都市摩登风情的大厦。

小秀翻开外送单，楚天阁B座2503，没错，就是这里了！

她提着热腾腾的盒饭走进大厦，大堂的地面铺着黑白相间的大理石，四周墙壁前，每隔几米就矗立着一尊造型各异的艺术雕塑，电梯也很宽敞，金灿灿的电梯门上还烙刻着精细的镂花。

伴随着楼层显示器上数字闪灯顺势由左至右闪动：1、2、3、4、5、6……一直到“25”的骤然闪亮，电梯门缓缓打开。

小秀快步走出电梯，来到2503号的大门前，按动门铃，并提前作好微笑准备。

不久之后，门开了，意外地出现一张像从时尚杂志里走出来的英俊面容。尽管在和贺轩朝夕相处之后，小秀对于帅哥已经不那么感冒，可是在见到眼前这个人之后，还是不能不惊叹他的魅力。而且这张面孔还非常眼熟，只是一时想不起来究竟在哪见过。

没想到，这个时候对方反倒先开了口：“你是Karen？”

Karen？小秀诧异地凝视着他，突然如梦初醒，这位帅哥正是昨日在莱薇酒店邀请她跳舞的飞扬策划公司的高层人物张靖阳。

简直太丢脸了，她连低头望一眼自己的勇气都没有，将盒饭往他手里一塞，掉头就跑。

可是，对方却不依不饶地追出来，一直追到电梯口。

小秀一边望着步步逼近的他，一边狂按电梯，可电梯就是不来，她急得拼命跺脚，额头虚汗直冒。

与此同时，张靖阳已经来到她的面前，挑着眉毛，一动不动地注视着她，似乎在欣赏她的狼狈模样。

好半天，大概是觉得欣赏够了，便露出微笑道：“干吗走得这么急？我还没给钱呢。”

小秀头脑一片混乱，也不知该说些什么，于是只凭下意识结结巴巴地解释着：“其实……其实我不叫Karen，也不是什么从美国回来的千金小姐。我不是故意骗人的，实在是被我们老板逼的，要怪就怪他……”

张靖阳静静地听着，眼睛里并未出现任何异样的神色，反倒将内在迷人的气息绽放得更加强大：“这些并不重要，重要的是，非常高兴能再次见到你！”

小秀不由得怔住了，身体里的血液很慢很慢地流淌着，二十年来，还没有哪个男人用这样的语气和她说话。而且，明明知道了她的真实身份，也没有露出任何厌恶之情。

半晌，他们之间流淌着淡淡的暖流。

之后，叮的一声，身后传来一声脆响，电梯来了。

张靖阳乘机从口袋里掏出一张百元大钞塞进小秀手里，随后笑着便要离开。

小秀连忙唤住他：“等等，我要找你钱！”

“不用了，那是给你的小费。”说完，他以一个潇洒的姿态转过身，大步流星地朝自己家走去。临进门之前，他又悄悄侧过脸望了小秀一眼，那道眼神如醇美的香槟酒般令人迷醉……一瞬间，整条走道似乎都充满了蜜的味道。

第二天清晨，贺轩在早餐的餐桌上发现到一些和往常不太一样的变化。

虽说素食是永恒不变的主题，可平常用白粥或牛奶搭配的点心总是有咸有甜，变化丰富，然而今天呈现在面前的南瓜汤圆、糯米糍和奶酪烤土豆，没有一道不是甜品。

贺轩与大多数的男人一样，对于甜食都有着本能的不屑，更何况还是一天当中的第一餐食物。不过，冲着它们鲜艳的色泽和散发出来的诱人香气，他还是抱着试一试的心理轻轻舀起一颗汤圆抿入口中。谁知，就在舌头碰触到外皮的瞬间，一种从来不曾感受过的香气，立即融入身体深处。分不清是上乘糯米带来的绵而不腻，还是金黄色南瓜馅里天然的甜味，又或者是二者完美和谐搭配所产生的魔力？

尔后，即便食物已经入腹，萦绕在唇舌间的，还有纯纯的余香，却完全没有想象中那股甜腻。

没想到这小小的南瓜汤圆居然也有如此惊人的力量！贺轩顾不得多加掩饰，很快把它消灭得干干净净。

一直以来，他欣赏小秀的手艺，不是因为她做出的美食有多么精致珍贵，而是能在每一口食物里，品尝到除却食材本身的一缕魂。或悲或喜，或浓或淡，它总能轻易触及心灵最柔软的地方，这是比单调的味觉更让人快意的部分。因此，在品尝了今天这道特别的南瓜汤圆后，贺轩能够断定，她必定是遇上了什么值得高兴的事。

于是，他抬起头，大胆说出了心里的猜测："遇见帅哥了？"

站在一旁的小秀当即吓了一跳："你难道学过猜心术？"

果然被猜中了！贺轩得意不已，故意顺水推舟道："没错，所以你必须老实交代，那个令我深表同情的倒霉蛋是谁？"

无论何时，他刻薄的嘲讽总能准确地刺入小秀的心脏，她被气得咬紧嘴唇，却故意大方坦白："就是那天酒会上请我跳舞的那位呀！"

此话一出，贺轩脸上的微笑立即消失。毫无疑问，他对那个仅有一面之缘的男人有着非常糟糕的第一印象。

小秀瞥了一眼他的脸，不仅没有紧张，唇角还微微倾斜地扬起。

彼此目光对撞的刹那，贺轩猛地从餐桌边站起身，目露寒光："没想到，你不仅喜欢在男人家里过夜，勾搭男人更是颇有一套。"

贺轩厚颜无耻的话点燃了小秀心底愤怒的火花，若不是碍于双方的雇佣关系，她一定会拿起桌上的碗朝他头顶重重地盖下去。

但是，为了保住工作，她只能采取口头的抗衡："我只是你的秘书，不是你的女朋友，你没有权力干涉我的私人生活。"

贺轩眼底露出强烈的轻蔑："你以为我是那种只知道在派对上泡妞的花花公子吗？我没有那么多时间，公司里每天都有一大堆的事情等着我。"

说完，他便转身朝楼上走去，不一会儿，身影就消失在回旋楼梯的尽头。

闷热的午后。

头顶的天空似乎也被炙热的阳光燃烧得干干净净，蔚蓝得如同一口倒挂的深湖，连一片白云的影子也看不到。偶尔拂过的微风轻轻吹动树梢，洁白娇柔的玉兰花纷纷坠落，飘满整个院落。寂静安详的花园里，知了刺耳的鸣叫成了天地间唯一的声音。

屋子里，小秀刚刚吃完一顿简单的午餐，正准备到厨房洗碗，转身的那一刻，却透过巨大的落地窗看见从远处驶来一辆加长林肯，稳稳地停靠在花园门前的林荫道间。片刻，司机奔下车，将后座门打开，恭敬地迎下一位身穿彩色条纹七分裤，简洁圆领中袖衬衫，胸前戴着大朵绚丽的绢丝胸花，挽着酒红色卷发，戴着咖啡色墨镜的女人。

这名贵妇在司机遮阳伞的护送下穿过花园，径直朝大门走来。

虽然被大框墨镜遮住半张脸，小秀还是一眼便认出她是贺轩的妈妈。刹那间，强烈的恐惧感像黑夜一般笼罩在头顶。不用说，贺夫人一定是为了儿子前天那番“真情告白”来找她算账的，如果被她逮住，还不知道有什么惨绝人寰的事情将会发生！慌乱之中，她脑子里唯一闪现的只有逃走的念头，可惜，在付诸行动之前，门铃已经响了。同时，环绕着客厅的透明落地窗也将她暴露在贺夫人视线可及的范围内。

一遍接一遍不断响起的门铃声里，小秀拖着沉重的脚步，万般无奈地走到门口，将大门打开一道缝隙，小心翼翼地探出半个头，向贺夫人问候了一声。

贺夫人一见到她，脸上就蒙上一层愠色，随后冲身边的司机使了个眼神，他便立即转身走回车内。

偌大的一幢房子，只剩下两个女人。

花园里，知了单调的叫声一声高过一声，挑动着烦躁的神经。

小秀走进厨房，为贺夫人泡了一杯菊花茶，双手奉到她的面前，她看也不看一眼，冷冷说了句："我只喝咖啡。"

"那我再去为您换一杯。"小秀说着，转身便要回到厨房。

"不用了，你坐下来，我有话要问你。"贺夫人很不耐烦地阻止了她。

小秀拖着颤抖的身体走到沙发边的脚凳上坐了下来。

"你今年多大了？"

"二十。"

"什么学校毕业的？"

"市旅游学校。"

"父母亲是做什么工作的？"

"我父母在我很小的时候就离婚了，之后我再也没有见过父亲，所以不知道他在做什么；妈妈自己开大排档，已经经营了整整十年。"

如同查户口一般，两人僵硬地一问一答。其实这些问题的答案，贺夫人已经第一时间从私人侦探那里了解得一清二楚，之所以再问一遍，只是基本的证实而已。这也是她直到今天中午才出现在小秀面前的原因，之前按兵不动，都是在等侦探社搜集报告。

根据调查显示，余小秀是一个既无家世也无学历的普通女孩，前不久才刚刚从航空公司的空姐考试中落选，又被交往两年的男人在酒吧抛弃，所有履历加在一起也写不满一张白纸。唯一不同寻常的地方，是她享有总经理秘书的职位和待遇，却在贺轩家里做着属于保姆的工作。无论如何，贺夫人都不相信自己宝贝儿子的择偶标准会降至民工等级。不过为人谨慎的她一直信奉"宁可信其有，不可信其无"这句古话，为了干净利落地解决掉所有隐患，还是顶着骄阳御驾亲征。

此时，她觉得废话的"砖"已经抛得差不多了，便不动声色地引出了关键的话题。

"余小姐，听说你进入公司时签署的是总经理秘书的聘书，但实际上却没有担任相关的职务，是不是这样？”

小秀不由得愣了一下，觉得她这话问得蹊跷，一定有什么阴谋隐藏在背后，不过俗话说该来的躲不掉，没有其他选择，她只能听天由命应了声“是”。

贺夫人听到她肯定的回答，随即露出不易察觉的一抹笑容：“我有位朋友在北京，也是做房地产的，他的第一秘书最近刚刚赴美国深造，如果你有兴趣的话，我可以把你推荐给他，而且保证不是虚职，未来前途不可限量。”

此话一出，小秀立即明白贺夫人是把自己视为眼中钉，不仅要拔除，还要远远扔到看不见的角落。可是，不过是因为她宝贝儿子一句自私的戏言，自己就得被驱逐出从小生长的城市，流落异乡？小秀觉得这家人全都有非常严重的心理症状，贺轩得的是“王子病”，而贺夫人则是深度的“太后症”。

一阵阵怒火在心底翻涌，她提高嗓门大声道：“夫人，您的儿子究竟喜不喜欢我我并不清楚，但当着您的面，我可以明明白白地告诉您，我并不喜欢他，所以您大可不必紧张，想尽办法远远将我支走。而且，不要说北京一个公司秘书的职务，就是给北京市长让我当，我也不会离开这里。我从小就在这长大，这里有我的妈妈、我的朋友，所以我是不会走的。”

贺夫人的脸瞬间变得苍白，完全没料到这个女孩竟敢用这么无礼的口吻和她说话，小家庭出身的女儿果然是没有教养的。正是因为如此，她更不希望她留在贺轩身边，自己倾注了一生心血的爱子，说不准没过多久就被她调教坏了。

想到这里，她皱起眉，冷笑着说：“看不出来，你年纪轻，做人可一点也不简单啊！不想要好工作，那是想要现金吗？想要多少，多少钱你才肯放过我们家贺轩？”

轰的一声，小秀心里像有什么爆炸了一般，一种耻辱感麻痹了全身。

贺夫人见她不说话，还以为是动了心，眼里轻蔑的神色更盛："原来还是喜欢钱，那怎么不早说呢！开个价吧，只要不太过分，我都会答应，就当是花钱买清净。"

小秀瞪大眼睛，难以置信地望着面前这个盛气凌人的贵妇，从没想过有人会像市场上挑猪肉似的和她砍价。

然而贺夫人心里可不是这么想，她以为小秀是因为过度的兴奋而显出穷人低贱的丑态。

面对这个饿死鬼般俗气的女孩她真是一分钟也待不下去了，加紧催促道："别浪费时间了，快点说吧，下午我还预约了美容院做SPA呢！"

一直试图克制自己的小秀再也忍受不住内心汹涌的情绪和周围令人窒息的空气，她猛地从脚凳上站起身，俯视着贺夫人说："我什么也不想要，只想安安心心地工作，靠自己的努力赚钱。您和您儿子之间的矛盾原本和我没有任何关系，请不要把无辜的人牵扯进来。如果真要辞我，也请拿出正当理由，否则我会利用一切法律手段捍卫自身的权益。现在，我必须去工作了，恕不奉陪，您请自便。"

说完，她也不顾贺夫人脸上难堪的神色，转身头也不回地走进厨房。

4

贺夫人已经离开很久，房子里沉闷的空气却始终没有消散。

已经不再强烈的阳光透过落地窗倾泻在洁净的地上，如同一幅淡淡的水粉画。

刚刚整理完房间的小秀从楼上走下来，路过客厅的时候，看到贺夫人中午坐过的沙发，一股热血再度冲上脑门，耳边嗡嗡作响，那些冷冷的嘲讽依然紧紧缠绕着她。为什么世界上总有这样一些人，喜欢站在金碧辉煌的高楼上，挥舞手中的权杖，肆意践踏他人的尊严？尽管知道母亲的行为并不能代表儿子的意愿，小秀还是觉得怒火难平，为了表示抗议，她没像往常那样等候贺轩回家，只在餐桌上留下晚饭便提前走了。

走出大门，一股凉凉的海风扑面而来，使全身的毛孔都随之打开，烦恼似乎也随之飘远。临海的地方就是有这样的好处，无论白天多么炎热，一旦到了傍晚，空气立刻变得凉爽湿润。

沿着海岸线走在前往公车站的路上，映入眼帘的是这座城市最美的风景——碧蓝的海水一波又一波拍打在金色的沙滩上；太阳还未落山，远处，海天相接处是漫天霞光，空气被染成了暗红色，就连脸和身体，也被涂抹上一层厚厚的红光。

或许上苍有意让小秀多享受一会儿良辰美景，今天的公车左等右等迟迟不来。不知不觉中，天色已经黯淡下来，一轮银月照耀海面，闪动着碎银般的波光……这景致比夕阳更加柔美宁静，只是归家心切的小秀已无心欣赏，只希望公车能够快点出现在她面前。

这时身后传来汽车引擎的声音，却不太像平常熟悉的公车。小秀回过头，看见一辆充满动感外型，线条鲜明的宝马敞篷车出现在眼前。驾驶座前坐着一个戴着墨镜，一身休闲打扮的男人。棱角分明的轮廓，浓郁的剑眉，嘴唇若有若无地维系着自然上扬的弧度，是张靖阳。

她吃惊得张大了嘴巴。

“真是人生何处不相逢，咱们又见面了！”皎洁的月光从路边棕榈树的叶缝间穿透而下，他轻轻微笑着，仿佛月光女神的使者。

小秀又惊又喜地冲他展露笑容，一时间有些手足无措。

“是在等车吗？想上哪儿去，我送你一程！”说完，他走下车，绕到另一侧为她打开车门。

“这怎么好意思呢？我还是自己等公车好了。”小秀慌忙拒绝。

“被你当众拒绝，才真的让我非常不好意思呢。”张靖阳故意露出

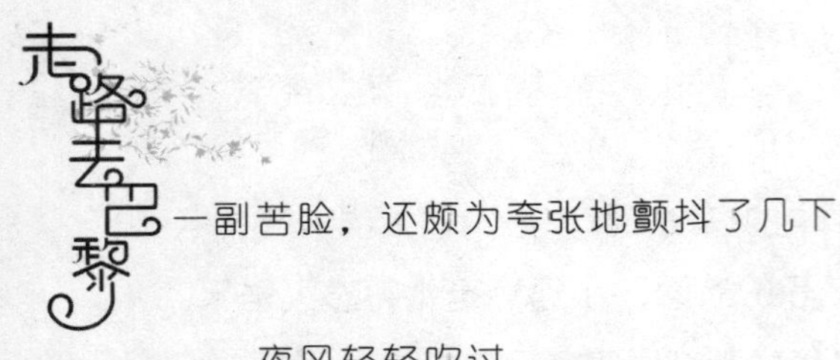

一副苦脸，还颇为夸张地颤抖了几下。

夜风轻轻吹过。

如此美丽的夜色，两人的距离那么近，连呼吸的温度都能感觉得到。

小秀无法抗拒这份盛情，只能乖乖地钻进他的车，同时，迷乱的心里，荡漾阵阵涟漪。说不出是什么心情，但和这个男人之间还真是奇妙，无论在哪里都会遇见。

修长的路灯在风景旖旎的马路上投下暖黄色的光束，车子沿着海滨观光道优雅驶向前方。

与有着完美侧脸线条的张靖阳并排而坐，小秀似乎无心欣赏沿途掠过的风景，好半天，才抑住不安的心跳，轻轻问了句："你今天怎么会到海边来？"

"来看海啊！"他的回答如此自然。

是啊！"巴黎阳光"附近有着全市最大的海滨浴场和最美丽的沙滩，来这里看海是最正正常不过的事，这个问题多余得有些刻意。小秀脸颊泛起微微红晕。

夜色完全暗沉下来，覆盖了整座城市。

由于远离市中心的关系，空旷的马路上并没有多少车辆，海滨独有的美丽，在此时更被无限地张显出来，仿佛是刻意为偶然邂逅的男女准备的盛宴。

时间一分一秒地流过，小秀狂跳的心脏更随着飞驰的车轮拼命提速，这是面对帅哥时才会产生的生理反应。偷偷端详了张靖阳许久，这家伙精美的外表和铁面怪比起来还真是不相上下呢！莫非最近在走桃花运？不然大旱三年的生活怎么会突然出现两位超级无敌的大帅哥？！从前每晚对着漫漫长夜哀怨自怜的时候他们又在做什么呢？看来人生的际遇和恶劣的自然气候一样，旱季旱死，雨季涝死。

就在胡思乱想之间，隔着一条绿化带的逆向车道，突然有辆气势非凡的银色跑车，如一道疾光飞驰而过。

小秀猛地转过头去，看到的只有已经远去的车尾，在黑暗中倏忽一下就不见踪影。但她几乎可以肯定，那是贺轩的车。

他看到她了吗？她心里划过一道异样的不安感。

半小时后，张靖阳的宝马车稳稳停靠在排档街的街口。

小秀从车子里走下来，礼貌地向送她回家的这位助人为乐的好市民致谢，尔后转身朝巷子深处走去。

坐在驾驶座里的张靖阳却没有立即驱车离去，而是默默停在原地，凝视着她的背影。

突然间，小秀像又想起了什么似的回过身，远远地抛出一道微笑，大声说："您如果不嫌弃的话，可以到我们家店里随便吃顿饭再走。"

瞬间，张靖阳露出领到"三好学生"奖状的小学生才有的兴奋笑容。

锁上车，两人并排朝余记大排档走去。

天空中，数不清的星辰密密麻麻地闪烁着，夜色很美。可不知为何，今天排档街的气氛却显得很怪异，周围的街坊都不再像往常那样客气地同小秀打招呼，有几个还刻意躲闪到店门后面，同时用一种很猥琐的眼神打量着她。小秀迟疑了片刻，渐渐放慢脚步，眉头不由自主地凝结起来。

照例来说，发生这种情况只有在……只有在……

未等她理清思绪，前面已传出一阵异样的嘈杂声，小秀的视线也被黑压压的人群遮挡。紧接着一声巨响，一张旧木桌从一间档口里飞出来，被掀翻在路中央，摔得支离破碎——正是余记所在的位置。

小秀的心脏猛然一缩，不顾一切地冲上前，推开围观的人群。在排档口，她看见五六个相貌猥琐，手握铁锹、榔头的青年和一个中年胖女人也就是她们的房东将入口处堵得严严实实。地面已是一片狼籍，碗筷、盘碟摔得遍地都是，空荡荡的桌上只剩下来不及吃完的残羹冷炙，客人们早就落荒而逃。而妈妈，孤身一人伫立在摊头，和这帮人冷冷对峙着。

“你们在干什么？”小秀立刻从人墙中间撞开一个缺口，冲到妈妈身边，愤怒地朝面前这伙恶人咆哮着。

几个人愣了一下，视线纷纷转移到她身上。

女房东叉着手，气焰嚣张地冷笑道：“你们不按规矩办事，我们就只能辛苦一点，自己来收店了。”

其他几个帮凶立即围上来，将母女俩圈在更小的范围内。

望着妈妈经营多年的心血被毁得一塌糊涂，小秀的心痛得像在滴血，脸上却没有表现出丝毫恐惧，咬着嘴唇厉声喝道：“我们的租约还有两年才到期，就是眼下这季的房租也是交到月底，你们凭什么现在就翻脸？”

女房东不以为然地说：“每季的房租都是提前半个月收的，期限早就过了。你们一天接一天地拖，摆明就是交不起下季的房租。刚巧最近又有人想接这间店，我当然得抓住机会把它拿回来。我们全家人还指望着房租吃饭呢。”

小秀早就预料到会有这天，只是没有想到会来得这么快。房东太太贪婪的嘴脸使她感到恶心，真恨不得挥起一拳把她原本就很占据视线的肥脸砸成肉饼。但为了余记已经矗立了整整十年的招牌和以此为支柱的老妈，还是不得不先礼后兵。

“我们家自从租了你的铺子以后，从没拖欠过一次房租，看在这么多年交情的份上，你就不能宽限几天？”小秀极其艰难地挤出假笑。

“不行。你们今天要是不搬，我就砸光你们的家当，让你们不搬也得搬！”

四周骤然弥漫起一股戾气，女房东粗鲁地抬起脚，将身边的一张凳子用力踢翻，其他几个手握榔头、铁锹的年轻人更是抡起手中的家伙，狞笑着准备将他们龌龊黑暗的内心展现在世人面前。

不甘示弱的小秀也攥紧拳头，余淑凤更是胡乱抄起摊头一把菜刀，母女俩准备联袂出演一部中国版的斯大林保卫战。

“老板娘，我要点菜。”档口外，一个慵懒的声音不重不轻地回荡在空气里，却将在场所有人惊得一齐回头。顺着声音传来的方向，人群中走出一个身材高大、挺拔，脚步沉稳有力的男人，与四周的环境有着判若云泥的气质。

身陷泥沼的小秀望着挺身而出的张靖阳，顿时陷入一阵恍惚，她根本没想到他会趟这趟浑水。

四周围观的路人也纷纷对他施以整齐的注目礼，不过从某种程度上看更像是默哀。

同时，见有人站出来碍事，气急败坏的恶人们也立即回过身将他团团围住。如此危险的气势使包括余淑凤母女在内的所有的围观者都紧张地屏住了呼吸。张靖阳却显得不以为然，他俯视着矮矮胖胖的女房东，微微眯起眼睛：“看来，坐下来吃饭之前还得把满地乱窜的臭虫清干净才行！”

女房东即便再笨，也听得出他是在指桑骂槐，顿时气急败坏地咆哮道：“你说什么？”

张靖阳露出一个带着鄙夷的笑容，答非所问：“一季的房租是多少钱？”

女房东意外地愣了一下，半天才回答：“六千块。”

“哈哈……我没有听错吧，区区六千块的小钱，值得你们这么大动干戈吗？”张靖阳仰面大笑，向上翘起的下巴，线条极优美。

笑声使女房东和她带来的地痞们面面相觑，完全猜不透这个突然出现的男人是何方神圣。

张靖阳睨着她，从随身手包里掏出支票本，大笔一挥后，撕下一张拍到桌上。

“这么点钱，都不知道该怎么开支票。这里是一万元整，除去下季的房租，其余的续到下次，但必须扣除你们今晚损坏的部分，不然……”说到这里，他有意停顿了一下，“我肯定有办法将这一切连本带利地奉还。”

没有刀光剑影，没有血肉飞溅，光是这张支票就把女房东震慑住了，而且震慑的程度丝毫不亚于被打得四肢瘫痪。活了一大把年纪，她虽然没见过支票到底长什么样，但是却听说这是有钱人才有资格行使的特权，况且这个男人的打扮谈吐也不像是骗子。渐渐的，她眼底狠辣的光芒在一点点的消失，逐渐黯淡成恐惧闪烁。这个时候，又有人凑到她身边耳语了几句，说余小秀如今在一个大老板那里做事，突然出现的这个人恐怕来头不小，还是应当小心为妙。

女房东听后果然变得更加惶恐，拿起桌上的支票仔细看了很久，又跟同伙们围在一起商议了半天，最终沉默下来，夹着尾巴灰溜溜地离开了。

“不知道怎么用再打电话来找我。”张靖阳望着他们悻悻离去的背影，又是一阵大笑。

围观的人群也小声议论着渐渐散开。

空旷残破的红帐篷下，小秀像荒岛上意外获救的幸存者，充满感激地仰望着张靖阳，一时间也不知该说些什么才好，喉咙完全被激动的情绪塞满了。

余淑凤则大喜过望地奔进厨房，一阵勺锅碰撞的翻炒声后，几道余记的招牌菜被隆重地敬奉到恩人桌前，又是敬酒，又是道谢。

张靖阳从容应对着，在长辈面前表现得谦逊又不失礼节。

三个人围坐在一张桌子前，一人拿着一个酒杯，“干——”碰在了一起。

不知喝了多少杯后，小秀再一次为他斟满酒。

“真的非常非常非常谢谢你！”这已经不知是她今晚说的第几声谢谢。

“不用客气，朋友之间互相帮忙是应该的。”张靖阳也忘了是第几次说不用客气。

“你真是太善良了！从没遇见过像你这么好的人。”小秀微醺的脸庞绽放出一朵甜甜的笑容。

望着这张清澈的脸，张靖阳捧着酒杯的手突然轻颤了一下，眼里掠过一道黯淡的光芒，而后猛地仰起头，将杯中的酒一饮而尽。善良的人，真的是这样的吗？

“这些钱我一定会尽快还给你的。”小秀端起一杯酒，又说。

“就你们母女俩经营一家大排档一定很困难吧？不用急，等手头宽裕了再说。”他凝视着她，眼睛里天生的玩世不恭不知何时突然消失，只剩下宽容和怜惜。

夜越来越深，头顶的星星也在天幕的映衬下更加闪亮。

空气里弥漫着淡淡的雾气，还有令人迷醉的酒香。

5

清晨，太阳从海边冉冉升起。

微风穿过庭院，高大的玉兰树沙沙作响，轻纱般的日光划过窗帘，将华丽的卧房照得灿烂明亮。贺轩慢慢睁开眼睛，却没像往常那样畅意地伸着懒腰鱼跃而起，而是懒懒地翻身下床。

走进浴室，浴镜中映出的憔悴脸色证明他昨晚睡得不好，事实也的确如此。他一整晚都沉浸在混乱的梦境里，满脑子全是余小秀坐在一辆陌生的跑车上与他擦肩而过的身影。不过，这绝对不是贺轩的本意，如果可以选择的话，他宁愿梦到的是《食神》里的莫文蔚也别是那个矮矮胖胖的小保姆。为了发泄愤懑，他伸出手指，像警察审讯犯人似的对着镜子问：“全世界你最讨厌的就是这个女人了，是吗？”

镜子里的自己耸了耸肩，哭丧着脸，非常勉强地说了声：是。

一副屈打成招的表情。

可就算真的讨厌，也得找个理由吧，是因为她昨晚不吭一声就擅离职守？嗯！这难道还不够吗？若换成平时，他下班回家，那丫头一听见车库打开的声音，就会提前把热腾腾的饭菜端到饭桌上，并用灿烂的微笑相迎。可是昨天晚上，饭菜虽然摆在桌上，人却没了，偌大的房子空荡荡的，冷如冰窖。更可恶的是，搜遍房间，居然连张一字半句的留言条都找不到！

究竟出了什么事，是那个男人把她接走的，还是出现了什么意想不到的插曲？他不断反问自己，不由自主地变得慌乱起来。不过真正让他慌乱的不是余小秀的不辞而别，而是他自己捉摸不定的内心。从什么时候开始，他竟会在意一个保姆的行踪？没有她在的家，明显比从前多了一份落寞。

贺轩将大捧的冷水泼到自己脸上，试图使脑子清醒过来。正在这时，门铃响了。

一定是那丫头来上班了！怀着武王伐纣的心情，他快步走到门口，将门打开。

没想到，出现在眼前的却是一张意外的面孔。洁白如玉的面容，眼睛像深海的黑珍珠透出水灵的光泽，也蒙着一层薄薄的哀愁。蓬松的长发倾泻在背上，将身材映衬得更加婀娜，再加上身上穿的那件绣着紫罗兰的真丝连衣裙，无疑是位令人惊叹的美人儿。

然而，贺轩在见到美人的第一眼，眼里却没有任何倾慕的神采，而是一种惊诧，不久又升级为一种愠怒。

“罗紫苏，你怎么知道我住在这里？又是我爸妈告诉你的？”

“何必要问他们呢，打听贺氏集团继承人的地址，要比打听路边的乞丐容易得多，对我而言不是什么难事。”她绽放出倾城的笑容，“既然来了，不请我进去坐坐吗？我还没参观过你的新家呢。”

“没有那个必要，我们之间早就结束了！”

结束了……最后这三个字像蕴力十足的内功，将罗紫苏的心打成重伤。

艰难地调整心情，她哽咽着注视着他："即使结束了，难道连朋友也做不成吗？"

"你聋了，还是傻了？忘了我在巴黎说过的话了吗？明明说过不要再见面，明明说过让你把我忘了，最好就当我死了，你为什么还要出现……"

字字句句都像匕首一样刺入紫苏的心脏，她捂着剧烈起伏的胸口，突然也歇斯底里地吼起来："因为你毁了我的爱情，毁了我的生活，让我无论白天黑夜都陷在黑暗里，让我一想起你就有流不干的眼泪……"

"那不是我的责任！"贺轩的话里没有任何感情，"这是上帝给你的惩罚！如果你真的想拯救自己，那只有忏悔这一条路可行。"

罗紫苏瞪大眼睛，用打量陌生人的眼光注视着他，无法相信昔日倾吐着甜言蜜语的嘴里会说出这样冷酷无情的话。这个男人，像穿着盔甲一样将自己紧紧包裹着。

她的嘴角一阵抽搐："为什么需要忏悔的是我？需要忏悔的是另一个阴险的女人！用死来威胁人，再没有比这更无耻的了！"

"啪"的一声，贺轩下意识地抬起手，重重打在她的脸上，五个鲜红的指印立即浮现。

罗紫苏捂着红肿的脸颊，泪大颗大颗地滚出眼眶。

就在这个时候，院门被轻轻推开，轻快的脚步随着余小秀的身影突然跃现在晨光下的花园里。面对门廊上紧靠在一起的两人，她的脸上有尴尬的神色。

故意轻咳了一声。

贺轩与罗紫苏立刻回过头，三人的目光微妙地交错着。

四周一下子寂静下来，空气仿佛凝固住了。

随后，贺轩紧绷的唇角却突然缓缓扬起一抹叵测的笑容，一把推开紫苏，快步来到小秀面前，手臂自然搭在她的肩膀上，语气亲昵得如同相恋多时的情侣。

“小秀，你买菜回来啦？肚子饿死了，我今天早晨还想吃南瓜汤圆。”

这副反常的态度比平时脱口而出的冷嘲热讽更令小秀不寒而栗。虽然不知道他葫芦里到底卖的是什么药，可闭着眼睛也能感觉到今天的气氛不同往常。趁着灾难还没发生，她三十六计走为上策，随口答应一声就快步朝屋内逃去。

在经过紫苏身边的时候，两人的目光自然相撞。那一刻，彼此的记忆同时被拉回几天之前的莱薇酒店。不同的是，小秀的第一反应是急速避开，消失在门后；而紫苏，整个人几乎站不住了，灼亮的眼神渐渐变得空茫，瞳仁像被搅乱的一潭死水，浑浊不堪。

头顶的太阳愈发明晃刺眼。

良久，低哑的声音从她苍白的嘴中传出：“她……她是谁？”

“你这么聪明的人，没必要让我点破吧？”贺轩避开她的眼睛，不想多谈。

“我要你亲口告诉我！”她沉痛地咆哮。

“没有这个必要！只要你知道，我现在已经重新展开一段新的生活，不想和过去再有任何瓜葛，这就够了。”说完，他决绝地转过身，背对着她，缓慢迈开脚步，一步步朝房子里走去。仿佛就这样永远离开她的世界，天地间孤零零的，只剩下她。

紧接着下一秒，罗紫苏突然冲上前，从身后将贺轩紧紧抱住。

“你知道我是鼓足了多大的勇气才回来找你的？伦敦、纽约、洛杉矶……四年来，我变换不同的城市生活，可是无论到哪，心始终在你这里。没有你我根本活不下去，不要把我变成第二个康琳……”

在提到康琳这个名字的时候，贺轩的脊背突然绷直。就像被一把陈年生锈的匕首插入身体，那种沉重的痛楚，虽然钝重得发不出声音，但是威力惊人！体内的血管一根根绷裂，身体里破裂的碎片都化成哀号般的怒吼，回荡在罗紫苏耳边。

“闭嘴！我说过，不许任何人在我面前再提起她的名字！任何人，你也不例外！”

话音未落，他用力掰开她的手，毅然迈进家中，并狠狠地将门关上。

门外很快传来女人绝望的哭喊声。

小秀从厨房里走出来，远远望着靠在门后僵硬冷漠的贺轩，脸上有惊异的神色。

她缓缓朝他走去，却觉得短短一二十步的距离，如隔千里。

这个谜一般的男人身上究竟隐藏着多少秘密，她很想探究真相，又怕惹火烧身。

贺轩也在静静地望着她，英俊的脸庞仿佛蒙着厚厚的一层冰雪，坚固地凝结在空气里。甚至，眼神里还有恐惧。

她一步步地在靠近，步步惊心。

谁知，就在两人仅有一步之遥的时候，贺轩突然抢先一步拉过她的手臂，大步朝门外走去。

“你干什么呀？”小秀吓得大喊。

“突然不想在家里吃早饭了，一起出去喝早茶。”贺轩已经打开了大门，笔直朝车库走去。

发什么神经！一会儿说要吃南瓜汤圆，一会儿又要去喝早茶，小秀觉得他今天早晨古怪得像吃错药似的！可心里就算再不情愿，也抵不过这个一米八几的家伙的蛮力，像甩件衣服似的被他甩上了车。

威风凛凛的保时捷掠过社区优美的林荫道，快要看到大门的时候，与一辆缓缓行驶的红色奔驰擦身而过。车上坐的，正是哭得梨花带雨的罗紫苏。

正在为往事沉痛默哀的她，突然看到旧爱与他的“新欢”疾驰着朝社区外扬长而去，大脑深处再一次轰的炸开，再没有什么比这更令人愤怒的了！狗急了还会跳墙，更何况还是被爱情抛弃的女人，只怕像火箭一样飞上云霄也不足为奇。只见她紧紧咬住嘴唇，握紧方向盘，猛踩一脚油门，朝着前方的车奋力追去。

锃亮的后视镜让贺轩将这一切尽收眼底。对于紫苏的挑衅，他没有表现出丝毫的绅士风度，反而积极接招。漆黑的眼眸里浮起一抹负气的神色，随之抬脚加大马力，在飞出社区大门的同时，猛地一甩方向盘，几乎以九十度直角转上通往市中心的公路。

紫苏也不甘示弱，一声尖锐的刹车声跟着在清晨寂静的马路上响起。

风声呼啸，一银一红两道耀眼的光芒在环海马路上如电光闪过。

驾驶座前的时速表不停变化着，疯狂飙升至仿佛随时会爆裂一般。沉浸在追逐游戏中的对手完全忽略了这一点，倒是可怜了坐在副驾驶位的小秀。原本就很少有机会坐车的她如今坐在这样一辆最高时速达310km的跑车上，岂不是等于在陆地上生活了一辈子的旱鸭子上了海盗船。

她使出吃奶的力气紧紧抓住车沿的把手，浑身都是冷汗，就像泡在水里一样，好不容易才从喉咙中挤出几个字："慢……慢点行不行？"

专注驾车的贺轩眼睛只顾注视着前方，对于她的哀求不知是没听见还是故意装做没听见，总之嘴唇抿得紧紧的，始终没有半个字的回答。

车速实在是太快，小秀渐渐觉得眼前天昏地暗，头也越来越晕，而且更不祥的是，胃里一阵翻涌，好像有什么热气伴着酸味不断涌上来。

"我……我要吐了！"她拼命捂着胸口，声音像是在哭。

"什么？"贺轩这才回过神来，瞥了她一眼。

"我要吐了！我受不了……"小秀叫嚷着，头已挪向窗边，可惜车窗是封闭的，她一头撞在玻璃上，眼前全是小星星。

贺轩顿时瞪大眼睛，飞快地按下车窗，同时，一阵惊天动地的刹车声，车子猛然停在路边，惯性使两人的身体同时前倾。前后间隔不到一秒，从小秀口中喷出的一股酸水也"扑"地溅在前窗玻璃上，车厢内顿时弥漫开一股刺鼻的异味。

可她还不过瘾，连滚带爬地下车，又大口大口地呕吐了半天。

贺轩望了望惨不忍睹的前窗，又望了望马路边的小秀，脸色越来越沉，仿佛漫天乌云都聚拢了过来。

“没出息的东西……”

他正准备开骂，罗紫苏的红色奔驰却紧跟着追上来，紧邻着保时捷的左翼停了下来，望着刚刚发生的这一幕，嘴角挂着幸灾乐祸的微笑：“贺轩，看来你的女朋友不怎么懂得享受驾驭的乐趣。差一点就要分出胜负了，可真扫兴，不如咱们改天单独再比。”

这句话明显刺激到了贺轩，他的态度骤然来了个一百八十度的大转弯，避开罗紫苏的视线，从另一侧跳下车，三步并作两步来到小秀面前，伸出手臂轻轻拥着她，声音轻柔得像花瓣落地一样：“怎么样，好一些没有？”

“你还说呢，全怪你！”此时的小秀也吐得差不多了，深吸一口气，猛地抬起头，刚要兴师问罪，谁知一块散发着清香的白手帕突然从天而降，落在她的唇边。刚才还凶神恶煞的铁面怪，突然披上一身羊皮，无限温柔地为她拭去嘴上的污迹。

一下子从冰冷的海水被抛进热情的火焰里，小秀无法适应突如其来的转变，精神一阵恍惚。

可是在旁人看来，这却是非常温情的一幕。所谓的旁人，指的当然是红色奔驰里的罗紫苏。望着这一切的她紧紧咬住嘴唇，脸狰狞得都快扭曲了。

马路的另一端，贺轩的表演仍在继续。

“好啦！我知道开快车是我不对，但我也是为了甩掉讨厌的跟屁虫，让我们能够清清净净地吃顿早餐才这么做的。”

小秀很清楚他是在演戏，所以也懒得跟他计较。经过一阵剧烈的呕吐后，绿色的胆汁都被吐了出来，肚子里早就唱起了空城计，也想吃点东西。

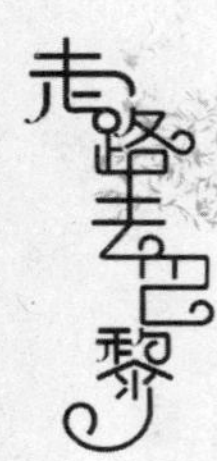

于是，她接过他的话问：“早餐在哪？”

贺轩的眉头皱了一下，回头望了眼被小秀吐花的脏车，再开着它前往原定地点已经显得不切实际，所幸路边不远处即是一座繁华的大型商场，一整排高档餐厅沿街而立。他用目光挑了家比较顺眼的咖啡厅，拉起余小秀的手便朝它迎面走去。

到了店门口，他把车钥匙连同从钱包里随意抽出的一叠百元大钞丢给门童：“麻烦你找人把我的车彻底清洗一下，剩下的就是你的小费。”

眼见客人出手这么阔绰，门童喜出望外，连忙点头允诺。

贺轩轻轻一扬下巴，与小秀并肩迈进店堂。

第五站 巴厘岛的月光

1

晨光透过巨大的玻璃窗倾泻在地上，华丽的大厅里充满着甜蜜优雅的气息。

迎宾小姐微笑着将贺轩与小秀领至一处舒适又视野极好的沙发前，只是才刚坐下，还没来得及点餐，罗紫苏也尾随而至，在他们正对面的小桌前坐了下来。由于正值清晨，店里的客人不是很多，彼此的视线没有任何遮挡，空气里的火药味就更浓了。

贺轩视而不见，唯独只冲着小秀露出阳光般的笑容："今天一定要多吃一点啊！"

"你放心，我会吃到你下回不敢再带我出来吃饭为止。"小秀眼睛紧盯着厚厚的菜单，专注得连头也没空抬一下。

不到一会儿，一桌精致的点心和各种饮料、汤水就摆满了一桌。

等餐的过程中，小秀已经饿到有些手抖，重新看见比生命还要重要的美味佳肴，就像在海上漂泊了好几个月的海盗船突然看见载满财宝的商船一般，刹那间，身体的各项机能迅速复活，变得比平时更加变本加厉地大吃起来。

可是，在大口塞进第一块三明治后，她又发现享受美食的心情与平时并不太一样，以至于看上去好吃闻着也浓香扑鼻的食物，在触及味蕾时却散发出一抹淡淡苦涩。难道是受角落里那个女人的影响？那她的气场也太强了点。不过话说回来，像罗紫苏这样美丽出众的富家小姐，追求者一定如滔滔江水连绵不绝。如果她不是用情太深，何必这样自贬身价，一路追着贺轩不放呢？对于这点，小秀倒是十分同情。若不是惧于面前铁面怪的威势，她真想走过去对她说：嗨，我们这边菜很多，两个人根本吃不完，一起过来吃吧！

一旁的罗紫苏也在默默望着眼前这对极不相衬的男女，一个是穿着昂贵整洁的黑色丝棉衬衫，戴着镶有蓝宝石的银色手表，举手投足间自然流露出风度的帅哥；另一个却是蓬头垢面，一身地摊货的大霉女，她死也不信这两人会是情侣！

坚持到底就是胜利，我倒要看看你们什么时候露馅，她心里也在噼里啪啦打着小算盘。

贺轩眼角的余光发现了她的注视，反倒付诸一笑，随手从衣袋里掏出白金的Dupont 打火机点燃一支烟。

“你不吃吗？”小秀一边咀嚼着食物，一边抬头望着他。

“你觉得当我看到你吐出来的那堆东西后，还会有胃口吗？”贺轩将眼光抛向窗外，吐出一缕白烟。

听完这句话，小秀立刻瞪起眼睛，目露凶光。这个刻薄的铁面怪，我没找你算账，你反倒恶人先告状。如果不是你开快车，我会难受成那样吗？我宝贵的胃液、胆汁……

她的眼神贺轩看在眼里，却显得不以为然，抽完半支烟后又淡淡地说：“等你吃饱以后，咱们顺便到商场里逛逛，我帮你买几件衣服。”

“买衣服？为什么啊？”小秀充满疑惑地吊起眉毛。

“你哪来那么多为什么，换成别的女人早就一蹦三尺高了！”贺轩眼里透着不悦，将手里剩下的香烟用力地掐灭。

贺轩骄傲的姿态再一次点燃小秀心底的怒火，她瞪起的眼睛像在说，我还不知道你，一大早神出鬼没的，还不就是想利用我把你讨厌的女人气跑。哼！别想把我当成白痴。

知道就好，识相的话就多配合一点。贺轩眉毛下闪动的眼睛仿佛也会说话。

两人眉来眼去了好一阵，桌上的早餐也吃得差不多了。贺轩按原计划再一次拉起小秀的手，穿过咖啡厅的侧门，朝商场内大步迈进。

罗紫苏见状，也匆匆在桌上放下一张鲜红的纸币，跟着进入商场。

宽敞的大厅，高悬着水晶灯的穹顶，BCBG、Kenzo、Chanel……映入眼帘的全是响当当的国际名牌，任何一个女人见了也会热血沸腾，巴不得把每件漂亮衣服都穿在身上。

小秀并不是第一次逛国际名店，之前贺轩带他赴莱薇酒店的派对之时，她已经亲身体验过一次当名媛的感觉。然而，当她再一次看见衣角标签上一长串数字时，还是本能地产生一种恐惧。真要穿上这样的衣服，不会比割她身上的肉来得轻松多少，甚至担心会遭天谴。

贺轩见她这副怯场的样子，一边顺手取下一件BCBG的真丝上衣放在她面前，一边露出嘲讽的轻笑："你刚刚在咖啡厅里的那股劲头上哪儿去了？"

"像我这种人哪适合穿这种衣服，干活多不方便啊！"小秀拼命摇着脑袋。

"少废话！先进去试试再说。"贺轩发出不容抗拒的命令，一把将她推进试衣间。

相邻衣区，假装在挑衣服的罗紫苏把这一切全看在眼里，当场气得胡乱抓起一件长裙，手指上的青筋却全都暴了出来，咬牙切齿的模样简直像要把裙子撕成碎片。

就在这个时候，贺轩突然转过头，瞟了她一眼，两人的目光刚好在空中迸出火星。好可怕！连一旁的导购小姐看见了都避得远远的。

不一会儿，小秀穿着最新一季的高级时装从试衣间里走了出来，再一次验证了"人靠衣装马靠鞍"这句名言。就连隔得远远的罗紫苏看见她这身新衣也不由得暗暗感叹，年轻果然就是资本，哪怕再俗气的女孩，只要正值青春，那么即使随便打扮一下，全身上下也能透出闪闪亮光。

显然，贺轩对此有着相同的看法，没等小秀发表自我感觉，已经掏出信用卡交给店员，同时又挑了好几件扔给小秀。不到一会儿的工夫，已经连续刷了四次卡。

双手拎着沉甸甸的购物袋，他们又朝下一家专卖店走去，所到之处，各大品牌的店员都表现得十分恭敬，如同王子身旁追随许久的仆从，即便在面对小秀时表情稍有迟疑，也很快一掠而过。

同时，跟在他们身后的罗紫苏也没闲着，但凡贺轩买给小秀的衣服，她纷纷照单全收，一样各来一件。即便是自己不适合或者不喜欢的款式，她也没有二话，就算回去不拿来穿，也非要出这口闷气不可。

由于她超乎寻常的顽强，在转遍三整层的商店之后，贺轩并没有如愿以偿地甩掉她。

然而，不习惯Shopping的小秀却早已累得满头大汗，捂着腿肚连声叫苦："我实在走不动了，我们还是回家吧！"

贺轩没有理她，想让堂堂贺大公子认输可没有这么容易，而且凭他对于紫苏的了解，知道她的神经也绷到了极限，关键时刻就更不能动摇意志。想到这里，也不管小秀是否愿意，他硬拉着她继续朝四楼走去。就在准备踏上电梯的时候，突然，转角处一装修奇特的店面吸引了他的注意——外形看上去像幢破败的旧宅，门洞大开却挂满蛛网，还隐约有恐怖的声音从深处传来——是间鬼屋！

贺轩漆黑的眸子立即一亮，没有女人会不害怕鬼怪。至于紫苏，从小娇生惯养，就是夜晚单独待在房间里也会害怕，这一点贺轩再清楚不过。也许把决战之地选在这里才是最适合的，简直天助我也！

拿定主意，他的唇角轻轻扬起一抹笑容，转身来到鬼屋门前，冲工作人员耳语了几句，又掏出好几张百元大钞放到对方手里，彼此像是达成了某种默契。

小秀在一旁注视着贺轩奇怪的举动，眼前全是飘忽不定的问号，又不是约会的高中生，他为什么要来这里，而且门票给得也太慷慨了点，即使有钱也不该这样乱花吧……

还没弄明白其中的缘由，她已在混乱中被一股力量推进大门，就这样来到一个诡异的世界。未知的空间里伸手不见五指，黑暗中隐隐传来一阵断断续续的哭声，声音不大，却显得尤其刺耳惊心。一阵阵冷风迎面袭来，身上立即起了一层鸡皮疙瘩。

不知不觉中，远处飘来一团苍蓝的鬼火，忽隐忽现，却突然在面前亮了起来，细看之下，是一个女人苍白的头颅高悬在空中，眼珠凸出，浑浊得呈青黄色，几乎要流出脓水，却怎么也不见身体。

啊！小秀立即跳起来紧紧地抱住贺轩，整个头都埋进了他的怀里。

头顶传来一阵大笑，贺轩被她害怕的样子逗得笑弯了腰："瞧你的胆子，比跳蚤还小。这些都是假的，有什么好怕的？"

假……假的？小秀好半天才慢慢睁开眼睛，发现的确只是个蜡人，但借着灯光和音乐的作用，就变得无比恐怖。

可就算知道是假的，身处其中还是会有心理障碍，她依然抓着贺轩的手臂，怎么也不肯松开。

门外，罗紫苏停在距离鬼屋十米以外的地方呆立不动，视线始终停留在贺轩消失的大门口。

进，还是不进？如同哈姆雷特苦苦思索的"生，还是死"一样令人难以抉择。

如果就这样离开，对于彼此也许都是一种解脱吧。分手后恋人的距离的确也像此时一样隔着人间和阴间，想要再重新走到一起，并不比跨越生死来得容易。可是四年了，真的一刻也忘不掉他，自己远涉重洋回国不也就就为了找回失去的感情，怎么可能遇到一点挫折就轻易放弃了呢？

好吧，俗话说我不入地狱谁入地狱！为了爱情，命都可以豁出去的，罗紫苏义无反顾地迈进鬼屋大门。

可一旦闯入这个陌生的世界，坚定的意志很快被一股强烈的恐惧所占据。走在漆黑一片的鬼屋里，就好像独自一人来到午夜的墓园，阴风伴着邪气一阵阵扑面而来。凄厉的哀号从四面八方传来，像有无数的鬼魅潜伏在四周，瞪着血淋淋的眼睛，随时想把生人拖入死亡的深渊。

随着一阵颤抖的哭声，一团白光，飘浮着，若即若离地朝她游来……猛然间一个披头散发、身穿白衣的女人出现在眼前……尽管进来之前已经做了充分的思想准备，紫苏还是被吓得当场大叫起来，之后所有的淑女仪态全都飞到九天之外，她提起裙子，不顾一切地朝前方狂奔。

身陷恐惧中的她绝不会想到，在鬼屋的某个角落，在布满监视器的控制室里，贺轩与小秀正静静坐着，观赏她的一举一动。

“我就知道她一定会进来。”贺轩紧盯着监视器，脸色被屏幕里透出的绿光照得莫名阴森。

“这样不太好吧！”小秀坐在一旁，皱着眉说。

“除此之外，还有什么办法能甩掉她？只有给她一点能够记住的教训，往后才不会继续和我纠缠下去。”贺轩冷冷地说。

“你不想理她，可以尝试其他办法，不必采取这种极端的手段吧！把一个弱女子骗进这种恐怖的地方，又坐在暗处眼睁睁看着人家害怕的样子，实在不是什么君子所为！”小秀语露不满。

“君子？”贺轩猛地从椅子上站起来，居高临下地望着小秀，“我不是君子是因为面对的根本不是什么淑女！罗紫苏不是，你更不是！用不着在这里装出一副同情心泛滥的样子，我不吃你这一套！”

就在两人的争执不断升温的时候，监视器里的罗紫苏也没好到哪里去。在黑暗中迷失了方向，她闯进一间破烂不堪的草房，里面有几张简陋的木板床和棺材，随处可见僵硬的尸体……就在她经过其中一口棺材的时候，棺板突然打开，从里面跳出一具僵尸，朝紫苏迎面扑来，吓得她一边尖叫，一边魂飞胆破地向外逃生，可全身长着白毛的僵尸不依不饶，一直在后面追赶。

“轩……贺轩……”紫苏被吓得魂飞胆破，挂着满脸泪水，不停地叫着贺轩的名字。

“他在叫你！”监视器前的小秀实在看不下去了，跳起来，冲贺轩大嚷。

“我不是聋子！”贺轩白了她一眼，“还没有到真正恐怖的时候，你急什么？”

“还要怎么恐怖啊？她都吓死了。”小秀的眼睛瞪得大大的。

“我特意花钱让他们为紫苏准备了特别的礼物。待会儿，这屋子里所有的鬼都会一齐跳出来追她，可谓盛况空前！”贺轩不紧不慢地说。

“什么？她都吓成这样了，你还不放过她？”小秀难以置信地盯着他。

“你不了解她，也不了解我们之间的事，所以会对她产生同情。我不怪你，也不想跟你计较。但是你不要想碍我的事，否则会有严重后果！”贺轩的声音低沉而沙哑。

“我才不管呢！总之你这样吓一个女孩子就是不对的，赶快罢手！”小秀的声音猛然提高一个八度。

“那是不可能的！”贺轩一口回绝。

鬼屋现场，罗紫苏仍在逃命似的狂奔，可前方长长的道路像永远走不到尽头，四周时不时窜出的鬼怪更是让她手足无措。刚刚逃出僵尸鬼的地方，前方又窜出两个“恶鬼”，一前一后地伸出利爪朝她袭来。

实在看不下去了！小秀拿起桌上的手电筒，甩开手臂奋力冲出操控室，朝罗紫苏所在的方向跑去。

真是个爱管闲事的女人！身后，贺轩望着她的背影，眉毛蹙成一团。

因为通过监视器已经了解了鬼屋内的布局，小秀没费多大力气就找到了紫苏。面对她吃惊的神色，她没有多加解释，拉过她的手便朝大门走去。

谁知，紫苏毫不领情，甩掉小秀手臂的同时还扬起手掌，“啪”的一声打在她的脸上，五个清晰的手指印立即浮在小秀脸颊上。

空气仿佛凝固住了。

小秀的脸被打得侧了过来，费了很大力气才慢慢转过头，呆呆望着紫苏：“你干什么？我是来帮你的！”

“我不要你帮，你给我滚！”在罗紫苏的眼里，小秀唯一的角色，就是她的情敌。这一巴掌，是她隐忍了很久，早就想给的！

黑暗中，一串脚步声由远及近慢慢走来。

“怎么样，我说过你不了解她，现在知道是自找苦吃了吧！”是贺轩的声音。

小秀没有回答，怔在原地，气得浑身颤抖。

贺轩慢慢地走到她的身后，搂住她的肩膀，同时冷冷瞪着紫苏，眼神像铁钉一样刺进她的眼睛。

“你会为这巴掌付出代价的，没有人可以欺负我贺轩的女人！”

“什么？”罗紫苏与小秀同时回过头望着他，小秀更是绝望地闭上眼睛，这家伙在说什么啊！

贺轩的眼底变得黯淡，却充满着一股戾气，下巴也渐渐收紧，脚步一步步朝罗紫苏逼近。

走到她面前，他沉默地凝视着她，四周安静得只剩下鬼屋内幽幽的怪叫。突然，贺轩扬起手，每一根绷紧的手指都透出浓烈的恨意，随着风声响起，手掌迎面而来，紫苏的脸色格外苍白……

这一掌下去不知会变成什么样子。

啊——小秀几乎要叫了起来！

呼呼的风声响彻耳畔，紫苏本能地闭了眼睛，谁知，就在手掌几乎要落到她脸上的时候，整只手臂突然停住了！

紫苏惊讶地望着贺轩，莫非……莫非他舍不得？

贺轩轻轻一笑，仿佛看出她的心思，可说出来的话却没有一丝温度：“打你……还怕脏了我的手！从今往后，别再让我看见你。”

说完，就拉起小秀的手，头也不回地消失在黑暗里。

大脑深处的血液轰地一声炸开，冰冷的空气里，铭心刻骨的屈辱和痛苦如鬼怪缠身，紫苏紧紧闭上眼睛，努力让自己的双腿站稳。

2

从鬼屋出来以后，贺轩沉着脸，一声不吭地让小秀坐公车回家，自己则开着那辆被洗得焕然一新的保时捷扬长而去。当天晚上，他出席一场商业活动没有回来吃饭，到了第二天又被父亲派往巴厘岛参加本年度的亚洲房地产峰会。这一次行程十分匆忙，两人之间甚至没有一个照面，小秀也是第二天来上班的时候，才从桌上的留言条得知这个消息。

那条留言非常简短：

我去巴厘岛出差几天，不在的时候把家照看好，如果有任何一点闪失，回来的时候你就死定了！

贺轩

小秀觉得出差只是借口，赌气才是真的。

可这气怎么也不该朝我撒吧，我就是出于与生俱来的正义感阻止他用封建迷信残害良家妇女，而且还因此莫名其妙地挨了一巴掌。真是猪八戒照镜子，两面不是人。小秀觉得这是自出生以来所蒙受的最大的不白之冤。

屋子里空无一人，她把所有的愤怒都发泄到地板和家具上，用劲抹地板时发出的霍霍声简直像在磨刀。

可是，当地板被拖得一尘不染，家具被擦得闪闪发光，浑身的力气也被虚耗殆尽以后，她心里的怨气也跟着消失得无影无踪，倒有几分落寞乘虚而入。

往常，当小秀做完一整天的卫生，把弥漫着香气的饭菜摆上餐桌，保时捷低沉的轰鸣声便会从院外传来。贺轩下班的时间通常很准时，不爱交际的他宁可推掉各种饭局回家享受家常素食，这也使得夜晚的时光成为这幢房子一天当中最温馨的时刻。小秀从来不肯承认自己热爱保姆这份工作，可是，当贺轩昙花一现的笑容绽放在餐桌前，为一桌新菜赞叹不已却又死不承认的时候，她却能从中获得其他地方都体验不到的成就感。人生的价值就在于能够为他人带来多少改变，这与所从事的工作并无直接联系。例如今天，无论她做得再好，贺轩都不会看见，她突然觉得自己像一个在没有观众的戏台上唱独角戏的演员。

不过到了傍晚，小秀还是坚持按以往的惯例做了一桌丰盛的饭菜，尔后自己坐在宽阔的餐桌前享受起美食。

“瞧……这块豆腐多嫩，还有这道酒酿芦荟可是我第一次尝试，算你没口福……”她眼睛空洞地望着餐桌对面空荡荡的座位，喃喃自语地念叨着，情形有点像在拍恐怖片。

吃完饭后，她把剩下一大半的剩菜用保鲜膜包好放入冰箱，又把厨房收拾干净，这才锁门回家。

同样的夜晚，一抹皎洁的月光轻轻撒在巴厘岛酒店的宴会厅里。

大厅内灯火通明，属于巴厘岛式的特色布置，半开放式的廊柱间全是古老的手工大雕，古香古色的原木屋顶和富丽堂皇的大理石地面融合在一起洋溢着热带风情。长条餐桌上摆放着各式传统的巴厘岛菜肴、海鲜，以及西式餐点，任凭客人随意取用。

来自世界各地知名企业的高层、学者和媒体挤满了宴会厅，热闹得像在举行新年庆典。结束了一天会议的贺轩也随着同行人员来到这里，可是与周围尽情享用美食的来宾不同，他没有向餐桌靠拢，反而托着一杯鸡尾酒静静退到角落，表现得像个厌食症患者。

短短几个小时的飞行，已经使他离开祖国千万里之遥。充满梦幻般风景的巴厘岛可以让人忘却一切烦恼，却唯独忘不掉家的味道，更确切地说，应该是小秀的手艺吧！南瓜汤圆、佛手鱼卷、芥菜饭……他偷偷舔了舔嘴角，心里的惆怅越来越浓。

现在才知道，两人在一起时间久了，已经慢慢变成一种习惯。惯性是一种很玄妙的东西，就像月亮绕着地球、地球绕着太阳、太阳绕着银河系一样，看似无形的力量却支撑起了整个宇宙。人类也是宇宙间的一份子，虽然渺小，也无法摆脱惯性定律。也正因为习惯，人们不会多想有朝一日脱离既定的轨道会是怎样。当然，一旦脱离，后果将不堪设想。

就如此刻的贺轩，怎么也没预料到会在异国他乡怀念起一个微不足道的小保姆。但他的确想起她了，而且，这种想念强烈得令人心惊，已经完全影响了食欲。

唉……情绪低落的他发出一声低沉的叹息，什么东西也没有吃就匆匆离开宴会厅，返回客房。

第二天，小秀像往常那样准时七点来贺轩家报到，身上穿的是他前两天为她买的新衣。BCBG 的丝质衬衣搭配 Annasui 的淡粉色短裙，让她看起来既有淑女气质又充满活力动感。可就算打扮得再漂亮，贺轩也不会看见，光想到这点就让人觉得郁闷。

因为没有人回来过夜，整幢房子除了一些薄灰，显得十分整洁。纵然如此，小秀还是深入各个房间，扫地、擦地、抹桌子……认真的程度一如既往。

在卧室收拾书桌的时候，她又一次看见贺轩在巴黎拍的照片。已经两天没有见到照片里的这个家伙了，她情不自禁地拿起相框，放在面前呆呆地望着。虽然不是第一次发觉他长着一张令人妒忌的好面孔，可今天却突然觉得照片里的他格外地帅气。也许是因为拍照时巴黎温暖的阳光，也许是因为多年前那抹纯真笑容……可就算帅得跟男模似的，也不该自恋到把自己的单人照片摆在书桌前吧。换成一般人，都是会放一些家庭合影或者恋人亲密照之类的，这家伙，心灵扭曲得还真不是一般严重呢！

可是，心里明明这么想着，现实中却紧紧抓着人家的照片不放，小心翼翼得就像捧着一块宝石似的。尔后，空寂的房间内还发出一连串傻笑声。

就这样不知过了多久，小秀终于决定不再放任自己花痴下去，于是打算将相框归位，可就在手指触及桌面的时候，心里又产生了一股动荡，这股动荡直接通过神经传达到指尖，结果手指触电般地一颤，相框“啪”的一声掉在地上。

一声惊呼几乎刺穿屋顶，小秀脸色惊变，慌忙蹲下身去拾相框。

要是摔裂了可就惨了！等到它的自恋狂主人回家后一定会把我给宰了。

不过幸运的是，由于地上铺着地毯，相框并没有受到重大损伤，只是后壳松动，夹在里面的照片掉了出来，飞到一旁。

小秀赶紧拾起贺轩的照片放进相框，刚要起身，却发觉不对——地上怎么还有一张照片，也是相框里掉出来的？

她的视线停留在这张神秘的照片上，一头雾水地将它拾起，发现尺寸、背景与另一张一模一样。原来，贺轩的单人照后竟然还隐藏着一张双人合影。

同样是在宏伟壮阔的卢浮宫前，贺轩宠溺地搂着一位娇美的年轻女孩，她穿着百合花色的连身裙，乌黑的长发在风中飞舞，眼睛亮如星辰。照片上，两人的笑容都是那么灿烂，好像无忧无虑生活在城堡里的王子和公主。

与贺轩相识这么久以来，小秀从没见他展露过这样的笑容，拥有这般笑容的他浑身散发着无尽魅力。任何人，只要轻轻望上一眼，就会陷入无可救药的迷恋，这也许才是卸下铁面具后真实的贺轩。此时的小秀突然觉得心脏猛然一缩，照片连同相框再一次摔落在地上，这一次多灾多难的相框不再平安无事，后壳完全脱落。

一阵海风吹过，窗外，花园里的百合花迎风招展，将整幢房子包围在花海之中。

如水的月光再一次降临在巴厘岛的酒店里。

夜色宁静，因此花丛里昆虫的鸣叫声就显得格外清晰。

结束了一天的日程，贺轩回到房间，将西装外套随手朝沙发上一扔，快步走到床边，重重地仰面躺下。

不知是紧凑的行程压力太大，还是热带气候使人心情烦躁，他竟然觉得在岛上停留的两天格外漫长。

翻了个身，他一动不动地注视着床头柜上的电话，它就像一根延绵不尽的长线，抛向遥远陆地的另一端。望着这部神奇的机器，贺轩的心也跟着回到家里。

不知道这两天那丫头过得如何？有没有在家里大闹天宫？

手指犹豫地伸向电话，刚要碰到听筒，却又触电似的迅速缩回。

她……只是一个保姆，自己为什么要这样记挂着她？

贺轩轻吸一口气，把头扭到一边，用力闭上眼睛，试图摒弃一切思绪。

然而，就在这个时候，床头柜上的电话却突然响起，寂静中清脆的铃声把他一下子从床上震起，脑海里变得一片空白，他下意识地拿起听筒。

“贺总，您好！”

原来是随行的秘书小郑。

“嗯，什么事？”贺轩轻轻舒了口气。

“豪森集团的杜经理想请您到湖边的咖啡厅一叙，不知您是否赴约？”小郑试探地问。

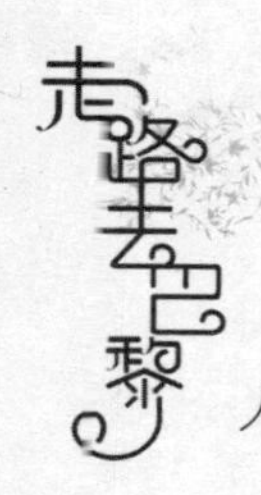

“就是今天下午会议时一直坐在我们旁边喋喋不休的那个女人？”贺轩神色一凛。

“呵呵……是的。”小郑的语气里透出一丝尴尬。

“想都别想。那个花痴一说起话来嘴就凸得跟猿猴似的，我这辈子绝对不要和她见第二面，还是让她去找其他猴子吧。别来烦我！”贺轩一口拒绝。

“可是……可是豪森集团是香港实力非常雄厚的房地产集团，目前正计划进军大陆市场，很多公司都在争取和他们合作的机会，我们却拒之于门外，恐怕不太好吧？”小郑委婉地劝道。

“那你就让我们公司的其他代表去和他坐一坐。公事归公事，公私不分从来不是我做事的风格。”贺轩的话生硬得没有任何商量的余地。

“是，那我另外安排，您早点休息。”小郑说完，便恭敬放下了电话。

结束通话的客房又恢复了原来的宁静，贺轩的心情却不见好转，反而变得更糟，闭上眼睛也无法入睡，脑子里被各种混乱的思绪紧紧缠着。隔了很久，他甩掉被子，猛地从床上跳起，走到窗前，目光惆怅地望着深夜的花园，黯然的表情就像一个刚刚入校寄宿的大学生。

夜风轻轻拂过庭院，一种无法言喻的感情一波波朝他涌来。他感觉脑袋里晃动的全是小秀的身影，这些影子并没有因为距离的遥远变得模糊，反而比此时头顶的月光还要清晰。他很想把它甩得远远的，让身体恢复从前一个人的宁静，但他做不到，不知道为什么就是做不到。也许，就像一杯加了蜂蜜的白开水，就算再怎么过滤，也不可能把甜味从水中去掉。更何况，一个已经喝上蜜糖水的人怎么会傻傻地再去喝凉白开水呢！就算贺轩再不愿承认，可小秀的确就是这样一个浑身散发着甜味的女孩，并用这股甜味改变了他冷如冰窖的家。当他身处其中时并没有感觉，可一旦离开，却突然难受得无法呼吸，还有一种孩童似的胆战心惊。他为无法控制的情绪忐忑不安，却又莫名地快乐兴奋。早知如此，这次巴厘岛之行应该找个借口带着她来才是，那样所有的烦恼都无从生起。而且，他完全能够想象得出她一旦踏上这片土地将会有怎样的雀跃与狂喜，那样自己也会跟着舒畅起来。

深夜，路边的大排档热闹非凡，其中也包括经过房租事件的风波重新恢复人气的余记。此刻红帐篷下人头攒动，酒杯与碗碟碰撞在一起的声音，客人之间叽叽喳喳的说话声，托着热腾腾的饭菜来回奔忙的伙计的脚步声，交汇成一曲市井的欢歌。

小秀低着头，拖着沉重的脚步从巴黎阳光回到这里，还没来得及装出一副笑脸，一个人影已经突然跳到她的面前，把她吓了一跳。

捂住突突窜动的心脏，小秀瞪大眼睛一看，原来是尚媛。

“你是兔子啊？干吗总是一蹦一跳的？”她大声喝道。

“人家看见你高兴嘛，都等你很久了。”尚媛指着帐篷里一张小桌子和几个空可乐罐委屈地说。

“正好，我也想找你聊聊。”小秀叹了口气，走到桌子前坐下。

这个时候，忙得满头大汗的余淑凤也端着一盘炒海螺从厨房里走出来，原本要为靠墙的那桌客人送过去，看见女儿回来了，索性把现成的一盘菜放在她面前，尔后嘴里说着“我再去帮你们添几盘菜”，就眉飞色舞地钻进后堂。

老板娘走后，尚媛望着她消失的方向，久久未能回过神来：“小秀，你妈是更年期过啦？怎么突然转性了！”

小秀再度叹息了一声，其中的原因只有她自己心里清楚。

听见这声奇怪的叹息，尚媛不由得扭过头仔细打量了小秀一番。这才发现她的面色有些不对劲，眼睛比平时大了许多，却空洞得没有任何神采，腮帮子也深深陷入脸颊，颧骨格外突出，整个人仿佛大病了一场。

她顿时惊得瞪圆了眼睛：“你是不是又被哪个男人给甩了？”

“说什么呢！真是狗嘴吐不出象牙。”小秀白了她一眼。

尚媛把握十足地说："不然怎么一脸衰相？认识你这么久，也就见你失恋的时候会这样。"

话音刚落，小秀的身体就地僵住了，随后嘴角抽动了几下，突然趴倒在桌子上，哇的一声哭了。

尚媛更加着急了："到底是怎么一回事，你快说啊！"

被尚媛不停逼问着，小秀的肩膀起伏颤抖了好一阵，才缓缓抬起哭肿的脸，眼睛没有焦距地望着前方。

"我……我可能是喜欢上铁面怪了！"

还好，尚媛听得懂这个外号，她长长地舒了口气，只是恨铁不成钢地望着好友："你这个没出息的东西，只是喜欢上人家，有什么好哭的？！这很正常啊！像他那种条件的男人，是女孩都会喜欢的。"

"可是，我根本不应该喜欢上他不是吗？像他那样的男人，只有能和他并肩站在卢浮宫前，注视着巴黎同一个方向的风景的女孩才配得上他。就算……就算他曾经说过喜欢我，也只是单纯的利用而已。"小秀拖着哭腔，沮丧地说。

尚媛的惊呼紧随其后像炸弹一样爆开："什么？他曾经说过喜欢你？"

"只是想利用我气跑他讨厌的人罢了！"小秀的情绪更加低落。

尚媛听得一头雾水，连番追问究竟是怎么一回事，小秀禁不住她的旁敲侧击，只得断断续续地将前后经过叙述了一遍。

听完这段故事，尚媛的眼睛像闪光灯似的亮了一下，微笑道："你说他只是想利用你，我看也未必吧。不然世上的女孩千千万，比你优秀的更不在少数，他干吗非选中你呢？"

小秀像被什么给启发了似的，"啊"的发出一声惊叹。

尚媛喝了一大口可乐，又继续说："关键在于你自己不自信。人往往不是屈服于外部的压力，而是输给自己的内心。就像那些参天大树，台风来临的时候很少倒下，多数毁于树心的一个虫眼。"

"可是，他真的很爱那个女孩，不然不会把它藏在相框后面。"小秀沉痛地说。

尚媛伸出手指点了她脑门一下："傻瓜，就是为了遗忘才把它放到相框后面。每个人都有这样或那样的记忆，当你不需要它的时候，不可能让时间倒流，把它从生命里抹掉，却可以用一个匣子把它好好珍藏起来。那个相框应该就是他的记忆匣子。"

"真的是这样吗？"小秀仍然有些彷徨。

尚媛嘟起了嘴："不信的话你就给他打个电话啊！告诉他你不小心把相框摔坏了，看他是什么反应。从他的态度就可以判断出他是更在乎你，还是那段记忆。"

"我才不要打，他会杀了我的！"小秀连忙摆了摆手。

尚媛的声音里带着火气："你这副德性哪像我认识的那个天不怕、地不怕的余小秀啊！要知道幸福是要靠自己争取的，如果只需要一个电话就能检测出人心高低，那简直是千载难逢的机会！有什么好犹豫的？倘若他真的喜欢你，那就趁热打铁，把行情连续做高。如果他不喜欢你，还是尽早甩盘，免得越陷越深。"

"晕……我听着怎么像炒股票啊！"小秀惊讶地望着她。

尚媛的眼睛里掠过一丝得意的光芒："总之是一样的道理。股票也好，爱情也罢，都是需要眼光和魄力的！不然为什么你总是被人甩，而我总是甩别人呢？"

"听君一席话，胜谈十年情！"小秀已经完全被尚媛的爱情理论折服了，同时，有种无法言喻的神秘力量正在连续不断地向她发出召唤。反正只是打个电话试探一下，又不是告白，有什么好怕的！退一万步说，已经失恋了那么多次，就算再多一次又会怎样，明天的太阳也不可能因此就从西边升起来。想到这里，小秀下定决心，用力攥紧了拳头。

坐在一旁的尚媛只消一眼就读懂了她的心迹，很配合地从手提包里掏出手机，"啪"的一声扣在桌子上："给你，拿我的手机打吧！"

小秀盯着手机，神色凝重。

四周嘈杂的喧闹仿佛都成了天外之音，她感觉就像是进入了另外一个世界，一种迷离却又汹涌的气息游荡其间。

“还愣着干什么，快打啊！”等待了很久，尚媛忍不住催促道。

小秀深吸一口气，将真气缓缓运到右手，却觉得心脏和手指连到了一起，柔软的指尖也能感受到一阵剧烈的颤动。

尚媛一动不动地望着她。

干咽了几下喉咙，小秀一用力，迅速地抓起手机，滴滴答答按下了一串号码。

听筒里传出动听的彩铃音乐。

像坐云霄飞车似的，她的心莫名又提到了最高点。

尚媛也像受到传染似的，收住笑容，变得一脸严肃，眼睛盯着小秀的脸，空气里弥漫着一种火辣辣的紧张感。

巴厘岛。

寂静的酒店卧房，淡黄色的灯光像轻纱笼罩在房间中央一张大床的四周。非常适合安睡的深夜，可躺在床上的贺轩却怎么也睡不着，洁白的床单因为他无数次翻身已被压得乱成一团。

“还是起来抽支烟吧！”他喃喃自语着掀开被子，从床上一跃而起，刚要伸手到床头柜的抽屉里拿烟，手机的音乐声却突然响起，在寂静的黑暗里显得尤为刺耳。他的心猛然一跳，猜不出来者是谁，然而，在短暂的犹豫后，还是控制不住按动了接听键。

贺轩先是听到一阵急促的呼吸，紧随其后的是一把熟悉的声音：“是我……”

贺轩不由得定住，是余小秀？

“这么晚，你怎么会打电话过来？”他吃惊地问。

“我……我……”小秀吞吞吐吐了半天，也没能说出个所以然。

电话那一端，尚媛急得都快坐不住了。

“你什么时候成结巴了，到底什么事啊？”贺轩也着急地追问。

“我……我就是想告诉你……”小秀渐渐放平语速，“我想告诉你，我新研究出了一道新菜叫酒酿芦荟，可好吃了，等你回来做给你吃！”

原本还充满期待的尚媛听到这句话后差点没跌在地上。

身在巴厘岛的贺轩也匪夷所思地挑起了眉毛：“你半夜三更打电话过来，连累我花了这么多的国际长途漫游费，就是为了告诉我你做了道新菜？”

天哪！我究竟在说什么啊？小秀也绝望地一巴掌拍在脑门上。

停顿了半晌，她努力调整混乱的思绪，重新开口说：“还有件事！”

“什么事？”贺轩以极大的耐性接过她的话。

“这件事情就是……”小秀突然提高嗓门，“就是……”

小秀的额头上大汗淋漓，从没觉得说一句话竟然有这么艰难，全身也像被恐惧紧紧包围着，眼前浮现的全是贺轩得知实情后怒火冲天的样子。

他一定会杀了我的，一定会的！悲观的情绪又在心里作祟。

“到底什么事啊？你要再不说我就挂电话了！”贺轩装出一副不耐烦的样子，其实是想给小秀施加压力，让她早点坦白从宽。

可以说，此刻他的心里也是想法纷杂。她挑这个时间打电话过来，又欲语还休，莫非是想向我表白，那我要不要接受她呢？

正在胡思乱想的时候，电话那端传来小秀的声音：“我还想告诉你的就是，主卧室的马桶有点漏水，我看不懂上面的品牌英文，所以想让你给翻译一下，我明天找人来修！”

贺轩顿时感觉后脑勺像被几百磅的锤子猛敲了一下。

“你……你……”他气得嘴唇哆嗦，“这种屁大的事你去找陈志东，少来烦我！”

说完，他用力挂断电话，把手机甩向床角。

听着手机里传出的嘟嘟声，小秀惨叫一声，再次绝望地趴倒在布

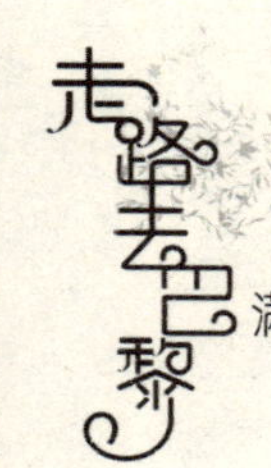

满油污的桌面上。

“我就知道肯定不会有好下场。”她的手发抖得厉害。

尚媛呆呆地望着她很久，倒吸一口冷气后开始说话：“就冲你这副没出息的样子，人家不挂你电话才怪呢！别指望有人会同情你！”

“你说得倒轻松，我的压力有多大你知道吗？万一铁面怪发起火来，不仅我的饭碗保不住，连这间大排档也要跟着遭殃。我们家还欠着别人房租呢！”小秀一脸悲痛地说。

尚媛撇了撇嘴：“躲得过初一，躲不过十五。如果真像你说的那样，等他回家发现相框坏了，你还不是死路一条？！而且恐怕要比现在更惨，有意隐瞒可是罪加一等！”

一阵冷风吹过，小秀的神情变得无比渺茫。

尚媛加紧鼓动道：“所以，还是现在抓紧时间说吧，还有争取宽大处理的可能！”

平心静气考虑了很久，久违的勇气再度填满小秀的身体，她决心再试一次。

事情已经发生了，逃避不是解决问题的办法，余小秀，加油！

尽管拿起手机的手指还是颤动的，可她沉住气，用力按下了重拨键。

对方接起电话的速度也很快，信号声刚刚响起，贺轩富有磁性的声音就随之传来。

“限你一分钟内把事情原原本本说清楚，不然就再也别说了！”

这副居高临下的腔调让人听起来真不舒服。以前，小秀一直认为自己和拖着这种腔调的富家公子是一辈子也不会有任何交集的，变成如今这种情形她自己也晕头转向，怦怦直跳的心脏扰乱了一切思绪，只剩下一个单纯的念想：我要知道他对我是不是像我对他一样抱有特别的感觉！

“我不小心摔坏了你卧室里的相框！”她突然大声地说。

电话那端陷入一阵未知的沉默。

“对不起，我知道那个相框对你很重要，但请你相信我不是故意的，我愿意尽自己所能赔你一个新的……”

话没说完，电话已被挂断，只剩下单调的“嘟嘟”声回荡在耳边。

手机宝蓝色的荧光屏渐渐黯淡下来。

一股寒流穿透了脊梁，直抵心脏，小秀像被判了死刑的罪犯一样，面色苍白地僵坐在原地。在她看来，他们之间波澜起伏的关系随着相框的碎裂彻底走向了毁灭。

3

一夜未眠。

小秀站在窗前，注视着朝霞一点点烧红半个天空，空洞的眼睛也是通红通红的，耳边始终回荡着昨晚电话被挂断的“嘟嘟”声。忘了自己是怎样换衣出门，忘了怎样来到巴黎阳光，更忘了怎样开门走进空荡荡的房子……

就像具木偶，没有任何感知，只是下意识地听由躯体的差遣。

也许很快就要离开这里了，当她再一次环顾周围熟悉的环境时，淡漠的面容上掠过一丝失落。

整整齐齐的客厅，连沙发布面都平直得没有一丝褶皱，却生疏得让人不想靠近。她静静地走到沙发中央，弯下腰，伸出手轻轻抚过坐垫，脑海里又浮现出以前贺轩坐在这里，彼此嬉笑怒骂的情形，嘴角不由得露出一丝苦笑。

空寂的厨房和餐厅，今早没有饭香，金色的桌面停着一片花园里飘进来的落花，不知为何，鼻子里竟然酸酸的。

沿着旋转楼梯，慢慢走上二楼，她再次来到卧室。第一天上班的时候，曾经由此第一次走进贺轩的私人世界，当时所发生的一切还记忆犹新。她在那张舒服的大床上美美地做了个巴黎之梦，是有生以来最真实的一次。醒来后她把他的手咬出牙印，然后夺路而逃……

一路走来，两人冤家似的吵吵闹闹，从没有一天相安无事。回想在这幢房子里发生的每一个细节，小秀找不到任何一个理由解释自己为什么会喜欢上贺轩，但人类的情感就是这样玄妙而没有理由。现在的她只知道，在贺轩消失的这段日子里，自己的生活仿佛由充满朝气的现代社会倒退回原始恐怖的侏罗纪。至于昨晚那通糟糕的电话，则像一道闪电把她彻底打入冰天雪地的寒武纪。

早知如此，就不应该把心事告诉尚媛，更不该听她的劝说打电话给铁面怪，甚至当初根本不应该走进这幢房子……唉！值得后悔的事情真是太多了，每一件事都让人头昏脑涨。小秀拖着沉重的脚步，一边想着，一边慢慢挪到落地窗边，将眼光胡乱抛向姹紫嫣红的后花园。

美丽的园子里，粉色的蔷薇和洁白的百合花共同沐浴着金色的晨光，在花丛的中央是和天空一样碧蓝的游泳池。游泳池西侧，面对大海的方向，空荡荡的秋千椅在海风的吹拂下吱呀晃动着。

就在不久前，贺轩还邀她坐在这张椅子上，把独家珍藏的无敌海景拿出来与她分享……现在想起来，简直像场虚幻的梦境。小秀惆怅地叹了一口气，正准备将视线从那给她带来痛苦回忆的场景中挪开，突然，一声门铃打断了她的沉思。

怀着犹疑不定的心情，她转身下楼，打开大门。当看清门口站的那个男人的时候，她意外地瞪圆了眼睛。

“志东？”

陈志东露出微笑，一步跨进大门。

环顾四周，他先是赞叹了一声：“小秀，有你在的家可真是完全不一样啊！”

小秀没有回答他的话，她心灰意冷地注视着他的背影，猜测他的到来一定与贺轩有关，而且就目前的形势来看，极有可能是来撵她出门的！

不过出于礼貌，她还是为他端来一杯香茶，同时提出自己心里的疑问："是铁面怪……不，是贺总让你来的？"

陈志东张大了嘴巴："你怎么知道的？"

小秀没有回答，但那副颓唐的表情却像在说"这还用问吗"。过了一会儿，她深深地吸了一口气，希望以此镇定自己的心脏，迎接审判日的到来。

"到底有什么事，你说吧！"

陈志东放下茶杯，从随身的公文包里掏出一个机票袋放在茶几上："这是贺总让我交给你的。"

刹那间，小秀脸上的失落迅速消失，转而换上一副惊愕的面孔。她伸手拿起那个袋子，打开一看，是一张飞往巴厘岛的商务舱机票和一叠绿花花的美金。

"这……这是怎么回事？"她一头雾水。

"关于那件事……当然贺总也没告诉我具体是什么事，只是说'那件事'让你去巴厘岛当面和他解释，所以为你订了明天一早飞巴厘岛的机票。另外，还有两千美元的出差补助，也是依照行政级的待遇。"

小秀一下子瞪圆眼睛，脸上写满问号："什么？去巴厘岛当面向他解释？"

陈志东点了点头："对，贺总电话里是这么交代的。"

听到陈志东确定的回答，小秀眼前浮现出这样一幅画面：当她怀着首度踏出国门的兴奋心情走下飞机，投入素有"人间乐园"之称的巴厘岛的怀抱时，一辆黑色的汽车冷不防由角落冲到她面前，从车上跳下两名身穿黑衣，戴着黑色墨镜的诡异男子，乘其不备，突然捂住她的嘴巴，神不知鬼不觉地把她拖入车内，劫持到一幢荒废许久的小房子里。随后，只听见黑暗中传来一阵脚步声，铁面怪手持一块烧得通红的烙铁，狞笑着，像日本宪兵队长似的朝她走来，嘴里念叨着说你毁了我最宝贵的东西，我也要让你尝尝生不如死的滋味……

天哪！她在心里大叫一声，拼命摇晃脑袋，试图把乱七八糟的想法甩出大脑。不会有这么可怕吧？！就算铁面怪已经失去了理智，应该还没有到泯灭人性的地步。小秀呆呆地望着捏在手里不停颤抖的机票袋，隐约之中，甚至能够闻到一股美钞的香味。尽管事情的转变来得既快又猛，而且令人缺乏安全感，可无论是巴厘岛的机票还是出差补贴都对她有着致命的吸引力。一来这笔意外之财可以让她提前还清张靖阳的房租欠款；二来不花分文就可以前往传说中的度假胜地巴厘岛领略热带风情，这样两全齐美的好事恐怕没有任何理由拒绝吧。

没错！有句俗话怎么说来着，撑死胆大的，饿死胆小的！余小秀，你就大胆地往前走好了，看他铁面怪到底能把你怎样。拿定主意，小秀在心里默默地给自己打气。

新的一天。

拂晓时分，潮湿的海风贯穿整座城市，使它笼罩在一层薄雾之中，看起来就像一艘航行于海上的华丽邮轮，在灰暗的光影里沉沉浮浮。

一缕暗淡的晨光从窗外透过埃及蓝的纱幔似有若无地洒在地板上。

这是一套通透的大房子，所有的隔墙全部被打通变成一个独立空间，不同的区域只用帷幔或屏风隔开，但是从视觉上完全可以分得出来。客厅铺着长条的香檀地板，睡房覆着米白色的羊毛地毯，搭配得和谐而优雅。

张靖阳躺在那张足以容纳四五个人的雕花大床上，睁着眼睛，一动不动地望着斜对角客厅墙壁上的一幅巨大油画。属于西方的绘画手法，勾勒出来的却是个有着乌黑秀发的中国女孩。她固然很美，却绝非倾国倾城的那一种，只是有着最温暖人心的笑容，温暖得使人觉得，那不像是一张画，而是存在于人间的鲜活生命。

与画上的美人对视了许久，张靖阳支起身，从床头柜上拿起烟盒，点燃一支烟放入口中深吸了一口。白色的烟雾瞬间升起，尔后托着长长的尾巴消失在沉寂的空气里。

原以为，在烟气散尽后，烦恼也会随之飘走，然而，事实并非如此。一股厌恶的火焰在他胸口剧烈燃烧起来，就连平时最喜欢的Treasurer香烟的味道也变得苦涩。不过，对于这种焦躁的情绪他并不陌生，这通常出现在他对一个女人厌倦的时刻。

正在这时，两只修长的胳膊从背后绕过脖颈将他挽住，花朵般娇艳的脸蛋随之绽放在他的脸颊边，彼此间连呼吸都听得清清楚楚。可是对失去兴致的男人而言，这却像是一条肮脏的蠕虫爬过身体。他把手里的烟伸到床头柜前的烟灰缸里，用力地掐灭，之后斩钉截铁地说："我想和你分手。"

没有回应，但能感觉到女人因为意外瞬间僵住，之后手臂无力地垂了下来，有一种黏稠的液体一颗颗打在他赤裸的后背上。

张靖阳明显不喜欢这种黏腻的感觉，当即便从床上弹坐而起，将地上凌乱的衣裙捡起来扔给身后的女人，但自始至终没有回头望她一眼："穿好衣服就马上回去吧，我已经忍了你一个晚上，实在不想再忍受下去了。"

"你……你这么快就厌倦了？"床上的女人抬起头，露出难以置信的神情。她乌黑的眼珠镶嵌在白玉般的面庞上，即便是在黑暗中依旧美艳得光彩夺目；蓬乱的长发由赤裸的后背上倾泻而下，比任何时刻都显得更为性感。像这么美丽的尤物，任何男人见了都会愿意匍匐在她的脚下，甘心做她的仆人。

然而张靖阳却只是露出一贯不屑的笑容："这是自我认识你以来听过的最愚蠢的一个问题。对于这一天的到来，你我不是早就预见到了吗？"

女人咬住嘴唇，哑口无言，惨痛的哭声随后弥漫在整个房间里。

"好了……"张靖阳极不耐烦地打断她，"一大早就发出这种烦人的声音，再听下去一整天的心情都会被你破坏了！"

再也无法忍受这样的羞辱，女人尖叫一声，猛地抓起床上的枕头朝张靖阳的脑袋砸来。由于用力过度，她的胸腔剧烈起伏着，看上去像随时可能爆炸一般。汗泪交织的脸上，青筋都暴了出来，使娇艳的脸庞完全扭曲了。

对于这一切，张靖阳仿佛视而不见，只是抿紧嘴唇，用力地吐出三个字："滚——出——去！"

"靖阳！"女人痛苦地捂住盈满泪水的双眼，艰难地唤着他的名字，"虽然说是当初约定好的，可是我以为你会爱上我，事实上……我已经爱上你了呀！"

"那是你的事，与我无关。交往之前咱们已经说好了，只是为了打发寂寞，一旦没有感觉立即分手。当然，当初承诺的分手费我也一定会兑现的。"

张靖阳说着，耐住性子走到卧室另一侧的桌子前，飞快地签下一张支票，用力扔到床边。

女人颤抖着捡起那张支票，目光在上面停了很久，张了张嘴，想要说些什么，却始终说不出来。

"好了，现在咱们之间完全结束了！记住，从你迈出这个房门开始，我们之间再无瓜葛。从今往后，我若是从任何地方听到关于我们之间的传闻，那么我也会跟格雅模特公司的老总打招呼，让你从公司一姐的位置上永远消失。"

这番话使女人的面色变得惨白，她呆呆地望着张靖阳。清晨第一缕阳光下，他的身影泛着孤傲的白光，冷得像尊冰雕。

"现在我去洗澡，等我从浴室里走出来的时候，希望房间能恢复成我所希望的那样。"张靖阳说着，便转身朝浴室走去。

"等一等！"女人突然赤裸地从床上冲下来，紧紧扑到他的怀里，"靖阳，难道你真的从来没有爱过我？当初，不是为了我才和宏阳集团董事的千金分手的吗？况且一直以来，我们在一起的时候总是那么快乐。"

张靖阳依旧漠然地站在原地，身子巍然不动，仅仅用眼角的余光淡淡地瞥了她一眼："我不爱你，我只是想拥有而已。就像你，你也不爱我，你爱的只是飞扬公司总裁的头衔，以及那些别人所无法给予你的物质享受。"

黑暗的卧室弥漫着残酷而寒冷的气息，绝望的女人被彻底激怒了。一瞬间，她暴躁得像只愤怒的狮子，往日温柔的气息荡然无存，取而代之的是盈满眼底的恨意和杀气。一双美目狠狠地瞪着张靖阳，一甩手，她扬起巴掌便要朝他脸上打去……不料对方眼明手快，在巴掌落下来之前已经伸出手用力扼住她的手腕。那凌厉的巴掌顷刻间便瘫软在半空中，只剩下削瘦的肩膀不停地颤抖着。

"我已经赔了钱，不想再赔一个巴掌，这个你还是留给其他男人领教吧！"说罢，张靖阳冷冷甩开那个女人，头也不回地跨进浴室，用力关上门。凌乱不堪的卧室，唯有咒骂声久久回荡在空气里。

太阳完全飞出地平线，大地撕去了薄雾，变得一片明亮。

张靖阳洗完澡，围着一条白毛巾，半裸地从卫生间走出来，正准备吹干头发，门铃却突然响起。

难道是那个女人又回来了？他皱起眉，一边用毛巾擦着头发，一边朝大门走去。

谁知，当门被拉开的那一刻，门口站着的却是手捧饭盒的余小秀。

他愣住了，小秀也愣住了，尤其见他全身赤裸只有腰间围着一条毛巾时，她顿时羞得满脸通红，慌忙避开他的视线，扭头望向其他地方。

见她这副模样，张靖阳强忍着笑意，先请她进屋安坐，自己则匆匆跑到衣帽间披了件裕袍。当他重新回到客厅的时候，发现小秀并没有坐在沙发上，而是站在墙壁前，看房间里唯一挂着的那幅油画。

有着温暖笑容的黑发女孩。

他的脚步突然定住，就连表情也是凝固的。

小秀见他呆呆望着自己，兴致依然不减："这幅画好漂亮，画上的女孩真有其人吗？”

隔了很久，张靖阳才默默点了点头。

小秀又问：“你认识她吗？她叫什么名字？”

这一次，张靖阳不假思索地回答：“当然认识，而且很熟。不过，已经是很久以前的事了，她叫康琳。”

康琳？小秀的身体痉挛般地颤抖了一下。

小秀异样的举止没能逃过张靖阳的眼睛：“你听说过她的名字？”

小秀下意识地点点头，随后又猛然摇摇头。

张靖阳看在眼里，却一笑而过：“不说她了，你今天这么早来找我，莫非是送早饭来了？”

“还真被你给猜对了。我给你带了南瓜汤圆，感谢你前两天的帮忙。”小秀转身走向放着饭盒的桌子边，“另外，还要把房租的钱先还给你。”

说着，她从口袋里掏出一个信封，轻轻搁在桌上。

“你这么快有钱还了？”望着那个厚实的信封，张靖阳不免觉得意外。

“嗯，我们老总让我去趟巴厘岛，公司给我开了差旅补助。因为要赶九点钟的飞机，所以这么早来打搅，真是不好意思。”说着，小秀礼貌地冲他行了个礼。

听到这句话，张靖阳再一次顿住，表面上不动声色，内心却掀起巨大波澜。就连小秀也不会知道，她短短的一句话，对张靖阳而言却是具有重大价值的信息。他的唇角露出一抹不易察觉的微笑。

4

飞往巴厘岛的国际航班上。

宽敞明亮的商务舱里坐的都是些西装革履的成功人士，打扮时尚的美女，肤色各异的老外，还有在电视上露过脸的熟面孔。唯独小秀，穿着最普通的白色短袖衬衫和没有品牌的牛仔裤，以及因为赶飞机，被风吹乱后高高翘在前额的“一撮鸡毛”，倒也算得上是一枝独“秀”。

当穿着制服的漂亮空姐为她送来午餐，她风卷残云般扫荡食物的同时，也没忘了盯着人家一顿猛看，论阵势绝不输给那些秃顶的中年大叔。不知道的人或许以为她有点特别嗜好，但事实上她只是在瞻仰，或者说是在怀念自己的梦想。这些优雅穿梭于蓝天上的身影曾经是她生命里唯一的坐标，可到头来却没有为她带来半点幸福，反而让她尝尽失败的苦痛。当她回过头重新审视这个梦想的时候，突然觉得从本质而言，她们所做的和她现在的工作相比高尚不到哪去，也就是端端盘子、侍候客人。而且空姐需要面对的是所有乘客，而她只需要面对铁面怪一个人。或许，人生就应该学着怎样放弃！

经过十数小时的飞行，航班终于缓缓降落在这座久负盛名的美丽海岛上。着陆停稳之后，乘客们都开始陆续下机，她也跟着走出机舱，顺着通道来到机场出口。

陌生的国度，一股海水的气味迎面飘来。虽说小秀的家乡也邻海，可和这里的感觉是完全不同的，此刻她的心情也随着海潮热血澎湃。

昨天陈志东告诉她，下了飞机自然有人来接她，可放眼望去，出口处那些陌生人手上举的牌子没有一张写着她的名字。就在她忐忑不安的时候，身后响起了一把男人的声音。

“是余小秀小姐吗？”

小秀闻声转过头去，那声音的主人是一个穿着黑色西装，戴着墨镜，头发成倒刺形的男人，年纪看上去和陈志东差不多。

小秀感到有些突然，心跳陡然加速，莫非想象中的情节要发生了？这个男人和她想象中那个劫持犯的形象完全符合，难不成还有一

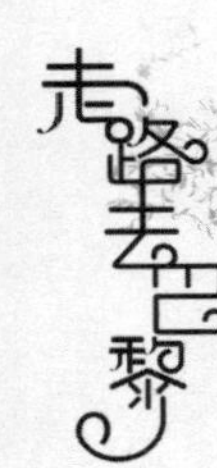

辆黑色汽车在机场外等着？

果然，黑衣男子自报家门，说姓郑，是贺轩的秘书，并主动接过小秀的旅行包，带着她一路来到车道，一辆黑色的奔驰远远地在月光下迎接着她的到来。

见此情形，她无论如何也不愿靠近，并面色苍白地叫嚷着："你……你们要带我上哪去？"

"还能上哪？当然是度假村啊！"郑秘书说着，已经为她拉开车门。

接着，旅行袋也被甩进了后备厢。

结果，小秀在不自觉、不自愿的情况下被带进了贺轩位于高级度假村内的Villa别墅。

看似简单的茅草屋顶透出世外桃源般的宁静，整片建筑犹如一座水城，各个房间以荷花和莲花池隔开，铺着木地板的走廊如桥一般将它们连接起来。别墅外围还有一个别具特色的环形游泳池，如镜的水面倒映着远处的山峦和竹林，映照出一片空灵静谧的气息。

但是房子里一个人也没有。

小秀环顾四周，对郑秘书发出疑问："贺轩让我来这，那他人呢？"

郑秘书对于她敢直呼老总的名字感到非常吃惊，但还是尽量压抑着说："今天的推介发布会还没有结束，等会议一结束，贺总就会回来。您可以先到客房休息一下。"

说完，他就以还有公事为借口，匆匆消失在大门之后。

四周静悄悄的，只有头顶的竹编吊灯发出淡金色的光芒。

在这个陌生的世界里，小秀感觉被一股未知的恐惧笼罩着。在威逼利诱之下，自己送上门来当待宰的羔羊，接下来会发生什么谁也说不清楚。

为了预防不测，她连杯水也顾不上喝，就深入这幢Villa的各个角落，试图找出一个合适的物件拿来当防卫武器。她先是在门后找到一把扫把，可觉得实在太笨重，容易暴露目标；尔后，她又在起居室一张长桌的抽屉里看到一把剪刀，可又觉得太危险，要是一不小心把铁面怪捅成重伤，自己还得蹲班房。再后来她又在床头柜的抽屉里翻到一个针绣包，里面有大大小小一排的绣花针。这也不行，针太细，自己手脚太粗，没准在扎到别人之前自己先成了刺猬。

正在左右为难的时候，不知从什么地方传来一阵噼噼啪啪的怪响，把小秀吓了一跳。她扭过头四下张望，却发现周围一个人也没有，顿时，恐惧感伴着夜晚潮湿的寒气，像潮水般阵阵扑来。

壮着胆子在屋里找了很久，一直来到起居室的后窗，才发现诡异的源头是窗台上挂着的一只木雕的风铃，所谓的怪声正是海风吹动风铃时所发出的。

小秀挥掉额头的冷汗，长长地舒了口气，真没料到自己已经到了草木皆兵的地步，在此之后一分一秒也都是煎熬。

不知过了多久，大门口传来门卡划开门锁的声音，接着一阵轻微的脚步声，一张久违的面庞出现在小秀眼前。贺轩身穿一件紧身收腰的银灰色暗纹西装，搭配合身无褶的西裤，额前发丝如同绸缎，在高大身形的映衬下，显得既优雅又率性。

顿时，小秀的身体像被人抽去所有的力量，她在心里冲自己悲鸣：为什么几日不见他变得更帅了？呜呜呜呜……几乎快要丧失对铁面怪的抵抗力了！

同时，又有一个声音在脑海里对她说：别傻了！人家再帅也跟你没有任何关系，他深爱的是把照片隐藏在相框背后的女孩。那种像天使一样美丽的女孩才配得上他这么优秀的男人，而你，只是一个给他烧饭做菜的小保姆。除了吃饭时间，人家压根不拿正眼瞧你！趁早死心吧，反正你也是一个很容易喜欢上别人的人，而且喜欢的都是一些不应该喜欢的，所以注定一败涂地！

内心激烈的交战几乎震聋她的耳朵。那些原本听上去细微的声响渐渐越变越大，终于变成了震荡整个脑袋的巨响。该死！她闭上眼睛，深吸一口气，努力想找回自己的理智。就在此时，鼻子非常清晰地闻到一股淡淡男士香水的气味，她吓了一跳，猛地抬起了头。原来，在完全没有感觉的情况下，贺轩已经走到她的面前，就在距离自己只有几厘米的地方散发着咄咄逼人的气焰。

“等了很久了吗？”他不动声色地问。

“啊？！”

心脏又开始剧烈跳动了。怦怦……怦怦……连大脑深处的血管也跟着肆无忌惮地膨胀开来，在每一个角落剧烈扩张着。

小秀无比紧张，她连贺轩的眼睛都不敢看，把视线移到了地面上。

“你哑巴啦？”贺轩的嘴角微微扬起，脸上竟意外地露出一抹微笑。

可是这抹笑容在小秀眼里却成了嘲笑，她气急败坏地嚷着：“你干吗诅咒我？”

“还能说话，那就坐下来吧！我想好好听你说说在电话里不方便说的事。”贺轩语气平和，没有任何暴力倾向地坐到客厅的沙发上。

最黑暗最恐怖的时刻到来了，这时的小秀倒希望自己是个哑巴。可既然已经来到巴厘岛，就必须做好面对一切状况的准备。避开贺轩的视线，她低着头，走到自己的旅行袋前，拉开拉链，从里面取出那个已经摔坏的相框，小心翼翼地捧到沙发边，交到贺轩手里。

贺轩的眼睛一动不动地注视着已经残破的相框，四周顿时安静下来，彼此轻微的呼吸声被无限放大。

小秀的精神随即陷入难以言喻的痛苦，身体也跟着失去了控制。她无法移动半步，眨一下眼，甚至连呼吸也变得无比艰难，她只是呆呆地望着贺轩，这就是她能做到的全部。就在这时候，贺轩突然抬起头，用灼热的目光打量着她。

“相框究竟是怎么摔坏的？”

听到这句话，小秀的心咯噔一下，全身一阵颤抖，总不能老实告诉他，是因为太想他，偷看他照片才把相框摔坏的吧！那样一来，说不定会被当场赶出去露宿街头。挣扎许久，她深吸一口气说：“一不小心掉在地上就摔坏了，但我真的不是故意的！”

“你做事情就这么没有脑子吗？还记得你第一天上班的时候我是怎么对你说的，身为一件原本就不合格的‘三无产品’做事情更要加倍小心，不然就是投错了胎，应该去做猪！真的是，我就知道一出门肯定要出事。”贺轩绷起脸，大声地训斥，但仅仅是几句叫骂显然与小秀想象中的恐怖场景还有很长一段距离。不过，被自己喜欢上的男人这样骂着，换成谁也不会好受的。

很快，小秀的心情跌落谷底，脸上被一大片乌云笼罩着。

“是啊！我知道从一开始你就讨厌我，在你眼里我只是一只会干活的猪，连一个木头做的相框也不如。”她咬着嘴唇，难过地说。

“白痴！你知道这个相框对我而言有多大的意义吗？哪怕你摔坏的是个古董花瓶或者橱柜里随便什么贵重的摆设我都不会生气，可是这个相框世界上仅此一个，摔坏了就没有了，就算有钱也买不到，你明白吗？”贺轩扯着脖子吼道。

“既然如此，你还让我搭一天的飞机来这里干吗？直接下令让陈志东把我从你的房子里赶出去不就结了吗？非要把我弄到这个鬼地方羞辱一顿你才甘心吗？”看着贺轩如此珍视这个已经破损的相框，小秀只觉得像被一盆凉水从头浇到脚底，鼻子酸酸的，眼泪也不争气地在眼眶里打转。

看着她这副理直气壮的模样，贺轩有些哑口无言。无论什么情况，她总是铮铮有声，而且所说的每句话都能令人目瞪口呆，不知所措。即使自己占据优势，铁证如山，只要和这个女孩对话，他的心脏就会莫名麻痹，什么也想不起来，变成一个脑袋空空的大傻瓜。更何况这一次，自己的本意并非要让她难堪，在下决心让陈志东订机票之前他就已经分析得很清楚，相框被摔坏和让小秀来到巴厘岛其实是并不相同的两件事。摔坏相框固然让他生气，可让她来巴厘岛完全出自心底的另一番情愫。

那个晚上，挂掉小秀的电话后他就一直在思索这件事，珍藏多年的相框会因为意外损坏，深深相爱的恋人也会因为阴差阳错分开……世事似乎就是这么无常，但真正给内心带来伤害的却不是这些人生的波折，而是自己面对变化时的心境。数月以来，小秀乐观的性格不知不觉影响着他，她从小经历了那么多痛苦，几乎没有一件事能够顺着心意，她却用积极的心态笑对人生，懂得自己想要什么，更懂得如何放手。这种勇敢是他在任何一个女人身上都不曾见过的。在发现这一点后，她在贺轩眼里成了一个闪闪发光的女孩。

可惜，后知后觉的小秀并没有看透贺轩这番心思，她只看到他像抓着生命线一样抓着手心里的旧相框。这其实也不能全怪小秀，长久的心灵压抑让贺轩无论何时都显得那样冷漠镇定，全身上下仿佛穿着一层厚厚的铁皮衣，哪怕一丁点感情也不轻易外露。

此时的小秀多希望他能扔掉那个已经没有任何使用价值的烂东西，然后对她露出宽容的微笑，告诉她旧的不去新的不来，就是埃及金字塔、万里长城也有风化的一天，更何况这个原本就不太结实的相框；接着，再带她去吃一顿富有当地特色的巴厘岛大餐。由于下飞机时正值傍晚，晚饭没来得及吃，又饿着肚子在Villa里等了半天，此时她头晕眼花，饿得可以吞下一头牛。

可是……可是面前这个男人毕竟是铁面怪啊！没有感情、铁石心肠……类似的词语再怎么形容他也不过分，也正因为如此，他所说的每句话都像利箭一样刺痛她的心脏。想到这里，一股绝望的情绪回荡在心里，一不小心，眼泪便掉了下来。

看见小秀莫名其妙痛哭失声，贺轩先是一阵错愕，随后一股焦躁之火迅速燃遍他的身体。他再也坐不住了，当着小秀的面，站起身在宽敞的房间里踱来踱去，好像有什么话想对她说，但是一时间难以启齿，最后气得浑身哆嗦，使劲咬着牙低吼道：“哭什么！有什么好哭的？要是别人听见了，还以为我把你怎么样了呢！”

因为被泪水挡住了视线，小秀无法看清铁面怪发怒时的样子，却能感觉到有一道凶神恶煞的眼神正死死盯着自己。她不明白他这样做只是为了消除自身的紧张感，她只觉得他像只被激怒的狮子，恨不得把自己撕成碎片。

她哭得更大声了：“你以为我愿意哭吗？从小到大无论遇到什么倒霉的事，我都强忍着不让眼泪掉下来，就算实在难过得不行，也是半夜把头蒙在被子里偷偷地哭。你这个无耻的家伙是第一个看见我掉眼泪的男人，我恨不得掐住你的脖子，把你的眼睛挖出来……”

说完，她还真的伸出两根指头，像一只陷入困境时异常凶猛的犀牛，盲目地朝她的敌人冲去。

见到距离自己只有几步之遥并且来势汹汹的小秀，贺轩先是一怔，随后迅速恢复神志，投入这场惊心动魄的战争。几乎是费了九牛二虎之力，他才抓住她的两条胳膊。失去重心的小秀身体摇晃了几下，狼狈地跌进他的怀里。贺轩一把按住她的肩膀，把她的身体紧紧贴在自己胸前，声嘶力竭地嚷道：“你疯了吗？只不过看一眼你哭的样子就要被挖出眼睛，只有鬼怪小说里残忍的女妖怪才会这样。”

小秀一边在他怀里剧烈挣扎，一边毫不示弱地反驳道：“我为什么为哭？还不是因为你！你让人坐了这么久的飞机到这里，就是为了想尽办法对我百般折磨。你以为有钱就不了起？以为给了张机票和一点美金就可以为所欲为？有本事你放开我，我现在就走，而且从今往后再也不会回来。我要离开你的破家，找份正经工作，努力攒钱，找个真正爱我的男朋友，彻底忘掉你和你古怪的脾气！”

那一瞬间，小秀处在一个近乎疯狂的状态，眼睛瞎了，耳朵聋了，只剩下瑟瑟发抖的嘴唇指向唯一一个目标。可奇怪的是，那个目标没有采取任何还击，只是瞪大眼睛呆呆地望着她。看脸色既不像生气，也没有讽刺意味。四周的气氛突然变得怪异，正当小秀心虚发怵的时候，贺轩突然屏住呼吸，弯下腰，用手托住她的后脑，在她试图

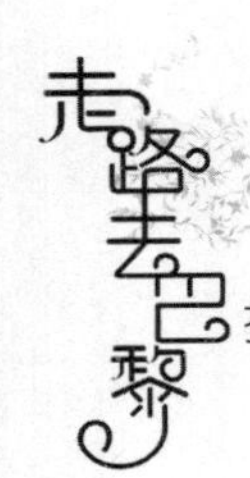

挣脱之前，已经将嘴唇印在了她的双唇上。

皎洁的月光从窗外撒进来，和头顶吊灯的金光融合在一起，倾泻在两人的周围，化成无数迷幻的光圈。如同这个吻带给小秀的感觉，也是这样迷幻而不可思议。一瞬间，她的脑子一片空白，全身的血液都凝固在一起，整个世界仿佛只剩下贺轩那飘着淡淡温暖香味的嘴唇。

仿佛有一个世纪那么久，他们一直这样紧紧相拥着，直到小秀的肚子里发出“咕”的一声惊响，贺轩的嘴唇才迅速移开，并迅速后退了一步。由于脚步不稳，他的身体晃了几晃，差点摔在地上。

目光重新聚焦在一起的刹那，两人眼里都有非常紧张的神色。

没有确定关系之前就吻了人家，这在贺轩个人的历史上是前所未有的，他无法用理智来解释这一现象。但那一刻，当小秀说要离开他另找一份工作开始新的生活时，他的确想不到用别的办法来挽留她。

至于小秀，则更加意外，前一秒还杀气腾腾的铁面怪，后一秒怎么就成了温柔的王子？也许这只是他恶意的捉弄！

没错，一定是这样！没有打骂羞辱，使出这“温柔一刀”却比任何武器都更伤人。他竟然用这种流氓手段来报复我，想到这里，她恼羞成怒，使劲用手背擦掉嘴唇残留的吻痕，眼神像针一样刺进贺轩的眼睛：“你实在太过分了！我只不过摔坏了你一个相框，而且已经答应离开你家，从此不再出现，你需要用这种全世界最卑鄙无耻的方法报复我吗？”

贺轩的脸颊飞来一片红云，赶忙摇着头说：“不是这样的，我……”

小秀觉得他神色不对，追问道：“你什么？”

贺轩深吸一口气，脱口而出：“我已经喜欢上你了！”

听见他的表白，小秀没有任何反应，只是冷哼了一声：“这句话你在你父母面前说过，在罗紫苏面前也说过，现在为了逃避责任又在我面前重新表演一遍，你觉得我还会相信你吗？”

贺轩叹了一口气，满脸无奈地望着小秀：“我说的是真的，不然为什么让陈志东订机票让你来这呢？独自在巴厘岛的这几天我没有一天不想你，可以说，身心都已经习惯和你在一起的日子。刚才你突然说要走，还要永远消失，我实在控制不住自己。”

听完这句话，小秀张大嘴巴，瞪圆眼睛，呆若木鸡。

在她看来，贺轩一直是个让人摸不着头绪的人，刚才所说的这些话也完全不像他一贯的语气，即便是，也只有在梦里才有机会听到。身为贺氏集团继承人的贺大公子居然会喜欢一个大排档老板的女儿，这是任凭谁也无法想通的怪事，其中也包括小秀在内，于是沉默了几分钟后，她拼命摇晃着脑袋道：“不！我不相信！”

心急如焚地忍受几分钟的煎熬，等来的居然是这样一句话，贺轩意外地一颤，朝前迈进一步：“那你要怎样才能相信？”

小秀顺势倒退一步：“反正就是不相信！这事太离谱了，没法让人信！”

贺轩瞪着火力四射的眼睛气呼呼地望着她：“难道要我再吻一次你才相信吗？”

说完，他步步紧逼，就这样把小秀抵到了墙角，紧贴着她，双手撑在墙壁上，环绕成一座狭小的囚牢。

“放开我！”伴随着惊叫声，小秀剧烈挣扎着，却怎么也敌不过他惊人的力量。与此同时，他的身体和嘴唇都在一寸寸逼近。小秀渐渐能感到皮肤间散发出的灼热的气息，吓得紧紧闭上眼睛。谁知，就在这个时候，她的肚子里再度发出“咕”的一声。

听到这个怪异的声音，贺轩先是一怔，随后便松开手臂，扑哧一下笑出声来：“你的肚子真是会挑时候！”

小秀的脸立刻红到了脖子，捂着出洋相的肚子，真恨不得找个地缝钻进去！

贺轩一边继续笑着，一边摆摆手道："好啦！既然你饿了，我还是先带你去吃饭吧！

小秀别无选择，低着头，随贺轩走出Villa大门。

5

贺轩带小秀去的是岛上最负盛名的一家水上餐厅。

木结构的尖顶建筑坐落于一片莲花池边，玻璃外墙在月光的照耀下晶莹剔透，如同水晶。餐厅外，粉白相间的莲花围绕四周，飘散着幽幽清香；餐厅内各色的鹅卵石铺成的小路从大厅向吧台延伸，两旁设有专属包厢，坐在宽敞的竹制躺椅里，抱着色彩斑斓的靠垫，全身上下每一个毛孔由内而外都感到舒畅。

点餐的时候，面对厚厚一叠配有诱人图片的菜单，贺轩主动将它交给小秀，让她尽情选择喜欢的美味，自己则拿出烟盒点燃一支香烟，然后侧过身，眼光静静抛向窗外的莲花池。

虽然感觉到他浑身散发着一股落寞，小秀也顾不得这么多，这会儿她的肚子已经饿到极限，光看菜单上那些图片就忍不住要流出口水。强烈的视觉冲击中，她一边抹着嘴，一边兴致高昂地要了一桌自己最喜欢的海鲜和荤食。

等到点餐的服务员离开之后，热闹的餐桌才好不容易安静下来，沉默的空气在两人之间弥散开来。

为了避免尴尬，小秀在脑海深处努力寻找话题，没多久，就找到一个。

她清了清喉咙，对面朝池塘的贺轩说："有件事情我还想问你！"

贺轩怔了一下，慢慢挪过脸，吐出两个字："说吧。"

小秀望着他说："那天不小心把相框摔在地上的时候，我还看见了夹在相框背面的那张照片。你能告诉我，照片上的女孩是谁吗？"

贺轩的肩膀突然颤抖了一下，尽管他的表情还努力维系着冷漠和无动于衷。

见他没有回答，小秀停顿片刻又继续问：“是你的女朋友吗？”

一股凉风从窗前吹过，淡淡的月光下，贺轩依然紧抿双唇，脸上却有一种撕裂的痛楚，就像守护着心房的保护膜正在缓慢地、一点一点被撕裂的那种感觉。同时，渐渐黯淡下来的眸子也仿佛随着夜风飘向另一个遥远的地方。

就在小秀预感不妙，贺轩持续低迷的时候，第一道香喷喷的芭蕉烤鱼被端了上来。

小秀这才松了口气，相反的，贺轩却皱着眉头，面对桌上的美食没有一丁点儿喜悦，倒像有什么不幸降临似的。

接下来第二道菜是鸡肉粥，混合着煮熟的鸡肉片，洋葱、酱油，还有生蛋，弥漫着浓浓的荤香，令小秀赞不绝口。但贺轩只闻了一下，却一勺未动。

再到小半只脆皮烤乳猪和使用香蕉叶、药草和香料烘烤而成的“脏鸭子”上桌，贺轩望着小秀狼吞虎咽地撕扯着被烤得焦黑的鸭子，翻起的外皮下隐隐露出深红色血管的时候，他终于克制不住，胃里一阵翻江倒海，立刻站起身，捂着嘴朝卫生间奔去。

正陶醉在美食中的小秀错愕地望着他的背影，完全不明白岛上一流餐厅烹制出的地道美味在他眼里怎么就成了令人作呕的东西。这样的情形已经不是第一次了，上回在莱薇酒店，只不过一靠近荤食区他就落荒而逃，与往常的举止简直判若两人。小秀隐隐觉得，他抗拒荤食，似乎另有隐情。

为了揭开谜底，她随即站起身，不顾一切地跟随贺轩的脚步冲向男卫生间。

飘散着淡淡花香，装修得很有海岛风情的餐厅卫生间。

正在外间悠闲地洗手、聊天的男人们忽然听见门外传来一阵剧烈的脚步声，紧接着便有一个女孩推门闯入，众人先是一愣，随后纷纷尴尬四散。只剩下趴在洗手池前剧烈呕吐的贺轩，难过得不知道周围发生了什么。

见到他这副憔悴的模样，小秀心头一紧，赶忙冲上前，为他轻拍后背。

由于这顿饭滴米未进，他吐出的不过是些清水状的秽物，但额头、背上仍然全是冷汗，浑身颤抖得令人恐惧。

望着他苍白的面容，小秀既无奈，又懊悔："一见到美味就吐，你这家伙，可真没有当美食家的命！"

他没有回答，俯身继续呕吐，像要把五脏六腑全都吐出来才甘心似的。

隔了很久，他终于稍稍平息下来，紧接着又是一阵干咳，脸色才一点点恢复血色。

小秀掏出纸巾，轻轻替他擦干净嘴角。空旷的卫生间，此时一片寂静。

小秀默默望着他，挣扎了很久才问："你为什么这么怕荤食？"

贺轩的身体再度猛然一震。

抬起头，望着洗手台上方镜子里的自己，贺轩的唇角露出一抹苦笑。

"如果，你也和我一样，见过一个鲜活生命死亡的过程，那么从此以后，任何血肉做成的美食于你而言都只是一具尸体。"

四年前残忍的一幕，深深烙刻在他记忆的深处，无论他怎么努力，都无法抹去。

那是他们最后一次相见。

清晨的公寓露台，铺着厚厚的白玫瑰花瓣，她蓬松的黑发像树一样纵横伸开，一缕缕散乱在花瓣里，那是一株世上最美的花树。

整个房间里都是腥香一片。血是从她手腕的伤口流出来的，把象征纯洁的白玫瑰花瓣染成世上最耀眼的红色。玫瑰的香气混合着鲜血的腥甜，味道一点也不难闻。

他闯入敞开的大门，走到她面前的时候，她手腕上的动脉还在突突地跳动，可身体虚弱得仿佛随时会被风吹走。

他呆呆地站在那里，脑子乱得已经没有办法思考，清晨的阳光化成无数光斑，迷乱地闪耀在眼前，瞳孔在强烈的光线下慢慢缩紧，眼前一片空白……

这一切看起来是那么的不真实，就像是一场梦魇，时间也在这一刻停滞下来。他扑上前，紧紧抱住奄奄一息的她。

不断的呼唤似乎将她从黄泉路上又拉了回来，她微微睁开眼睛，眼泪与血滴一起淌出身体，垂死的脸上却还在微笑："终于还是见到你最后一面，我之所以选在这里离开，就是怕你来得太迟，来不及看你最后一眼……"

这个露台位于整幢公寓的最顶端，可以看见方圆几十米的一切景致，她这样等他，等于把一生的爱情全都交给了他。

"康琳，你怎么这么傻，为什么这么傻……"他把她放在膝盖上，疯狂地摇动着她的躯体。

"因为……因为你不再爱我，你把爱情给了别人……花没有水会枯死，人没有爱情也是一样的。我宁愿在最绚烂的花期结束生命，也不愿守着几十年的时光慢慢枯死，我耗不起……"她凄凉地冷笑着。

"不……"除了这个字，他不知道自己还能说些什么。

她的身体在快速地冷却，手腕冷得像冰一样，致命的那道伤口很深，被刀划开的皮肉粗暴地隆起，边缘成块的血丝已经干涸。他捉住她悬在半空痉挛的手臂，拼命想要按住那道伤口，可泛滥的血河根本不听话。一股寒气传遍全身，他觉得那道伤口已经变成自己的伤口，他在陪她一起痛。

"求你，康琳！不要死，只要你活着，我答应你，永远不离开你！求求你，好不好？"他拼命乞求着。

听着这话，她脸上露出满足的神情，想要说些什么，可身体的力量已不足以支撑意念，她只能挣扎着，从喉咙里挤出微弱的气息。

他连忙把耳朵凑过去，可什么也听不清，他着急地狂喊着：“亲爱的，你想说什么？求你说得清楚一点。”

她缓缓翕动着苍白的嘴唇，一字一句地挤出来：“遇见你，是我这辈子最幸福的事。”

他的心一阵猛烈的剧痛，泪水已经完全模糊了双眼：“那你怎么可以抛下我，让我们把幸福延长到一辈子。”

她一动不动地注视着她，似乎已感觉不到痛，临死前能够听到爱人亲口说出这样的话，即是残缺的人生中最大的圆满。

血一滴接一滴顺着修长的手腕滚落在一地落花上，丝丝缕缕渗进脉络。她的精血给了这些花瓣最艳丽的瞬间，可她自己已经说不出任何话，就连呼吸都变得非常困难。

是留恋，是幸福，还是怨恨，这会儿也只有她自己知道。

“康琳！”他紧紧握住她的手，“是我的错，全都是我的错！求你给我一个机会让我忏悔，不要让我独自后悔一辈子，好不好？答应我！”

她已经无法给他任何答复，那个美丽的，有着温暖笑容的女孩的生命正像晨露一样慢慢消散。终于，她缓缓地，缓缓地合上眼帘，最后一眼，依然是停留在这辈子最爱的这张脸上。

再也感觉不到疼痛，再也不会有失去爱人的痛苦。

晨风轻轻吹过，花香腻得彻骨，她柔软的长发像黑色的魂幡一样在空中飞舞着。

“不！不要走。”他像受伤的野兽一样歇斯底里地怒吼着，从眼睛里奔腾而下的泪水全部滚进喉咙深处。

可是，冷冰冰的尸体再没有任何回应。

她的离去，注定成为他一生的伤口，从此以后，再见不得鲜血，再见不得任何生命的消亡。他久久抱着她，直至血水完全浸透身上的衣服，直到楼下涌来大批警车，人们强行把他们分开……

第六站 幸福在艾菲尔之巅

1

白色的雾气静静笼罩着一幢极具巴厘岛风情的 Villa 别墅。

尖尖的木头屋顶、含苞待放的莲花、绿绿的芭蕉叶、藤编的家具……

清凉的海风从窗前无声掠过，躺在卧房大床上的贺轩睫毛轻轻动了一下，随后睁开眼睛，眼神空洞茫然地望向四周。

头顶，黑色的柚木条和褐色的墙纸组合出了一圈圈向上延伸的线条，橘黄色的灯光从古色古香的竹灯笼里透出来，撒满房间，地面铺着鹅卵石和贝壳，纯白的大床上垂落下的纱幔透着柔情。

他从床上支起身子，拍了拍脑门，试图让自己清醒过来。此刻，他的脑子里一片空白，只记得从餐厅回来后就昏昏沉沉睡了很久，却没想到一睁开眼睛已是深夜。

轻风吹过，带来一股特别的香气。

这股香气就像一根看不见的绳索，牵引着他不由自主地迈开脚步，朝睡房外的起居室走去。谁知，刚跨过原木连廊，就见小秀迎面朝他走来，脸上有温暖的笑容。

“正想去房间叫你出来吃饭，没想到你已经醒了。”

贺轩尴尬地笑了笑，他至少还记得自己最无力的一面被小秀给窥见了。

小秀猜出他心里在想什么，却一点也不介意，依然兴冲冲地拉起他的手，穿过曲折的走廊和透明的玻璃墙，来到别墅的后花园。银色的月光下，花丛里隐着一组原木桌椅，桌面上摆放着五六碟精致的美食。四周的水池上漂浮着粉白相间的莲花，时不时有微风从碧波拂过，带来清凉的水汽，使得全身上下每一个毛孔由内而外都感到舒畅。

犹如仙境的美景让贺轩不禁怔住。

然而更令人惊叹的却远不止这些。

小秀进一步将他带到桌边，雕花木碗里摆放着各种色泽鲜艳的菜肴。她指着比四周的花丛还要引人注目的美食颇有兴致地介绍道："这是我特意为你准备的花朵大餐。茉莉花熬豆腐，不仅味道绝美还可以去除胸口郁气；白玉兰的花瓣肥厚且大，用湿面粉裹着它和豆沙放在油锅中炸，就成了香甜可口的"玉兰片"；玫瑰花瓣单吃起来微微的甜又带少许苦味，与鲜笋和菌菇炖汤，不仅回味悠长而且补身……"

望着面前这么多别具匠心的素食，贺轩感觉有一股暖流涌上心头。

"这些菜不像是岛上的风味，你是从哪里弄来的？"

"是我在自助厨房里自己亲手做的。你不能吃荤，但这里的菜大多以海鲜为主，素菜就那么简单的几样，你肯定吃不惯。不过这岛上的花多，所以我灵机一动，就做了这么个花宴。"她一边说着一边替他拉开椅子，扶他坐下，动作温柔得就像在照顾病人，"总之你先吃吃看，如果感觉不错，往后几天我都这么帮你做。"

"干吗对我这么好？"

"唉……"小秀看似无奈地轻叹一声，"虽然我讨厌你的臭脾气，可心里还是很感激你让我实现了一次出国梦，就当是报答吧。"

接下来，她与贺轩分别坐在圆桌的两端，一边品尝着美食，一边悠闲地晒着月光。小秀还故意发出啧啧的声音，夸张地装出一副吃得喷香的样子，逗得贺轩既好气又好笑。

看见贺轩脸上终于露出一丝笑意，小秀这才舒了口气：“这才像话嘛！瞧你笑起来多帅，简直可以迷倒全地球的女人，往后记得多笑一笑，心情自然会变好的。”

听见这句话，贺轩停住了筷子，怔了一下。自己居然笑了？四年来，自己脸上的笑容恐怕比天上的彩虹还要难得一见，莫非她在食物里放了什么奇怪的佐料，为什么心里的阴霾被驱散得无影无踪，只剩下一抹淡淡的甜味。

没等他想明白，小秀又继续发话了：“不管经历了怎样的痛苦，过去的就让它过去吧！虽然这话听起来好像没什么良心，可是人毕竟还是应该为明天而活着，而昨天发生过的事，不管开心还是不开心的，都已经变成记忆。记忆和幻觉其实没有什么差别。”

“你就是这么想得开，所以才心宽体胖，变成这副德性的吧？”

“心宽体胖有什么不好？在考空姐失败的那天我就想明白了，人为什么总是为难自己呢？明明可以过没有负担的生活，却总扛着做不完的梦和永无止境的欲望。就算真的想去巴黎，也可以给自己找一条最适合的路嘛，如果把大排档经营好了一样可以去啊！就是因为当时没有人这么告诉我，才害我走了那么多冤枉路。所以我现在要这样告诉你，也许有一天，当你重新爱上一个女孩的时候就会发现曾经挣扎在回忆里是多么错误了。人在钻牛角尖的时候永远不会知道自己有多愚蠢，也不会知道人生其实有无数条路可供选择。”

听着小秀声东击西的话，贺轩不禁发出一声感叹。

“看来你什么都明白啊！”

小秀轻轻一笑道：“我是猜的。看得出你和照片上的漂亮女孩有着非同一般的关系，性格变得这么古怪也是因为她吧！”

长久以来，一直指责小秀是猪脑子的贺轩不得不大跌眼镜了，在他眼里，一直反应迟钝的小秀似乎看穿了一切。可心里为什么没有隐私曝露的惶恐呢？反倒是一种暖洋洋的感觉，就像和最亲密的人共享

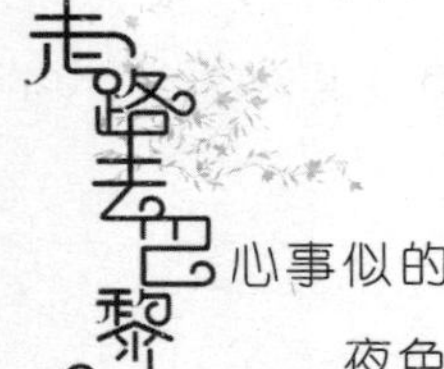

心事似的。

夜色很美，宁静的空气里缓缓流动着醉人的花香，贺轩微笑地望着小秀的脸，心情好像真的慢慢回归到世外桃源般的惬意之中。

终于，他鼓起勇气说出真相："你猜的没错！她是我在巴黎认识的女朋友。"

尽管早有心理准备，小秀还是被他的大胆承认惊得定住。

"那时我才刚到巴黎没有多久，刚刚脱离父母的怀抱，只想尽情玩乐。因为我心里很清楚，等到学业结束重新回国之后，必须依照父亲的意愿继承家族产业。这是自出生时，人生就已经注定好的轨迹。"贺轩仰望夜空，将往事娓娓道来。

那天，也是这样一个星辰满天的晚上，巴黎的夜晚比白天更有魅力，去酒吧喝酒、参加私人聚会、看演出、听音乐、健身、打球、唱卡拉ＯＫ……人人都能在这座城市的某个角落找到自己的归宿。贺轩选择的是和朋友在酒吧彻夜狂欢，直到第二天早晨，几个人才醉醺醺地从酒吧出来。因为醉酒没法开车，离家又不是太远，几个同伴便相互搀扶着沿着马路朝公寓走去。谁知，就在离家只有一条街的转角处，迎面而来的一阵冷风激起贺轩体内的酒气，胃里一阵翻涌，他突然冲向墙角，大口大口地呕吐起来。由于醉得太深，连绿色的胆汁都被吐了出来，脸色也苍白得如同大病一场，身体慢慢沿着墙壁滑下。

一旁几个朋友同样醉得不轻，使出全力想把他从地上扶起也做不到，就在他们不知该如何是好的时候，身后响起一个清脆的声音。

"他需要一杯热牛奶。"

众人循着声音望去，看见一个有着乌黑长发，身材纤瘦，眼眸明亮的女孩出现在面前。

女孩手上拿着一个散发着热腾腾奶香味的纸杯，那看上去似乎是她的早饭，可她没有嫌弃四周污秽难闻的呕吐物，反而轻轻走到贺轩面前，蹲下身，将那杯热牛奶送他的嘴边，喂他喝下。顿时，一股暖香流淌过喉咙，让贺轩全身都为之一振。

同时回荡在身体里的还有一股淡淡的茉莉香味，是属于女孩身上的气息。尽管那时贺轩醉得朦朦胧胧，连她的长相都没有看清，但这股特别的茉莉花清香，却是怎么也忘不掉的。

清醒之后，回忆起这件事，他的心里总是充满感动。在巴黎，尽管他拥有优厚的物质生活，却无法改变人际关系淡漠的现实。这里无论是谁对于陌生人都有种本能的防备，更何况是一个路边的醉鬼呢！一般路人见到都会退避三舍，掩鼻而过，可是那个素不相识的女孩，居然会停下来把自己的牛奶给他……可以说，她的心和那杯牛奶一样洁白无瑕。

此后很长一段时间，他一直希望能够再遇见那个女孩。在同一时间的清晨，他以晨跑作为掩护，一次次徘徊在那条醉酒街道，却一次次失望而归。直到有一天，公寓对面新开了一家咖啡馆，在那里，他再一次闻到似曾相识的茉莉香味。

她是在咖啡馆里打工的中国女孩，还有一个好听的名字，叫康琳。

她很美！虽然贺轩是先闻到了熟悉的茉莉花香味才会抬头去注意那张脸，可接下来，他立即感觉到她面容的光芒更胜花香千倍。贺轩生平见过无数美女，她可能不是最妩媚，五官不是最精致，身材也不是最棒的，但笑容却绝对是无敌的！再没有比她的笑容更美的了。贺轩坚信她就是那天早晨遇到的“牛奶女孩”，只有她，才会有这么干净温暖的笑容。不知是一见钟情还是心存感激，总之这一刻他爱上了她。

两周以后，他们陷入甜蜜的热恋。

故事听到这里，作为听众的小秀突然觉得鼻子酸酸的。听吻过自己的男人叙述埋藏在心底的异国恋大概是全宇宙最严峻的酷刑了，可她还必须装出若无其事的样子，因为她迫不及待想要走入这个男人的内心世界。至于为什么会变成这样，连她自己也捉摸不透。

贺轩在回忆康琳的时候，脸上有一种哀伤的表情，然而这种不经意间流露出的情感，却将他棱角分明的轮廓修饰得柔和。像这样的表情，或许这一生中永远只属于那个女孩。发现了这一点后，小秀的心变得更痛了。

稍稍停顿了一会儿，贺轩继续回忆道："彼此熟悉以后我才知道，康琳能到巴黎其实是很不容易的。在国内，她的家庭经济状况并不是很好，仅够维持日常开销。所以，尽管从小立下要到巴黎学习艺术的志愿，她还是受到不少人的嘲笑，尤是周围的同学。可她很坚强，回家偷偷哭一场后，第二天继续上学。"

这句话让小秀想到了自己。

"后来经过不懈的努力，她终于考上巴黎高等装饰艺术学院，可是家里不仅不愿帮忙还百般阻挠。可她依然没有放弃，拼了命地打工赚钱，又私下四处借钱这才攒够了旅费和学费。来到巴黎后，一个人住在贫民区的地下室，没有家人，没有朋友，竟然就这样苦撑了两年……"说到这里，贺轩的眼睛竟然浮起了一层水雾。

小秀也跟着胸口一紧，她完全想象得出那种艰辛。

"像她这么坚强的女孩我从来没有见过，我答应要好好照顾她，给她最好的生活，可是……"说到这里，贺轩停顿住了。

"后来发生了什么事吗？"小秀连忙追问。

"我让她搬到我的公寓来和我合住，她没有答应，我又给她买了一间独立公寓，她也不肯接受。我更想资助她一笔钱，让她把国内的欠债还清，她反倒说我羞辱她的人格！我实在想不通，我只是想尽一个男朋友的责任为她分忧。再后来我们开始不断争吵，毕竟从小的生长环境不同，生活习惯也有很大差别。我认为她的节俭没有必要，她却不断指责我的生活过于奢华……就在这个时候，紫苏出现了！"贺轩叹息了一声。

小秀不由得惊颤了一下："就是在酒会上遇见，后来又来家里找你的罗紫苏？"

贺轩点了点头："是的。我们在一个朋友的Party上相识，她到法国学习芭蕾舞，刚好我对芭蕾也颇感兴趣，那个晚上我们就聊得十分投机。奇怪的是，后来我和她总能在不同的场合一次次重逢，朋友聚会、酒吧、剧院，甚至是街角。渐渐的，我觉得我们之间有着某种特殊的缘分，而且性格相近，家庭背景也不相上下。紫苏总说我们才是一个世界的人，而康琳，不过是时空扭曲时的一次偶然邂逅，无论我再怎样挽留，她终归要回到自己的世界去。在她的劝说下我渐渐认同了这种理念，就这样，一念之差，我选择了和康琳分手，与紫苏走到一起！"

小秀随着故事的急转直下露出惊讶的表情："那她没有反对，没有抗争，就这么同意了？"

贺轩闭上了眼睛，用尽全身力量才克制住胸口剧烈的跳动。

"她自杀了！并且是毫无征兆的……那天晚上，她在公寓等我，说要见我最后一面。我因为赌气，留在紫苏那里没有回家。直到第二天早晨，我以为她已经走了，可是推开公寓大门，却闻到一股浓浓的血腥味……我走到阳台，看见她倒在地上，周围全都是血……我从来没有想过，一直坚强、乐观、自信的她竟然会用这种方式来惩罚我……"贺轩痛苦地抱住脸，"如果能把她召唤回来，我愿意……我愿意用我的生命去换！"

贺轩的最后一句话证明了康琳才是他的真爱。可是，听到这句话的小秀心里却出奇地平静，她发觉自己已经被这段悲剧的爱情感动了，而她渺小的情感却被隔绝在贺轩的记忆之外。可是她想，如果自己真的喜欢贺轩，那么这点宽容是最起码的尊重，她没有打搅他，安静地让他继续追思。

"可是她再也不会回来了，再也不会……"贺轩的悲鸣回荡在寂静的空气里，"更为讽刺的是，半年以后我才知道，罗紫苏的出现根本就是父母一手的安排。他们无法忍受我和康琳这样的女孩在一起，所以精心挑选了他们满意的人选，上演这一出好戏。"

原来是这样，难怪他会那样对待看似楚楚可怜的罗紫苏了，小秀恍然一悟。

“我是罪人，是我害死了康琳！”贺轩已是泪流满面。

小秀充满同情地望着贺轩，在她眼里，他才是最可怜的受害者。康琳用短暂的痛苦结束了心灵的折磨，让自己永远活在永恒的爱情之中。可是贺轩却在她死后一直沉浸在自责和阴暗的角落，无法正视自己也无法用平常心面对他人。至此，小秀终于明白了他变成“铁面怪”的原因。这让她想起了东欧那个非常著名的吸血鬼伯爵德古拉斯，爱人死后，他用背叛信仰来惩罚自己，可是这种极端的惩罚有用吗？到头来，只会伤害更多的人。

小秀觉得自己有义务把他从地狱拉回人间。

仔细想了一想，她用低缓的声音轻轻地说：“我知道康琳的死让你很难过，她也的确是个好女孩，年纪轻轻不该就这么走了。但你有没有想过，杀害她的凶手不是你、不是紫苏，也不是你的父母，是执著。”

“执著？”贺轩猛然一惊。

小秀点了点头：“因为执著地爱着你，才无法忍受你的离开。那么，如果‘爱’不存在，执著自然也就不存在了！其实，爱情并非永恒的东西，它没有定律，也会随着时空流变。为什么要把一件会流变的东西看成永恒呢？至死不渝的爱情固然让人很感动，可是付出的代价实在太大。更何况自杀原本就是错误，往往由于一时冲动，等到后悔的时候已经迟了！正因为如此，经历过这场事件的你应该比别人更加珍惜生命，不能再犯相同的错误，这才是康琳的死应该带给你的感悟。任何事都有正反面，你为什么偏偏要抓着它的反面不放，反倒忽略了光明的正面？人的生命很脆弱也很短暂，为此更要积极地过好每一天才是！”

听完小秀的这席话，贺轩突然安静地陷入了沉思。让已经死去的人安息，让尚且活着的人好好地活！小秀说的似乎是这个道理，这个想法看似无情，却真正抚慰了他的心。四年以来，他第一次走进一个闻不到血腥、看不到死亡的世界，整个身体像被一圈祥和的光环包围着。就在这一瞬间，缠绕着他四年的阴霾被驱散了，那是小秀带给他的力量。此刻，他们并肩坐在巴厘岛度假村美丽的花园里，换作往昔，他会觉得这个地方和他以前待过的任何一家高级酒店没有任何分别，可是这一次，他如同置身于伊甸园中。即便世上还有更美的地方，于他而言这里已是天堂，所有曾经经历的痛苦在这一刻都化为烟尘，如同一场幻觉。

慢慢地，他露出饱含勇气的微笑，张开双臂，猛地抱住小秀："谢谢你……"

被他紧紧拥在怀里，小秀心里一阵悸动，更确切地说是一种满足和快乐，那是比亲吻更加幸福的感觉，再没有比这更美妙的了！

一股强大的温暖的气息在彼此间静静萦绕着。

就在这个时候，一阵门铃声响起，融洽的气氛被突兀地打断。小秀安抚了贺轩几句，起身跑到大门口，探头一看，只见酒店服务生拿着一个白色信封站在门前，信封上清晰地写着"余小秀小姐亲启"几个字。

她怀着疑惑的心情接过信封，打开来一看，原来是张散发着香味，并印着玫瑰花的卡片，上面邀请她前往酒店的咖啡厅见面，却并未署名。

她不禁皱起眉，用蹩脚的英语问那名服务生："这封信是谁让你送来的？"

"那位客人特意交代我不能说，您去了自然就会知道了。"服务生回答。

谁知，小秀对这种故弄玄虚的事情根本不感兴趣，硬生生地将信扔回服务生手里："那你回去告诉他，如果不知道他是谁，我是不会去的。"

说罢，门砰的一声被用力送上。

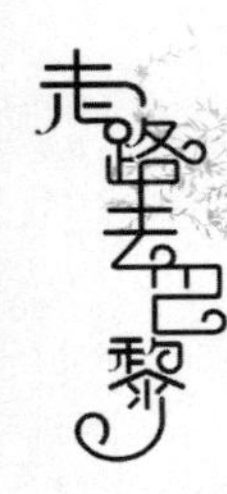

她若无其事地回到后院。

见她独自一人回来，手上也没有任何东西，贺轩觉得有些奇怪，便问："是谁敲门？"

"没有，服务生找错房间了。"小秀随口应付一句，继续坐下享受宁静的夜色。

此时，贺轩突然变魔术似的，从桌下拿出一瓶金色如黄水晶的法国香槟。

"噗"的一声，木塞飞入天空，雪白的泡沫像雪山顶端的积雪似的覆盖在瓶口。

贺轩为自己和小秀各斟了一杯，笑着说："这瓶是最好的水晶香槟，是对你今晚做的这顿美餐的回报。让我们来干杯，希望我也能像你一样，把过去只当成回忆。"

"嗯！"对于贺轩突然转变的态度，小秀既惊喜又欣慰。两只晶亮的高脚杯用力碰撞在夜空中。

月亮越升越高，两人交杯的次数也跟着愈加频繁，甜甜的香槟灌进喉咙里全是甜味，小秀觉得这是这辈子喝过的最好的酒。

随着醉意渐浓，两人也互相搀扶着由饭桌边来到花丛里的莲花池，肩并肩坐在池边的青石板上。池中的水汽混合着莲花的香气扑面而来，两人的影子在月光下越靠越近……

重叠的笑声也飘出庭院，在寂静的深夜无限蔓延开来。

酒店的另一端，一片如镜的湖岸边，一座掩映在花丛中的印尼风格的建筑是咖啡厅的所在。

明明是夜晚的黄金时间，可咖啡厅里一个人也没有。并不是没有人愿意光顾这里，一整个晚上，陆续有不少客人穿过长长的走廊来到这里，却都被门口的迎宾小姐拦住，告知已有人包场。宽阔的大厅内，只有一桌靠湖的座位上坐着一位穿着笔挺西服、相貌不凡的男士。在他面前，烛台上烛光摇曳，映得桌上那束玫瑰花分外娇俏。

不仅如此，餐桌四周也全是密密麻麻的玫瑰，把整个咖啡厅打造成一座妖娆的室内花园。

突然间，四周的寂静被一连串脚步声打破，一名服务生拿着一个白色信封，面色难堪地出现在他面前。

“对不起，先生！那位小姐说不知道是谁邀请她，她不会赴约的。”

坐在座位上的男人愣了一下，但很快付诸淡淡一笑。

“这小妮子，没想到还挺有个性的。”

庭院里，粉白相间的莲花随着微风轻轻飘荡，坐在池边的贺轩与小秀，微醺的笑声仍在持续。

已经记不得喝了多少杯酒，只觉得脸颊烫得像火烧一样，可还是舍不得放下酒杯，仿佛酒杯里承载的是整个世界的快乐。这个时候，他们共同的心愿就是时间能像手表一样自由调节。

突然，贺轩定定地望着她，眼神和平时完全不同。

被这道眼神注视着的小秀不由得紧张起来，心脏怦怦直跳。

贺轩俯下了头，脸庞渐渐逼近她的面颊。

心跳得更快了，逼得小秀不得不伸出手用力按住它，可贺轩却没有放慢靠近的速度，眨眼之间，彼此近得连呼吸都感觉得到。

就在这时，一声门铃响起，两个人都不由得愣了一下，脸庞下意识地迅速挪开。

“又是谁啊？这回我去开吧。”贺轩不耐烦地说。

“不用，不用！还是我去开吧。”小秀说着，就扶着脑袋站起身，摇摇晃晃地朝大门口走去。

“是谁啊？”她一边抓住门把手，一边借着酒劲嚷着。

打开门，眼前的一幕让她惊呆了！张靖阳穿着考究的修身西服，手捧着需要完全张开手臂才能抱得住的玫瑰，站在她的面前。天哪！是在做梦吗？她用力揉着眼睛，希望能赶走幻觉。

与此同时，张靖阳一把将玫瑰塞入她的怀中，微笑着说：“我就是那个在咖啡厅等你的人。看来想要见到美丽的公主，还得亲自出马才行！”

“你……你怎么会在这里？”小秀结结巴巴地问。

“我是特意为你而来的。当你说你要来巴厘岛的时候，我就已经作好这个决定了。在素有浪漫岛屿之称的地方向你示爱，应该是最具魔力的吧？”他绽放强大笑容。

“你说什么？示爱？”小秀用力扶住门框。

“毫无疑问，我从见到你的第一眼起，就开始喜欢你了！”他又朝前迈进一步，紧贴着余小秀的身子。

这不是真的吧？小秀用力拍拍自己的脸颊，希望脑子能尽快清醒。

“我喜欢你，想要和你正式交往！这是真的。”张靖阳又重复了一遍。

“这位情圣好像选错了地方。”身后突然传来一个冷冷的声音。

小秀不用回头也知道，那是贺轩。她僵直着身子，根本不敢转头向后望去。

相比之下，张靖阳却显得不以为然，望着出现在门后的贺轩，唇角轻轻向上扬起：“打搅到您真不好意思，可恋爱中的人，智商等于零，根本顾不得那么多，不是吗？”

贺轩一把提起他的衣领，目露厉光：“那你是否也听说过，醉酒后的人，理智等于零，尤其是拳头很不听话。”

面对强大的威胁，张靖阳面不改色，抢在对方行动之前，冷不防由右手挥出一拳，重重打在贺轩的脸颊上。

没有防备的贺轩踉跄两步，险些跌倒在地。

张靖阳耸了耸肩：“这记拳头，是我四年前就想给你的！”

四年前……

贺轩不由得怔住，眼前是一团迷雾。

张靖阳看出他心里在想什么：“想知道原因吗？待会到我的Villa

来找我，我就住在你隔壁。”

说完，他又面对小秀展露微笑：“真是不好意思，如果愿意的话，咱们可以换个地方坐坐。”

小秀望了望他，又望了望贺轩，情绪低落地摇摇头：“今天就算了吧。”

张靖阳默默地点了点头，表示理解，尔后转身，慢慢消失在走廊的尽头。

四周又恢复了先前的寂静，只有夜风从庭院间穿过。

贺轩拉起小秀的手，一把将她拽进房间，然后在关上大门的那一刻跟着怒吼出声：“从今往后不许你和他见面！”

凶悍的模样简直像个发现妻子婚外情的丈夫。

小秀皱起眉，被张靖阳打了一拳就把气撒在她身上，铁面怪就是铁面怪，江山易改本性难移，遇到事情还是这么霸道。可是看他脸上被拳头打伤的一大块淤青，她又觉得没法和他生气。

“我去给你拿点冰块来敷脸。”说着，她便要朝冰箱走去。

谁知，贺轩不依不饶，强拉住她的手臂不让她离开：“你先答应我，从今往后和他断绝来往。”

小秀再也忍不住了，皱起眉问：“见不见面是我的事，和你有什么关系？”

贺轩理直气壮地回答：“你在我的地盘工作，拿我的薪水，怎么和我没有关系。”

小秀最不习惯的就是他居高临下的态度，但此刻脑子里乱极了，根本没有心思和他多加争执，于是随口应了句：“最多答应你，上班的时间不见他。”

贺轩还是不满意，想要再度发难，她已经用力挣脱他的手，头也不回地朝房间里走去。

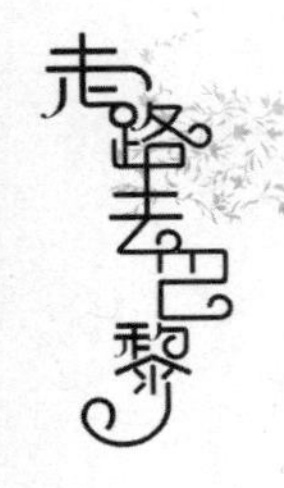

2

和贺轩所住的Villa外观完全相同的一幢房子。

铺着圆石地板的宽敞客厅里，张靖阳和一位助理模样的男子分别坐在沙发两端。

面前的茶几上摆着很多照片，定格的全是贺轩与小秀今晚亲密相处的瞬间——有漫步在度假村里的，有餐厅里的，甚至还有刚刚在花园里的……

张靖阳从其中挑出几张扔到对面男子的面前，目光深邃："做得不错。这第一批材料，由你明天亲自送回国，交给报社！"

"是。"对方立即点头答应。

正在这个时候，一阵门铃声从门口传来。

张靖阳轻轻一笑，仿佛已经猜到是谁，从容地对那名男子说："你先回避一下，我有客人。"

男人立即收起全部的照片，穿过走廊回到客房，并锁上房门。

张靖阳这才迈开脚步，来到大门前。房门打开的那一刻，穿着简单的贺轩出现在眼前，脸上没有任何表情。

"我就知道你一定会来。"张靖阳得意地退让到一旁，邀请他进屋。

贺轩一声不吭地走进客厅，还没坐下就开始发问："你究竟是谁？"

"你不认识我。"张靖阳的回答像肯定，也像疑问。

"但很显然你认识我！"贺轩似笑非笑地说。

"那是自然，四年前上过巴黎报纸社会版头条的人，我怎么会不认识。"

听到这句话，贺轩猛然吓了一跳，难以置信地打量了他一番。

“你……你究竟知道多少？”他冷眼相视。

“不算很多，但也不是太少！至少知道表面上是个正人君子的贺氏集团继承人，昔日在巴黎也不过是个浪荡公子，还因为风流成性，逼得女友自杀身亡，成为巴黎华人圈一时的热闻，不是吗？”张靖阳的眼底露出一抹幽深的光芒。

贺轩的表情如蜡一般凝固住了，脸色也和蜡一样。

好半天，他才从喉咙里发出低沉的声音：“我突然觉得，你的出现并非偶然，你说这番话，也不仅仅是单纯的道义。”

“你很聪明，一点就透。我……是为了康琳而来的。”张靖阳仰靠在沙发里，点燃一支烟，“一个美丽的生命就这样凋零了，而你，一个不需要承担法律责任的凶手，四年之后，依然风光地活在世上，享受着怡然自得的爱情……你不觉得这个世界太不公平了吗？”

贺轩几乎发疯似的冲到他面前：“你究竟是康琳什么人？”

“如果不是因为你，我们可能早就在一起了，那样她也就不会死……”张靖阳拿烟的手不由自主地颤抖了一下，“所以，既然你夺走了我的幸福，我也要夺走你的……余小秀注定将要离你而去！”

贺轩瞪着他的脸，一字一句地说：“余小秀和我的关系并不是你想象中的那样！”

张靖阳露出狡黠的一笑：“这句话，若不是你刻意掩饰，就是你还没有觉察出你对她的感情，但我绝对不会上你的当。从莱薇的酒宴上见到你们的第一眼起，我就知道你们是怎么回事了。”

贺轩突然觉得眼前一片漆黑，并不是惧怕张靖阳的威胁，而是他的话像只无形的大手剥开他层层包裹的心脏。难道随便一个旁人都能看出他对小秀的感情，真的已经到这个地步了吗？

时间仿佛突然停住了，空气也像凝固了一般。

然而，张靖阳却很欣赏贺轩内心经受煎熬的表情，他眯着眼，微仰着头望着他：“像你这种人，根本没有资格拥有幸福。我要竭尽所有的力量，把余小秀从你身边夺走，让你也尝尝失去最珍贵的东西是什么滋味。”

手指一根根绷紧，贺轩慢慢低下头，紧咬着嘴唇：“余小秀……我不会让你伤害到她的！”

张靖阳冷冷一笑：“这可由不得你。世界上唯一没法控制的就是人的心！大家各凭本事，我愿意和你公平竞争。”

他觉得自己简直像个放出渔线的渔夫，或者在鼠洞前等待老鼠的猫，一切尽在掌握中。

贺轩露出厌恶的神情：“像这种无聊的游戏我不会参加的。但我必须告诉你，对于康琳，我心里藏着一辈子的愧疚，这种痛苦你同样不会明白。可是余小秀是无辜的，不应该被牵扯进来。”

张靖阳斜倾地扬起嘴唇：“只要你承受得住心痛，我并不在乎你是否入局。其实我想对你说的也只有一句，为了让罪有应得的家伙受到惩罚，我将不惜一切代价！”

那天晚上，贺轩一夜失眠，坐在宽敞的窗台上一根接一根抽着烟。

和小秀在花园里喝酒时品尝到的温暖和与张靖阳私谈时的冰冷一齐挤压在胸口，它们像绵长的线头，不断带出久远的往事。所有混乱的思绪混杂在一起，几乎快将他的心挤裂了。身体里的血液如潮汐一般涌动着，头疼得要按住太阳穴才能得到片刻缓解。脑中尽管茫然混乱，却不得不如实承认，时至今日，他已不愿将小秀交到任何人手里。

可是，四年前，康琳的死却在他身上留下一辈子也洗刷不掉的鲜血。他还能够再一次拥有温暖的爱情吗？

也许，我只会带给别人痛苦，但我不能让无辜的余小秀成为父母或别有用心者的猎物。如果真的爱她，就应该成为她的守护者，竭尽一切力量让她永远快快乐乐地生活下去……他将手中的香烟用力掐灭在透明的烟灰缸里。

早晨走出房门，客厅的长桌上已经整齐摆放好了小菜、点心和绿豆粥，是非常诱人的一顿早餐，可脸色苍白的贺轩却没有任何食欲。躲过餐桌边小秀的视线，他径直穿过客厅，到庭院里对着冉冉升起的朝阳发呆。

小秀感到他行为怪异，刚要跟上前询问，门铃又不早不晚地响起，她只能转身先去开门。

大门打开后，一个手捧玫瑰的服务生出现在面前，将一大束玫瑰递到小秀怀里。毫无疑问，是张靖阳送来的。

抱着这么大一束玫瑰，小秀费了很大气力才转过身。虽然她从前曾经梦想过，如果有人天天送她玫瑰，她一定会以身相许，并发誓一辈子永不变心。可事情真正发生的时候，她不仅没有这种想法，心里更是连一点兴奋的影子都找不到，反倒沉重得快要窒息。

她总觉得张靖阳的行为有些奇异，可又看不出到底怪在哪里。

小秀不知不觉就走到了客厅，贺轩也不知于何时回到这里。看见捧着玫瑰走来的小秀，他突然冲上前，将玫瑰用力夺过来，然后扔在地上，用脚踩得粉碎。

“不许再和他联系，听到没有？”他凶狠的语调简直像个杀人犯。

小秀瞪大眼睛，惊讶地望着他：“你疯了吗？”

“我没疯，总之我其他的话你都可以当成耳旁风，但是这句话一定要听。那个男人不是什么好东西！他追求你纯粹别有用心！”贺轩激动地嚷着。

小秀深吸一口气，眼中透出失望：“我以前一直以为你只是脾气不好，但是为人至少光明磊落，没想到你其实是个心胸狭窄、妒忌心重的小人。人家跟你无冤无仇，你干吗说他的坏话？”

贺轩顿时怔住，这才发现，张靖阳在小秀心目中的地位要远远超出他的想象。再加上昨晚发生的那一幕，无论他说什么，小秀不仅不会相信他的话，还会把他当成背后嚼舌头的无耻小人。

没有其他办法了，他当即做出决定：“收拾行李，马上回国。”

这回轮到小秀呆住了："不是说要多玩几天才回去的吗？"

贺轩冷硬地回答："我改变主意了，这鬼地方没法再待下去了！"

小秀皱起眉，满脸委屈："怎么能这样呢！我坐飞机坐得腰酸背痛，好不容易才来到这里，只待了一个晚上还哪里都没有去呢！"

贺轩绷着脸，摆出铁面怪的架势："我说回去就回去，你哪来这么多废话？"

没想到小秀撅着嘴，丝毫不肯妥协："要回去你自己一个人回去吧！对我而言，这是人生中第一次长途旅行，就算是地震海啸，也一定要等到回程机票到期的那天再走。更何况张靖阳也在这，大不了我和他作伴。"

一听到这话，贺轩心底油然生起一股怒火，可又没有任何有效的对抗办法，总不能把她捆起来，扔上飞机吧！当然，更不能把她单独留下，给张靖阳那个阴谋家制造机会。

余小秀，你怎么这么不明白我的心呢！

无可奈何的贺轩沉沉地叹了口气，攥紧拳头用力砸在墙壁上："好啊！想留下来是不是？那我就陪着你，你想去哪里我就让你去哪！"

灿烂的阳光洒在海面上，粼粼波光明亮耀眼，被海风徐徐推到岸边，把洁白的沙滩也染成金色。远处，波浪拍打冲击所形成的陡峭礁岩上，闻名遐迩的海神庙傲然耸立于印度洋的波涛中。时间在这里因为太过安逸而显得悠长，这就是整个巴厘岛最美的一处私人海滩。

从度假村来到这里的小秀被眼前壮丽的美景彻底征服了，她一只手举着相机，一只手拉着贺轩，像鸟一样飞奔在浪花里，兴奋的笑声传遍海滩的每一个角落。

毕竟是人生中第一次长途旅行，对这个难得的机会，小秀当然要尽情享受，清晨那些不愉快的经历早被抛在脑后。与她的欢愉形成鲜明对比的是带她来到这里的贺轩。一路被紧紧拖在小秀身后，他没有抗拒，也没有迎合，只是沉默地望着她追逐浪花的热闹背影和笑弯的眼睛，神思仿佛离开肉体，飘向遥远的天外。

不多时，他便彻底失去了兴趣，借口说自己累了，抛下小秀，独自一人回到椰树下的太阳椅上。树荫下的这个影子，隐藏着无限落寞。

像对生活失去了希望的重症病人那样，贺轩呆呆地望着如天国般纯净的大海，可是绝美的风景在他眼中就跟无边的黑暗一样，感触不到任何色彩。

他又转头望向小秀，阳光下她的笑容依然那么明媚，纯净得没有一丝杂质，眼睛里偶尔出现了一丝微妙的变化，随即很快又恢复了常态。

突然，茶几上的手机响了，他拿起来，看见跳动的荧光屏上闪烁着“妈妈”二字，眼底浮起一抹惊色，犹豫很久才按下接听键。

信号刚通，手机那端立即传来母亲疑虑的声音：“贺轩，今天巴厘岛的会议不是结束了吗？郑秘书怎么向我报告说你不跟代表团一起回来？”

果然是这件事，贺轩原本就不自在的心情更是雪上加霜。

“这两天天气不错，刚刚开完会，我想留在这边放松一下心情！”

“可是上回在巴厘岛，我让你陪我多住两天，你还不屑一顾地说巴厘岛的海你根本不喜欢，与其待在那还不如去夏威夷，怎么才短短几个月时间就突然转性了？”贺夫人不依不饶地问。

“人是会变的！主要是我这两天开会很累，实在不想马上坐长途飞机回去。总之，您放心，休息两天我自然会回家的。”

贺轩说完，便以迅雷不及掩耳之势“啪”的一声翻下手机盖，同时灵敏地取出电池，搁在一旁，闭上了眼睛。

什么也看不见，什么也听不见。

眼见铁面怪的行为如此反常，小秀也没什么心思继续玩了，走到酒店的服务亭里捧了两个椰子回到贺轩身边，并特意将饱满新鲜的那个递给他。两人并排躺在舒适的躺椅上，喝着甜甜的椰汁，空气里却弥漫着一股怪异的气氛。

贺轩戴着墨镜，平躺在太阳椅上，身体一动不动，脸上面无表情，简直像条被晒干的鱼。

对此，小秀越看越不顺眼，忍不住劝了句："既然答应留下来陪我，就应该放下一切包袱，让自己投入大自然的怀抱。"

"那是你们这种乡巴佬才有的基因。"贺轩随口一出就是句尖刻的嘲讽。

这副欠扁的模样简直让小秀有股掐住他脖子的冲动。不过光掐住他的脖子还不够解恨，刚好面前就是平坦的沙滩，她于是拔出喝椰汁的吸管，在柔软的沙地上画了一幅贺轩发怒时的肖像。

尖尖的脑袋，吊起的眼睛，一副要吃人的表情。

完成之后，她对这幅作品十分满意，掩着咧开的嘴，用那根吸管轻轻捅了捅贺轩。

"你看，你只要一生气就是这副德性！"

贺轩转头瞥了一眼，满脸不悦："我……我有这么丑吗？就是恐怖电影里也没有这么难看的脸。"

"没错，你生气的时候就跟鬼一样！"小秀指着他的鼻子说。

贺轩反唇相讥："如果我是这样，那你就是去拍恐怖片也不用化妆！"

就在两人你一句我一句没完没了斗嘴的时候，不远处的海面上晃过一道绿光，一顶海上滑翔伞如同一条飘动的绿丝带从天而降，稳稳地在海滩上着陆。

之后，一个英俊的男人利落地解下降落伞朝小秀这里走来。他身材健硕修长，一双碧潭般深邃的眸子折射出强大的力量，深藏着勾魂摄魄的魅力，光洁的脸庞被阳光涂抹上一层浓郁的金黄色。

简直太帅了！寂静的海滩不知是谁发出一声惊呼！

此刻，头顶灿烂的阳光就是他的镁光灯，遍地洁净平整的沙滩就是他的舞台。他一边走一边脱掉手上的手套，就这样缓缓来到小秀面前，弯下腰，拉起她的右手，在手背上印下一个吻。

淡然的态度，完全无视一旁贺轩的存在。

然而，被抓住手腕的小秀却没有他那么镇定，急欲抽回自己的手，却无法挣开，显得十分尴尬。

“别闹了，张靖阳！”

她越来越觉得他的态度奇怪，虽然没有导演，没有灯光，没有摄像，但是那种感觉就像在拍一场戏！

张靖阳仍旧没有松开她的手，只是笑着说：“我是来邀请你一起去参加更有趣的游戏的。第一次来巴厘岛，大好的时光就在躺椅上度过，不觉得太浪费了吗？”

随着他的说话声，小秀扭头朝海边望去，只见几个从快艇上走下的人正在收拾张靖阳刚刚脱下的伞衣。之前注视着他从空中徐徐降落，那种自由自在翱翔于天际的感觉，的确让人心生向往。

可是，没等小秀作出回答，贺轩已经从躺椅上一跃而起，咆哮着对张靖阳吼道：“把你的狗爪拿开，滚得越远越好，这里是我的私人海滩！”

张靖阳瞥了他一眼，满不在乎地说：“虽然暂时是你的海滩，但是所有权却是度假村的。不管怎么说，我也是这个度假村的客人，而且我并不是来找你的，我找的是小秀，与你有何相干？”

从来没有人敢这样与他为敌！顷刻间，贺轩的脸阴沉下来，目光死死盯着张靖阳。而张靖阳也不甘示弱地逼视着他，凌厉的光芒在彼此眼底闪过，空气变得无比沉重。

眼看一场恶战又将爆发，小秀苦闷地闭上了被刺痛的双眼，拼命挥着手道：“大家都是朋友，别闹得这么不开心好不好？”

张靖阳望着她冷哼一声：“谁跟这种败类是朋友！小秀你不用理他，我们自己去玩。”

说着，他又使了把力，试图把小秀从贺轩身边拖走。

同时，贺轩也牢牢抓住了小秀的胳膊，彼此各不相让。

贺轩强硬地昂着头："你以为你是谁？你有什么权力把她带走？"

张靖阳盯着他僵硬的脸说："难道你就有权力阻止她快乐？"

贺轩憋着一口气说："如果你是真心想给她快乐，我会毫不犹豫地松开我的手，可惜你不是！真正的原因你自己心里清楚。"

"哈哈哈……"张靖阳发出一阵大笑，"想诋毁我？快啊，快点说，什么原因？知道你把那些话说出来以后会遭到什么后果吗？我还以为贺氏集团的少东是个聪明人呢，没想到也这么不堪一击！"

刺耳的笑声震动贺轩的耳膜，他心里清楚，即使当场揭发张靖阳的阴谋，善良的小秀十有八九也会把它当成耳边风。谁会相信这个相貌英俊、举止优雅的男人是个伪善的恶魔呢！一旦失败，自己反倒跳进黄河洗不清，大概这才是张靖阳今天出现在这里的真正原因吧。

想到这里，他声音一沉，说："那好！让小秀来决定，她愿意跟你走或者跟我走全凭她自己的意愿！"

说着，他的手从小秀的手腕上慢慢滑落下来。

"小秀，我不想和这个人渣共同呼吸岛上的空气，无论如何我都要回国。愿意的话你就和我一起回去，不愿意的话你就留下来，客房我会预付到你走的那天为止。"

说完，他头也不回地朝度假村方向走去。

小秀呆呆地望着他的背影，又望了望仍然抓着自己手腕的张靖阳，心底一阵绞痛。

贺轩越走越远，小秀的心也越来越空。直到这时，她才发现自己想在巴厘岛多留几天，只是为了多争取一点时间和贺轩相处。她害怕像昨晚那样的美丽时光，一旦回国就再也找不回来了。可是，一旦贺轩离开，所有的眷念也都不存在了，一个人守着空空荡荡的Villa，纵然房子再大再豪华，风景再美，又有什么意义呢！

海风一阵阵吹来，拨乱她的长发，她叹了口气，拖着长长的声调对张靖阳说："对……不……起……"

似乎已经料到会发生什么，张靖阳低头凝视着她："你打算跟他回去？"

小秀默默地点了点头，脸颊滚烫。

张靖阳皱起眉："你真的要过那种被他控制的没有自由的生活？"

小秀轻轻一笑："他其实不是你想象的那个样子。他是个好人，和他在一起我很开心。而且，他改变了我的生活，让我看见另一个美丽的世界。"

张靖阳面色苍白，惊愕的目光仿佛不相信这句话是从小秀嘴里说出来的。他的手也渐渐松了下来，两人分开的影子倾斜地映在洁白的沙滩上。远处，海水的潮汽化成如烟的海雾，无声地弥漫开来。

3

坐落在半山，犹如私人庄园般的豪华SPA会馆。

幽静的贵宾休息室内弥漫着花草精油淡淡的香气，几位贵妇悠闲地坐在沙发上闲聊，其中也有贺夫人的身影。

"听说顺昌集团的马小姐最近订婚了，未婚夫是酒店业大亨。"其中一位贵妇像通报新闻似的说。

这位马小姐就是曾经到贺家吃过晚饭却被贺轩冷冷拒绝的女人。贺夫人听到这条消息，表面上不动声色，心里早已怒火翻腾。自从四年前，那个巴黎的穷留学生以死相逼，毁了她儿子的生活之后，贺轩就再没有碰任何女人一根指头。转眼间，他已经二十八岁了，照这样下去，不知何日能看他携手新娘走进礼堂。

"听说莱薇集团的二小姐罗紫苏最近也从美国回来了。"另一位贵妇又扯起了话题，"贺夫人，听说她曾经还是令公子的女朋友？"

“嗯……”贺夫人似笑非笑，表情十分尴尬。

唉……如果不是那个自杀的穷丫头，贺轩和紫苏说不定早就结婚，可能连孩子都有了。想当年，不知动了多少心思才为他们策划了一场“巴黎之恋”，谁知被抛弃的穷女人竟然以死相逼，一切计划都被打乱了……贺夫人的思绪又被强行拖回那段黑暗的回忆。

几个人正聊着的时候，一名贵妇又从楼上走下，来到休息区。一见到贺夫人，她眼中立即放出异样的光芒，迎上前向她道喜。

“贺夫人，真想不到贵公子这么快就有女朋友了，品味……还这么不同，那些仰慕他的小姐们这回可要哭死了！”

贺夫人听得一头雾水，根本不明白她在讲什么。

周围的同伴也不约而同地发出疑问，要知道，英俊与财富都举世无双的贺轩可是各个有女儿的企业集团都紧盯的一块肥肉，他的花边新闻无时无刻不牵动着圈子里每个人的心。

见大家都迷惑不解，那名妇人索性将一张还散发着墨香的报纸塞到贺夫人手中，只见头版标题如下：大排档贫女与贺氏集团继承人书写灰姑娘传奇！

新闻旁边，还配着多幅清晰的照片，称贺轩与大排档出身的余小秀在巴厘岛共浴爱河，文字犀利露骨。

贺夫人当即觉得头顶一阵眩晕，身体朝后一仰，重重瘫倒在沙发里。

夜幕笼罩着宏伟的贺家大宅。

贺夫人由敞开的大门外走进来，脸色冰冷，高跟鞋踏在大理石的地面上，发出铿锵有力的震动。她径直朝客厅走去，两旁的佣人们自动为她分开一条道路。

坐在沙发上正在翻阅文件的贺董事长听见声响，扭头望了她一眼，却没有说话。

贺夫人打开手提包，拿出卷在包里的报纸猛然甩在茶几上。

“你看看吧，今天我成了整个会所的笑柄，这辈子第一次被人戳脊梁骨。”

“我已经看到了。”贺董事长的语气看似平淡，但面孔却绷得紧紧的。事实上，当今天秘书把这份全省发行量最大的报纸送到他面前的时候，他的态度并不比他的妻子平静多少。

“早知如此，当年还不如就成全了他和那个姓康的留学生，至少人家家境还算平常。可是你看现在……又丑又胖的排档女……这难道是上天对我们的惩罚吗？”贺夫人紧攥着拳头，情绪激动。

“即使真的有惩罚，也不是上天给的，而是你的宝贝儿子的杰作！恐怕你还不知道，今天已有不少记者围在公司门口，好多董事和亲朋好友也都打电话来问。听秘书说，更有一些小报添油加醋，说他们已经在巴厘岛秘密结婚！毕竟人人都喜欢丑闻，再没有什么比往成功者脸上抹黑更具娱乐性的了！”贺董事长面无表情地望着窗外。

“难怪房产会已经结束了，他还留在岛上迟迟不肯回来。如果事情继续发展下去，他将来怎么在集团立足？”贺夫人一屁股坐在沙发上。

“唯一的办法就是让他摆脱这一切，也就是找到另一个焦点，转移目前的焦点。”贺董事长的眼睛里闪动着锐利的光芒，大半生的商场历练，使他早已成为一只尚于把危机转化为契机的老狐狸。

“还能有什么焦点？”贺夫人紧皱着眉头。

“结婚。”贺董事长像是早有准备般地抛出答案。

“结婚？！”贺夫人猛然提高声调。

“除了结婚，还有什么能平息这场风波？”贺董事长与妻子对视着。

“这么短的时间内，去哪里物色结婚对象？就算物色到了，符合条件的女孩又是否愿意在这种情况下嫁给他？”贺夫人忧心忡忡地说。

“罗家的二小姐不是已经从美国回来了吗？而且她对贺轩的感情

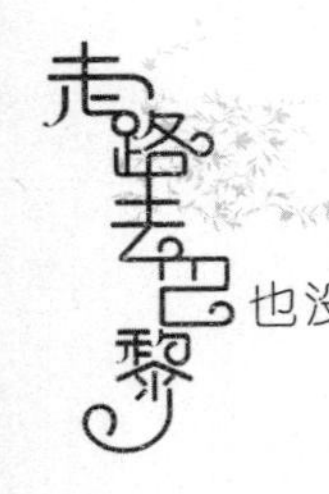

也没有变。”贺董事长意味深长地露出一抹微笑。

“你是说……紫苏？”

客厅内突然陷入一阵沉静。

洋溢着浓郁巴厘岛风情的Villa，阳光在茅草的尖形屋顶上不停跳跃着，化成无数迷幻的光圈，把整个房顶染成金色。

乱作一团的卧室，贺轩正在衣橱前收拾行李。

突然间，砰的一声，后院虚掩的大门被猛地撞开，小秀气喘吁吁地冲进来，满脸通红地盯着贺轩。

受到惊吓，贺轩也不由地停下手中收拾衣服的手，目不转睛地望着她。

两人静静地对视很久，小秀从喉咙里发出坚定的声音：“我跟你一起回去！”

贺轩的脸上掠过一阵悸动，但是很快恢复平静，用略带嘲讽的口吻说：“怎么，不留下来和那位帅哥一同享受人间天堂？”

真是个死要面子的铁面怪，到这个时候还在逞强。小秀心里这么想着，眼角却不由地蒙上一层水汽，她轻轻说道：“不管你去哪里，我都愿意跟着你一起云，哪怕是地狱！”

话音刚落，贺轩手里抓着的一件真丝衬衫就失手落到了地上。

深吸一口气，他一步步走到小秀面前，张开双臂，将她紧紧搂入怀中……两人的影子在阳光的照耀下重叠在一起。

夜幕缓缓降临，灯火辉煌的机场，从巴厘岛返航的航班缓缓降落在跑道的尽头。

看上去十分疲惫的贺轩拉着邻座小秀的手，静静等候在座位上，让机舱内的其他乘客先走。

这阵空闲里，他打开了关机一整天的手机。

荧光屏闪烁，突然，一条短信跃入眼帘，他打开一看，是陈志东发来的：贺夫人高血压住院，请速回。

他的手指不由得一颤，母亲的身体一向很健康，怎么会突然住院呢？

难道是知道了他和小秀的事，是不是又和张靖阳有关……

没等他反应过来，电话再度响起，他接起一听，原来是父亲秘书打来的，说已经派车在VIP通道外等他。

挂断电话，他转头对小秀说："待会儿你自己回家，我有点事要先走。"

他并没有解释原因，而且行色匆匆，这让小秀觉得，一下飞机她就被抛弃了。

独自一人从候机厅走出来，除了隐藏在心底的落寞，她还感觉到一股异样的气氛，就好像黑暗中有无数双眼睛在暗暗盯着她。

她赶忙加快脚步朝大巴车站的方向走去。

突然，身后一阵汽车喇叭的声音响起，她扭头一看，张靖阳像是开着直升飞机从天而降似的开着他那辆宝马突然出现在她面前。

"你是什么时候回来的？"小秀瞪大眼睛，觉得十分惊奇。

张靖阳从车窗探出头："我坐了另外一家航空公司的航班，比你们早一小时到，之后就一直在这里等你，快上车吧。"

小秀犹豫了一下，摆摆手，婉言谢绝："不用麻烦，我坐大巴就可以了。"

张靖阳脸上的笑容顷刻间便消失了："你这是在嫌弃我吗？就算不肯接受我的感情，难道连朋友也做不成了？"

小秀连忙摇头："当然不是！我很感激你一直以来对我的帮助，也很愿意和你做朋友。"

张靖阳用力挥了挥手："那就快点上车，知道我已经在这里等了多久吗？是朋友的话就得多替朋友考虑嘛！"

望着张靖阳无比真诚的脸，小秀没有办法拒绝，只能乖乖地上了他的车。然而，她没有想到，仅仅一念之差，却让她成了潜伏在暗处的记者镜头前的猎物。很快，又一场风波即将拉开帷幕。

轻盈的跑车在通往市区的高速公路上飞奔起来，车厢内静如深海。小秀望着窗外模糊的风景，发生在巴厘岛的一幕幕情景再度浮现在眼前，心脏不由得剧烈摇晃起来，这种感觉连她自己都说不清楚。

张靖阳转头望了她一眼，首先打破沉默："有件事情想请你帮忙！"

"什么事？"小秀转过头，有些紧张地望着他。

张靖阳微笑着说："我手上有个地产广告，想请你担任女主角！"

"我？"小秀伸手指向自己，"你在开玩笑吧？"

张靖阳摇着头："恰恰相反，这是我深思熟虑后的结果。这家地产公司此次推出的楼盘主要面向大众，需要营造出温暖、平易近人的感觉，我觉得你的形象很适合。"

"你的好意我心领了，可我真不想让你事后后悔。"小秀还是果断拒绝。

张靖阳仍不愿放弃："先别急着作出决定，抽空来我公司试镜再说，我会让你自己说服自己的。其实，你只是稍稍丰满了些，但五官和谐，气质也很有亲和力。你只是不会打扮而已，但这些对于化妆师而言都不是问题。"

望着如此殷勤的他，小秀实在没有理由拒绝。再说只是试镜而已，不能不给张靖阳这个面子，于是，她轻轻点了点头。

头顶的天压得很低，云缓缓地移动着。

医院住院部的走廊间，弥漫着消毒液刺鼻的气味。过往人群面无表情地擦身而过，走廊两侧的病房里则不时传来痛苦的呻吟。贺轩从电梯里走出来，一路飞奔到走廊的尽头，推开特需病房的大门，一眼看见雪白的病榻上母亲苍白的面容。

"妈妈！"他瞪大眼睛，僵硬地停在门前，虽然早有心理准备，但面前揪心的一幕还是令他不知所措。

见到宝贝儿子来了，贺夫人立即挣扎着从床上爬起，床榻边的贺董事长连忙上前，扶住她的身体。

“怎么会这样，前两天不是还好好的吗？怎么突然就病倒了？”贺轩强忍住内心的震动，奔上前紧紧握住贺夫人的手。

“还不是你造的孽！”贺董事长在一旁冷冷地说。

“我又怎么了啊？”贺轩觉得自己的行为怎么也不至于把贺夫人气得住院。

“报纸都登出来了，你还想骗我们到什么时候？”贺董事长说着，拿起床头柜上的一份报纸，甩在床边。

贺轩皱着眉，拿起报纸，看见那几张照片，脸色一下子阴沉下来。聪明的他很快便猜出是怎么一回事，他的手指一根根绷紧，从心底涌上一股想要杀人的冲动。

“这是有人在陷害我！我和余小秀之间是清白的。”

“你现在说这些都没用了，怪只怪你自己不检点，才会被人抓住把柄！想要撇清麻烦，摆在你面前的只有一条路。”贺董事长强压着怒火。

“想让我辞掉余小秀吗？”贺轩冷冷地抛出猜测。

“辞掉她是必然的！”贺夫人接过话茬，“如果我上回劝你的时候你就肯辞掉她，根本没有今天这些事情。”

心脏像突然停顿了一般，刚刚才下飞机的贺轩根本无法接受眼前混乱的现实，更无法想象让余小秀离开会是怎样一种情形。现在他只是稍微假设一下，都觉得心痛不已。

然而，贺夫人却视而不见，继续说：“不过，我们真正要你做的，是和紫苏结婚。”

贺轩完全呆住了，只是本能地摇着头。那个无时无刻不让她想起痛苦往事的女人，他怎么可能再和她在一起呢？更何况，在康琳离去之后，他已经发现，他对于她的爱情，仅仅是一种美丽的向往，和喜欢一朵鲜花，喜欢一件精美的瓷器没有任何区别。

贺夫人充满期待地望着儿子：“你曾经深爱着她，不是吗？而且，分开四年后，她依然对你念念不忘。这样的女孩非常难得，值得你把握。”

字字句句都像巨石压向贺轩的心脏。

“不！我不爱她！我甚至可以答应你们，独自一人孤孤单单地生活，但不要强加给我婚姻，我不会接受的。”贺轩说完，便要朝门口走去。

“站住！”贺夫人在他身后发出尖叫声。

贺轩回过头，看见她的手正颤抖地抓着输液管。

“你如果不答应，我就立刻中断治疗，回家等死！”

贺轩面如死灰，却还是拼命摇着头：“你不会的，你比爱我更爱生命！”

贺夫人哆嗦着用力拔出扎在手腕上的输液针，血溅在雪白的床单上……她又用力推倒输液瓶，碎玻璃和药水滚了一地。

“这下你相信了吗？”她抖动着嘴唇，大口喘着气。

城市的另一端，张靖阳的车稳稳停靠在排档街的街口。

“谢谢你送我回家。”小秀一边道谢，一边打开车门。

几天没有见到妈妈了，还真有点想她老人家呢！她一边想着，一边朝巷子深处快步走去。

谁知，张靖阳也打开了车门，并绕过车头，快速来到她的身后。

“请等一等。”

就在小秀转身的瞬间，一个吻轻轻落在她的脸颊上。

小秀猛然一惊，一时间无法反应过来。

“好了，现在你可以回去了！”张靖阳说完，朝她挥了挥手，转过身，头也不回地回到车内。

小秀望着他消失的方向，很久都没有回过神来。

他的吻很冰凉，就像雪花落在脸颊上的感觉，完全不同于贺轩的温暖和宽厚。不知从何时开始，自己满脑子全是贺轩的影子，所有的时间里都有他的存在！以至于再没有一毫米的空间，接受别人的爱了。

小秀迈着脚步，沿着狭窄的街道，慢慢朝自家排档的方向走去。可每走一步，脚步就变得愈发沉重，仿佛时空交错，自己还停留在巴厘岛，停留在那幢美丽的Villa里。为了驱散幻觉，她唯一能想到的就是食物疗法——赶紧回档口吃碗热腾腾的馄饨面吧，这样一来，什么烦恼都会忘记的。可是，当她快步走到自家的摊位前，却发现红帐篷下空空荡荡的，一个人也没有。她心里一紧，一股不祥的预感迎面袭来，二话不说，立即不顾一切地朝家里奔去。

到了家，用力推开大门，却看见妈妈坐在沙发上看着电视，衣服很平整，没有丝毫搏斗过的痕迹。她的心稍稍安了下来，却觉得更加奇怪，于是赶忙问道："妈，良辰吉日的，你今天怎么不开摊啊？"

余淑凤一见女儿回来了，表现得分外殷勤，赶忙从沙发上站起来，抢着接过她手里的旅行包："从巴厘岛回来啦？玩得很开心吧。"

"你先回答我的问题啊，干吗不开摊？"小秀紧追不放。

余淑凤的脸庞笑得像朵花："有你这个宝贝疙瘩，开不开摊其实也无所谓了！"

"什么？！"小秀的眉头凝成一个疙瘩。

余淑凤一边笑着，一边挥着手说："哎呀！自从你上报之后，档口就来了很多记者，不是要采访我，就是要打听你的事，闹闹哄哄的，我怎么做生意啊！不过我也想开了，只要你顺利嫁过去，我还守着这个排档干吗？我女婿至少也会送家大酒楼给我吧！"

"你到底在说什么啊？"小秀听得一头雾水。

"瞧你这德性！跟你妈还装什么蒜啊？"余淑凤说着，就将沙发上的一份报纸递给了她。

小秀翻开来一看，眼睛立即瞪得滚圆，手一抖，报纸便像雪片似的飞落一地。

第二天，小秀一大早起床买了菜就急急忙忙往贺轩家赶。可是到了那里，却发现房子里空荡荡的，搜遍房间各个角落，连件换洗衣服都找不到，说明贺轩昨晚根本没有回来过！

她又急急忙忙拨打他的手机，可是一直拨到手臂酸痛，对方始终处于关机状态。

打电话到公司，大家还没有上班，电话根本没有人接。

小秀突然觉得自己距离发疯也只有一步之遥了。

从早晨坐到晚上，贺轩都没有回家，一切变得越来越怪异了。

难道因为报纸上的不实报道，他就要和我断绝一切往来？灰暗的阴影笼罩在小秀头顶，她觉得连心脏都快要窒息了。

和风公司宽敞的经理室内，贺轩仰靠在宽厚的真皮座椅里。

上午的阳光静静撒在他冰凉的面容上。

突然，门外传来一阵敲门声。

“进来。”他有气无力的声音回荡在空气里。

很快，陈志东捧着一个文件夹推门而入，低头来到他的面前，将那份文件放到办公桌上，然后小心翼翼地说：“小秀今早往公司打了不少电话，全照您的吩咐给挡回去了。另外，您要查的，关于飞扬策划总裁张靖阳的资料，也已经整理出来了。请您过目。”

贺轩懒洋洋地扫了他一眼，说：“我懒得看了，你直接说吧。”

陈志东立即回答：“总的情况是这样的，张靖阳，现年三十岁，未婚，X X 大学市场营销学硕士，毕业后曾在省内最大的新力广告公司工作两年，之后顺利晋升为策划部经理。但他却在获得提拔不久后离职并创办了自己的公司，也就是飞扬策划。短短四年时间，飞扬已经发展成为国内十大营销机构之一，扩张速度令业界叹为观止。”

听到这份报告，贺轩不由得一怔。照时间来看，四年前张靖阳破釜沉舟离开原企业的时间正是康琳去世的时候，莫非他竟用了四年时间积蓄力量来与自己抗衡？如果是这样的话，他对康琳的感情可想而知。

想到这里，贺轩又问："他和康琳究竟是什么关系？"

陈志东说："从八岁开始他们就是邻居，两人可以说是从小一起长大。"

贺轩似乎明白了一切。过去他就曾听康琳提到过一个从小到大一直呵护她的邻居大哥，原来就是他！

他的脸上蒙上一层伤感的神情，无力地挥了挥手，对陈志东说："知道了，你下去吧。"

陈志东弯腰行了个礼，转身退出经理室。

冷清的月光像流水般倾泻在花园里，夜风中弥漫着百合花的清香。

房间里，只有一盏壁灯发出轻柔的光线，小秀忧伤地仰起头，不知是第几次仰望墙上的时钟。已经很晚了，再不离开，就连最后一班公车也赶不上了。她只能拖着落寞的脚步，无声无息地离开这幢房子。

那一晚，她严重失眠，一闭上眼睛，面前晃动的全是贺轩的影子。他为什么不回家？为什么不接电话……无数个问题像铁链一样紧紧缠绕着她。第二天早晨起床，小秀走到卫生间的镜子前，看见自己蜡黄的面色，四周还众星拱月似的分布了十几个痘痘，简直是空姐面试时的翻版。

可她仍不愿放弃，连早饭都没吃，就急匆匆赶往巴黎阳光。

房子里还是没人，空气里冷得没有一丝温度。努力压住沉重的心情，小秀又开始像往常那样上下忙碌起来，希望贺轩回来的时候，能够看到整洁如新的家。

太阳渐渐越升越高，明亮的阳光像水彩一般撒向地面。

做完一层楼的卫生，小秀伸了伸双臂，从楼下走上来。正在这时，门外传来哔哔哔一阵按动密码锁的声音。她的心不由得一提，难道是他回家了？

随后，只见听“啪”的一声，门缝裂开一道缝隙，眼前闪过一道白光。那一刻，小秀觉得心脏几乎都要停止跳动了。光影变幻的瞬间，眼前出现一抹修长的身影，然而却不是贺轩，而是个穿着鲜艳丝绸长裙的女人……

小秀吃惊地瞪大眼睛，久久没有回过神来。

对方的表情却显得很平淡，仿佛知道她在这里似的，径直走到她的面前，优雅地伸出手：“你好！咱们见过面，我是罗紫苏，代表贺轩来和你做交接的。”

“交接？”

罗紫苏轻轻点了点头：“是的，咱们还是坐下来谈吧！”

两人面对面地坐在沙发上，四周很安静，却像隔着一堵无形的墙。

突然，罗紫苏抬起头，直视着小秀。小秀却避开她的视线，低下了头。

紫苏却没有因此停止她想要说的话：“余小姐，从明天开始，你就不必过来了！”

“什么？”小秀的身体猛然一颤，两人的目光尖锐地交错着。

停顿了一会儿，紫苏默默将一张支票放在茶几上，推到小秀面前：“这是辞退金，是普通员工的三倍，希望能令你满意。”

小秀的眼底放射出愤怒的火花，仿佛要用眼睛将支票烧成灰。

“我要和贺轩见面，和他当面说清楚！”她用尽全力大声嚷着。

罗紫苏看似庆幸地一笑：“本来他是打算亲自过来的，可是看到今早的报纸之后就打消了这个念头，只能由我代劳。但是不管怎么说，已经做出的决定都是不会改变的。”

“今早的报纸，是什么内容？”小秀一片茫然。

罗紫苏目光如针：“这个还需要问我吗？作为当事人的你难道不知道？说实话，我还挺佩服你的。像你这样一个其貌不扬的小女孩，居然能把两个如此优秀的男人耍得团团转，还真是不简单呢。”

原来，短短一夜之间，刊登小秀与贺轩在巴厘岛亲密照片的那家报纸又追加了报道，披露了她在机场登上张靖阳宝马车的那一幕。转眼之间，余小秀就成了四处勾搭富豪的狐狸精。文字是可以杀人的！贺氏集团再也不会冒任何风险，让他们的继承人光鲜的外表沾染到市井唾沫，沦为娱乐大众的工具。

那些卑鄙的家伙！小秀怒火冲天，拳头攥得紧紧的。

望着小秀难看的脸色，罗紫苏话锋一转又说："不过，我还是应该感谢你的，是你让我和贺轩重新走到了一起。若不是碍于眼下的尴尬的局面，我还是很愿意邀请你参加我们的订婚宴的。"

"订婚……婚宴？"小秀整个人像酒醉似的摇晃起来。

罗紫苏露出明媚的笑容："是的，时间就定在下周末，所以不能和你聊了，我得尽快回去筹备……总之，支票你好好收着，待会儿收拾一下就回家吧。贺轩已经搬到大宅不会再回来了，这幢房子不久后也会被卖掉。"

搬回大宅、卖掉房子……小秀立即明白了话里的意思：一切都结束了，他们短暂的时光将随着房子的易主被抹杀得干干净净！

在领会到这层意思的那一刻，眼泪模糊了视线，身体里甚至响起碎玻璃般支离破碎的声音，整幢房子也跟着荡漾起来。

突然间，她从沙发上一跃而起，像只受伤的野兽般拿起茶几上的支票撕成碎片，用力甩在罗紫苏脸上，从喉咙里嚷出几乎要把整幢房子都震塌的声音："比普通员工多出三倍的辞退金，你们以为我就值这点吗？我为他所做的那些根本是用钱买不到的，今后也不可能再有人为他那样做。而且我早就受够了他的臭脾气，就算他跪下来求我，我也不会留下来的。让你跟你的铁面怪老公滚到地狱里结婚去吧！"

说完，她拿起手提包，头也不回地夺门而出。

罗紫苏惊愕地注视着她远去的身影，脸色苍白得比死人还难看。

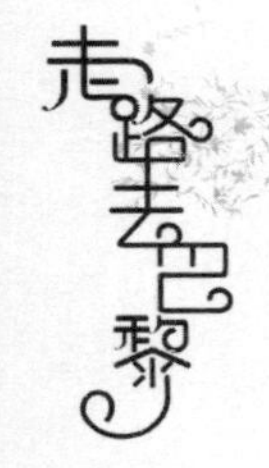

4

走出贺轩家的大门，凛冽的海风无情地吹在脸上，透着丝丝凉意。但小秀觉得此刻她的心脏已经提前进入了寒冬。为什么这种感觉比初恋男友离开她时还更令人难受呢？

远处蔚蓝的天空像口倒挂的深湖，从头顶掠过的流云竟有些像某人的脸……当整个世界都弥漫着一个人的气息的时候，想念她的女孩注定无处可逃。

真的……再也见不着他了？

市中心一幢凌驾于周围建筑的大厦是飞扬公司所在的位置。

宽敞的会议室里，四周寂静黑暗，只有投影机发出闪亮的光芒，一幅幅图像在灰色的幕布上不停变幻着。配合着解说，围坐在会议桌四周的员工们，眼睛都一动不动地盯着屏幕。

突然，门被轻轻推开，从外面走进来一名穿着职业套装，秘书模样的年轻女子。她屏息静气，慢慢走到座首张靖阳身边，耳语了几句。之后，他们一前一后离开了会议室，朝会客室的方向走去。

到了会客室门前，张靖阳先停下整了整衣领，这才推门而入。宽敞的房间里，小秀僵直着身体坐在沙发上，眼里泛着隐隐泪光。

看见她这副惹人怜惜的模样，张靖阳的眼底蒙上一层不易察觉的黯然。他赶忙迎上前，坐在她的身边，刚准备开口说话，小秀却突然伸出胳膊，像个孩子似的扑进他的怀里。

溢满全身的痛苦不能让妈妈知道，不敢和朋友诉苦，现在的她快被逼疯了，唯一能够倾诉的对象就是张靖阳！

被小秀这样抱着，张靖阳的身体一阵颤抖，全身的力量仿佛都消失了，心里涌起一阵莫名的恐惧，然而双臂却不由自主地绕过小秀的背，将她紧紧揽入怀中。

小秀一边抽泣着，一边骂说：“我……我被那个王八蛋给辞退了……”

张靖阳心里百感交集，这是他早就料到的结局，然而此时他心里全然没有杰作完成后的成就感，反倒是一阵揪心的愧疚。这是个善良的女孩，其实她本不该被牵扯进来。

他闭上眼睛，用手轻轻拍了拍她的背：“什么都别说了，我明白的。”

小秀茫然哆嗦着肩膀：“我该怎么办，好像走到悬崖边无路可走的感觉！”

张靖阳沉沉地叹了口气，努力想要甩掉压在胸口的负罪感，一把拉起小秀的手朝门外走去：“我带你去个地方！”

搭着专属电梯降落到28层，穿过迂回的通道，他们来到一间宽敞但却嘈杂的房间。穿过人群，张靖阳径直走到一个穿着T恤、蓝色牛仔裤，面色深沉的长发男子的面前，打了声招呼。那男人立即站起身，展露笑容，一副十分客气的模样。

张靖阳随即将小秀唤到近前，对长发男子说：“刘导，这就是我向你推荐的出演这次广告片的余小秀。可以让她试试，如果合格，就正式投拍。”

刘导演上下打量小秀一番，稍有迟疑道：“您真的要放弃专业模特儿请她出演？”

张靖阳笑道：“这是我们公司一次全新的尝试，也是客户的建议。现在漂亮的女孩子遍地都是，观众们早就审美疲劳了，像小秀这样清新淳朴的新形象，还是很有潜力可挖的。我相信我的眼光。”

公司老总都这么说了，刘导演自然不敢怠慢，笑着说：“那先到化妆室试个造型吧，待会儿我请副导、制片他们都过来看看！”

就这样，小秀被请进四周都是镜子，头顶灯光刺眼的化妆室，任由化妆师在她脸上抹上厚重的粉底，胭脂、眼影、睫毛膏……前后持续了两个多小时，她一连被浓重的脂粉味呛得打了几十个喷嚏。可是，当她重新走出化妆室的时候，众人无不眼前一亮。之前那个蒙受着一层灰色的余小秀仿佛已经不见了，取而代之是个清新干净，笑容饱满自然，扎着麻花辫，穿着碎花棉裙的女孩。

“真是不同凡响，这身装扮非常适合她。”张靖阳竖起大拇指叹道。

刘导演随后也赞道：“不错，比想象中的更甜美，令人过目不忘。”

之后，副导、制片他们也齐聚一处，互相交换了意见，都认为小秀如邻家女孩的亲和形象很有观众缘。相比之下，那些专业模特儿在个性上就显得普通，尽管都拥有一张张无可挑剔的美丽脸庞。

“现在到摄影棚里拍一组照片，试试镜头。”导演挥手一声令下，让工作人员前去做拍摄准备，并打开摄影棚的大门。

精心布置的摄影棚，是一间与花园相邻的洋溢着温馨的厨房，铺着咖啡色的原木地板，柔和的米黄色橱柜工作台，各种厨具一应俱全，在强烈的灯光下流动着闪亮的银光。还有一个精致的小吧台，放置着各色酒水和水果。

这个场景，和贺轩家的装修，有着惊人的相似之处。

恍惚之间，她忐忑地指着镁光灯下的布景：“你们要我在这里表演？”

“是啊！先大概看看文案吧。”说着，副导演将广告文案递给了她。

小秀接过一看，只见开头写着这样一段文字：

总有一盏灯，为夜归的人守候。
灯光在黑暗里，点亮心的温暖，
一种只属于家的温暖。
在窗前留一盏灯，给夜归的人，
在灯火阑珊处，悄悄亮起。

像孩子的期盼，
像妻子的惦念。
使远方回来的人，
被幸福的暖流静静环绕。

就像有一只轻柔的手，拨动了心底忧伤的琴弦，这字里行间，说的就是自己吧。每天那么努力地干活，就是为了在贺轩下班回家后见到他脸上喜悦的神情；能够做出那么美味的饭菜，也是因为有一个能够喜欢吃这些饭菜的人……

可是，这样的日子再也不会有了……

时间差不多了，刘导演在监视器前坐下来，凝视着监视器里的画面：“ＯＫ！从现在开始，你把这当做节目正式录制的现场，拿出你对这个广告的全部理解，表现出等候爱人归家的心情给我们看。”

周围所有的工作人员，包括张靖阳，几十双眼睛齐刷刷地抛向工作台，期待着她的精彩表现。

小秀走到炉灶前，细心地将洗净的蔬菜放入锅中，微笑地翻炒，随后把刚出锅的美味盛进盘子里，端上桌……在巴黎阳光的日子，每到这个时候，贺轩总会准时回家，然后望着一桌诱人的美味，惊喜却又强装出不肯承认的模样……有时候，他回来得很晚，她就坐在窗台前，托着下巴，静静地望着院子里的落花……

摄影棚内寂静无声，张靖阳一动不动地注视着她脸上的每一个表情，突然有种灵魂的触动。交错的光影下，他闻到一股淡淡的香气，在一瞬间使他苦闷的心境为之一振，是饭菜的香味吗，还是小秀皮肤的香气，又或者只是一种心情？

夜幕悄然降临，贺家大宅灯火辉煌，天空中的云团被风吹得干干净净，一轮弯月悬于中天。

贺董事长夫妇和贺轩还有罗紫苏一起围坐在沙发边，茶几上密密麻麻摆着各种资料。

“酒宴就定在莱薇吧……”

“宾客名单都确定了吗？温哥华的大姑妈还有芝加哥的表姐准备回来吗？”

“会回来的。还有婚纱照，已经预约在订婚宴的第二天。”

彼此间都在热烈讨论着，唯有贺轩像个局外人似的，坐在一旁冷冷望着他们。

其实很久以前他就知道会有这一天的来到，身为全国知名大企业的继承人，他根本没有选择自己爱情的权力。只是这一天真的到来的时候，他心里却难过得像得了绝症一般，唉……就快点结婚吧，让这痛苦的时间早点过去。

“先生、太太，少爷、罗小姐，可以吃饭了。”正当贺轩闭上眼，在心底默默祈祷的时候，管家的声音自身后传来。

大家都陆续离开座位，朝饭厅走去。

为了照顾贺轩的饮食习惯，桌上摆的是清一色的素食，而且是专门请资深的素食师傅回家做的。

一道道精致的餐点让平时不食素的几个人都胃口大开，很快在餐桌边围坐了下来。

贺轩最后一个入座，夹了根芦笋，放进嘴里……

像吃到没洗干净的菜似的，突然之间，食物全被吐了出来。

吃惯了小秀做的食物，他根本没法再习惯任何其他口味的食物。

贺轩绷着脸，从桌前站了起来：“我没有胃口，先上楼了，你们慢用。”

贺董事长抬起头，斜着眼用力瞪着他。

他看在眼里，却视而不见，依然头也不回地朝楼上走去。身后很快传来沉闷的叹息声。

贺轩走进漆黑一片的房间，却没开灯，只是点燃一支烟坐到窗前，默默望着暗色玻璃窗上倒映出的脸——棱角分明的脸庞在黑暗中显得很忧郁。

尽管逞强没吃晚饭，可没过多久，肚子还是不争气地抗议起来。

“有本事找余小秀去，别在这里跟我闹！”贺轩拍着肚皮，像在和另外一个人对话似的。

好怀念她的南瓜汤圆、玉米烙，还有蜜汁素鸡……随着心念的不断转移，半透明的玻璃窗上一样样映出了这些美味，以及……余小秀的笑脸。

在巴厘岛，如果不是张靖阳的那个门铃，他们之间或许不会像现在这样！

一股悲伤的味道弥漫在夜晚的空气里，再慢慢渗进了身体。

时间一天接一天地消逝，小秀又回到妈妈的大排档里帮忙，就像兜了一个大大的圈子，又回到起点。

只是昔日那个爱笑爱闹、脸上干净得没有一点心事的小秀如今内敛了不少，对待客人比从前更加礼貌温和，让大家都夸余老板有个秀外慧中的好女儿。而余淑凤并不知道这些日子在女儿身上发生了什么，小秀严守口风，只是说自己累了，要回家休息几天。

这天晚上，由于是周末，档口的生意比平时都好，就在大家忙得不可开交的时候，一辆宝马径直驶进巷子，停在余记门口。银色的车身在月光下闪耀着夺目光芒。

在此起彼伏的惊叹声中，张靖阳打开车门，从驾驶座走了下来。他穿着正式的黑色礼服，脖颈上扎着精致的领结，看上去比平时还要英俊百倍。

听见动静的小秀也从后堂走出来，见他这副打扮，脸上写满惊叹：“你怎么会穿成这样来找我？”

“因为我要带你去另一个地方，而且这个地方绝对不会令你失望！”张靖阳一边说着，一边为她打开车门。

“我现在走不开啊！正忙着呢！”小秀皱着眉说。

张靖阳笑了笑，刚要相劝，余淑凤已经跟着从后堂跑出来，热情高涨地接过小秀的话茬说：“没有什么忙的，你就跟张先生去吧！这里有我没事的！”

说完，她还冲张靖阳使了个眼色，彼此之间流淌着一股心照不宣的味道。

众目睽睽之下，小秀就这样被余淑凤推搡着，塞进了张靖阳的车。

嘈杂的声浪渐渐远去，宝马驶离排档街，转入马路的时候，张靖阳将后座早已准备好的一个手提袋交给小秀。

“时间来不及了，所以衣服我已经事先替你准备好，到了地方去卫生间换一下就可以了！”

接过装着华丽礼服的手提袋，小秀一头雾水：“为什么还帮我准备礼服，我们到底是要去哪？”

张靖阳露出神秘笑容：“提着你的好奇心，到时自然揭晓！”

难道是什么浪漫的烛光晚餐之类的？小秀似梦非梦地望着身边这个谜一样的男人。

不久之后，一幢金碧辉煌的酒店出现在眼前，华美的建筑在夜晚更显得风情妖娆，而且非常眼熟。小秀定睛一看，这家酒店怎么那么熟悉？

“这家酒店我好像来过。”

“当然，就是我们相识的地方啊！这么快就忘了。”

原来是莱薇酒店。

进门的时候，英俊的门童低头九十度给他们致礼，随后他们穿过铺着大片大理石的大堂。当小秀在底层卫生间换了礼服走出来，踏上观光电梯，来到顶层的旋转餐厅的时候，柔和的音乐，交错的人群，熟悉的场景再一次映入眼帘。

伴随着一阵恍惚，张靖阳搂过她的腰，望着她身上漂亮的真丝礼服，先是一阵赞叹，随后颇为神秘地说：“不觉得今天这里有点特别吗？”

小秀抬起头，放眼望去，餐厅门前矗立着一道粉色的蔷薇花门，四周用蕾丝环绕．就连地上也铺着玫瑰——华美浪漫的布置，的确不同凡响。

“难道是什么特别的庆典？”

张靖阳笑而不答，拉着她快速穿过花门，来到大厅。只见巨大的枝形水晶吊灯下，有一个用上万朵玫瑰花搭成的华丽花台，花台中央站着一对身穿华丽礼服的新人，正在宾客的环绕下甜蜜拥吻。

居然是贺轩与罗紫苏！这是他们的订婚宴会。

小秀的眼睛被强烈的灯光刺痛得几乎睁不开，心也像被锋利的尖刀一刀刀划开，在风中支离破碎。

等到亲吻仪式结束后，一阵如雷的掌声响起，在场所有亲朋好友，都望着花台上即将踏入婚姻殿堂的新人微笑，鼓掌。

贺氏集团的唯一继承人和莱薇集团的二小姐，再没有比这更加和谐、完美的结合了！众人暗暗羡慕，暗暗惊叹。

罗紫苏笑望着来宾，兴奋之余，又望了望贺轩。期盼四年的梦想终于在今天实现了，她恨不得让全世界都看到她光芒万丈的这一刻。

早知道真应该把余小秀请来，这样一定能让她完全死心，她心底懊悔不已。

然而，她的未婚夫脸上却没有同样的表情，此刻贺轩的眼睛淡漠得就像平静流淌的湖水。在被一系列烦琐的仪式逼得喘不过气来的时候，贺轩抬起头，目光无意地瞟向远处。

就在这一刻，他看见门口站着一个穿着蓝色真丝礼服的身影，盘着蓬松的发髻，长发漆黑透亮，睫毛浓密卷翘，嘴唇如水晶一样闪亮……

那是一个全世界最美的女孩。

像中了神奇的魔咒，他抛下未婚妻和周围重要的亲朋，笔直地朝小秀走来。瞬间，花台下乱作一团，父母，还有女方和她的家长也都随着他的视线望向门口。

当他们看见小秀的身影时，无不惊慌失措，贺夫人甚至当场发出诅咒！

小秀的身体也在一瞬间僵住，眼底涌出一阵又酸又热的暖流，随着贺轩每靠近一步，她的脑海里就跟着不断浮现出昔日属于两人的记忆片段。第一次在昌海路见到他骄傲的身影，第一次去到他家，第一次和他坐在一起吃晚餐……可是，这些画面每出现一次，就被一股无形的狂风吹散得无影无踪，也离她越远。

就在恍惚之间，贺轩已经来到她的面前，在距离只有几厘米的地方，站着不说话，眼眸里透出小秀从未见过的光芒。

在她的注视下，小秀身体里的血液流得很慢很慢。

该对他说些什么吗？该祝福他吗？还是告诉他心底真实的想法？她的心犹豫不定，目光也跟着变得茫然无措起来。

突然，贺轩微微颤抖地举起手臂，慢慢伸了过来。小秀怔怔地望着他。然而，这只手臂最终没有落在小秀身上，反而拉向她身边张靖阳的胳膊，一路将他拖至男洗手间。

全市最著名的五星级酒店，连洗手间都装修得豪华气派。

宽敞的洗台边，彼此虎视眈眈地逼视许久，微妙的气氛在两个以同样姿势对峙的男人中间流淌。

最后，还是贺轩首先打破僵局，一拳捶在大理石的洗台上，从牙缝里挤出几个字：“马上带着小秀离开！”

张靖阳装做听不懂似的说：“为什么？你这位主人太没有风度了，不管怎么说，我们今晚能来到这里就是你的客人，你应该像对待其他宾客那样拿出最好的香槟和佳肴来招待我们才是！”

贺轩怒气冲冲地瞪着他：“我已经订婚了，她对你而言再没有任何利用价值，你不用再浪费时间在她身上，那样毫无用处。”

张靖阳轻拍手掌，发出感叹：“原来你这样做，竟然是为了保护她。品德真是伟大！”

望着张靖阳这副嚣张的模样，贺轩阴沉着脸道：“我订婚是我的事，跟她没有关系！”

张靖阳的嘴角泛起一丝微笑：“不用强词狡辩了。其实我带她来，不仅仅是让你们俩伤心这么简单。让她对你彻底死心是真的，不过目的是让她做我的下一任女朋友。说实话我是真有点喜欢上她了……”

贺轩立即伸出双手拎起他的衣领，眼底燃烧着熊熊火焰：“不许碰她！”

“看你这架势，还想打我不成？”张靖阳不屑地大笑起来，“可是一切已成定局，你没有办法改变，就算打伤我也不能减轻你的痛苦。而且当我挂着彩走出洗手间后，小秀只会更加恨你。同时，也会加快我们走到一起的速度。只要你愿意早点看到这一天，你就打吧。来，我让你打！”

这个畜生！再没有见过比他更卑鄙的家伙了，一股血气在贺轩心底翻涌。

但是，他以最后一点理智克制住暴力的荷尔蒙，压低声音说：“我知道你很恨我！可是，如果你还算个男人的话，就不该用这种下三滥的手段，咱们可以在商场上光明正大地竞争，我任凭你用任何方式挑战！可是像现在这样，为了达到目的，牺牲像小秀这么好的女孩，不觉得自己太冷血了一点吗？如果康琳能够活到今天，看到你这样，她又会作何感想？”

张靖阳立即收起虚伪的笑脸，猛然提高一个声调：“你没有资格提康琳！”

贺轩轻蔑地望着他：“你呢？你就有资格吗？你口口声声说爱她，可是据我所知，这些年来你的身边从来不缺女人，模特儿、明星、手下的秘书……女朋友的保质期还赶不上水果的保质期。如果这就是你所谓的爱，那么这份爱是不是也太廉价了一些？相比之下，我在康琳死后立即断绝了与罗紫苏的来往，四年来一直过着禁欲的生活。结果，却是你所做的一切，把我又推回了罗紫苏的身边，那个康琳一生最恨的罗紫苏。试想一下，如果康琳地下有知，又会是什么感觉！”

听到这句话，张靖阳不由得倒吸一口冷气，一直以来，他所有的心思只想着怎么让贺轩蒙受痛苦，却忽略了这种极端行径所带来的副作用。当然，他也没料到，贺轩的父母会再次指定罗紫苏作为贺轩的伴侣，让这对“杀人凶手”重新走到一起。可是事已至此，他别无选择。

想到这里，他有些气急败坏地嚷道：“住口！你休想蛊惑我！总之你让康琳得到多少痛苦，我就要原原本本地讨还回来，别指望靠卖几句嘴皮子我就会放过你！”

张靖阳的暴怒，反倒让贺轩平静下来，他的眼底闪过一道微光：“我只是想让你自己考虑清楚，如果真像你所说的，你有一点喜欢上小秀的话，你愿意让自己心爱的女孩变成第二个康琳吗？我知道你家有一幅康琳的画像，回去好好问问她。”

让小秀变成第二个康琳？张靖阳不由得趔趄了一下，他无法想象那将会是怎样一幅情景。不能再听这个浑蛋胡说八道下去，他憋着一股气，急急忙忙要退出卫生间。可是才走到一半，还没到门口，又折了回来。

“你怎么知道我家里有康琳的画像？”

贺轩语出惊人：“因为那幅画是我寄给你的！”

张靖阳瞪大眼睛：“你寄给我的？”

贺轩默默地点点头：“其实很早以前我就知道你的存在，只是不记得你的名字，也没有见过你的人。康琳一直不断提到，她在国内有个对她很好的大哥，也是帮助她实现巴黎留学梦的人。我知道你曾经帮她做过很多，为了让她能来巴黎，不仅拿出自己所有的积蓄，还动员所有亲戚朋友借钱给她，所以我很早以前就想对你说声‘谢谢’！感谢你把这位天使送到我的身边。可是在我还没来得及说这句话之前，康琳就走了，所以这话也就被我一直搁在心里……在为她整理遗物的时候，我找到她那幅自画像，那是她所有作品中最美的一幅，画上保存的也是她生命中最快乐的一段时光……我觉得自己没有资格拥有她的这段时光，所以就按她通讯簿上的地址寄给你了。现在，只有你拥有她最美丽的时候。回去对着她的画像好好想一想，自己究竟做得对不对吧。如果你是康琳，你会这么做吗？以伤害一个无辜的女孩，来填补自己内心的黑洞。”

贺轩平静的语调让张靖阳陷入无尽的嘘唏之中，四年以来，只有这幅画像带给他安宁和无穷的力量。在刚刚得知康琳死讯的时候，他抱着它彻夜痛哭；在艰难的创业时期，它在每个不眠之夜给他鼓舞。除此之外，无论遇到再大的困难，他只要抬头望一望墙上微笑的康琳，所有的烦恼都会烟消云散。就是这股力量支撑着他，让他从一个连飞往法国的机票都买不起的穷学生，一步步走来，变成身家亿万的财富新贵。但他万万没有想到，这幅画竟然是贺轩给他寄来的。因为康琳，和那段遥远的往事，他们彼此间的界限变得模糊不定。也许他们天生注定就是敌人，也许他们本来可以成为朋友！

在脑子混沌不明的境地下，张靖阳顾不得许多，扶着墙壁，跌跌撞撞地走出卫生间。然而，等他好不容易调整心态，装做若无其事的样子回到宴会厅的时候，小秀却已经不在那里了。

他连忙飞奔出大厅，冲到距离最近的一部电梯前。可是，电梯已经朝底层飞速下降……他甩掉沉重的礼服外套，朝走廊尽头的另一部电梯奔去。好不容易钻进电梯，降至一楼，一路追到酒店门口，小秀却已消失得无影无踪。

深夜，回到家里，他在昏暗的灯光下静静望着墙上康琳的画像，回想着贺轩说过的话，心里一阵酸涩。

真的，要让她变成你吗？

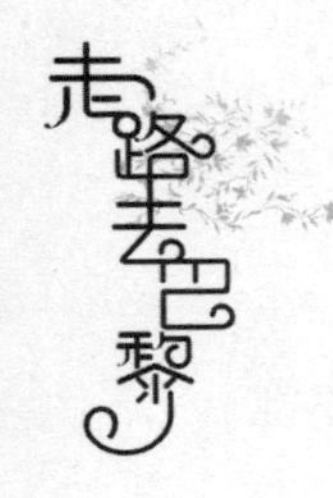

5

一周以后，飞扬策划的地产广告已经拍摄完毕。样片出来那天，张靖阳非常热情地邀请小秀吃饭，并依照她的意愿，地点选在市里最出名的一家素食馆。

装修得古色古香的殿堂内，空气里流淌着世外桃源般的气息，古筝的琴音回荡在耳畔，张靖阳和小秀分坐在一张雅座的两端，桌上摆放着各色美食。

张靖阳从随身的文件袋里取出一张照片，放在小秀面前，用充满欣喜的口吻说：“你看看拍摄效果，真的很不错。两天以后，平面广告就会在几家报纸同时登出了。”

小秀淡淡望了一眼，眼神中充满惆怅。

张靖阳静静望着她面容消瘦、目光黯淡的样子，知道自己的所作所为让她蒙受了巨大的苦难。怀着愧疚的心情，他又将一张支票推到她面前：“这是这次拍摄的报酬。”

小秀连忙摇着头将支票推回去：“你已经帮了我很多忙了，这次就当是我义务帮忙吧！”

张靖阳不容抗拒地将支票放进她的手提包里：“这怎么行，这是你应得的。”

小秀仍然固执地把支票拿出来，拍在桌上：“你帮我太多的忙了，这钱我绝对不能收！”

帮你的忙？这女孩实在是太善良了。如果她知道事情的真相，又会是怎样一番情景呢？张靖阳默默地想着。

很久，他缓缓低下了头：“我都是在帮倒忙，那天我不应该带你去莱薇酒店的！”

“不，不是这样的。”小秀连忙摇头，“我知道你是为我好，让我看清现实，不要再做白日梦！”

张靖阳的心底又是一阵感慨，考虑片刻后他又说：“这样吧，你既然不肯收我的支票，那么，下周跟我一起去巴黎，我负担你全程的费用！”

小秀的头顶仿佛划过一条闪电：“什么，巴黎？”

张靖阳轻轻地点了点头。

小秀掩着张得大大的嘴：“你为什么会去巴黎啊？”

张靖阳淡淡地笑着说：“我最深爱的女孩的墓在巴黎，每年她的忌日，我都会到她的坟前为她扫墓。一个女孩孤孤单单流落在异国实在太寂寞了。”

“你们已经开始正式约会啦？”小秀刚要问那个女孩是谁，身后却响起另一个女人的声音。

惊诧之中，她和张靖阳一齐回过头，便看见罗紫苏挽着贺轩的手，伫立在他们身后。

这是一周多来，小秀和贺轩的第一次重逢，可感觉上，却如同隔了十年。彼此的面容上都有沧桑的表情，而且都消瘦不少。尤其是小秀，因为暴瘦了十多斤，变成一个小脸蛋美女。她穿着白色连衣裙端坐着，就像是一朵刚出水的木莲花，使得贺轩的眼睛从她转头的那一刻起就没离开过她的脸。

而他的未婚妻罗紫苏此时眼睛也没闲着，眯着眼打量了张靖阳一番，又笑望着小秀说：“余小姐，你还得感谢我们呢！若不是我们，你和张先生也不会这么快就走到一起了。”

听着这样尖酸的话，小秀心底怒火翻腾，铁面怪，你是眼睛瞎了才会选这样的女人！可她的心已经死了，甚至懒得和他们多废话一句，只想找个能让她吃下饭的地方解决晚餐。她猛地从椅子上站起来，面无表情地对张靖阳说：“我实在没有心情对着恶心的人渣吃饭，咱们换个地方吧。”

张靖阳点了点头，顺势搂过小秀的肩膀，亲密地朝门口走去。

就在他们准备穿过大门的时候，一只大手忽然由身后介入他们之间。两人惊诧地回过头，看见那只手的主人正是贺轩！

不由分说，贺轩扬起手朝张婧阳的眼睛就是一拳。随着轰的一声，张婧阳连呻吟一声都来不及就重重地跌倒在地。四周的桌椅被撞得歪七扭八。贺轩此刻看起来就像只发怒的狮子，虽然面无表情，却让人觉得不寒而栗。而且张婧阳的倒下似乎并不能让他满足，他抡起拳头又打了下去。

“畜生，这记拳头……还有这记，是我一周以前就想还给你的！”

张婧阳被打得闷不吭声，小秀连忙冲上去拉住他的手，却无法熄灭贺轩的怒火。

“让我好好教训教训这小子，我憋得太久了……”

贺轩完全没有想到，在经过那天卫生间里的一番谈话后，张婧阳还是没有丝毫收敛，居然还是这样不知廉耻地与小秀在一起。他的愤怒已至极限，再也无法控制心底的血气和拳头。可小秀却不明白其中的内情，眼见张婧阳被打得浑身是血，她的忍耐也达到了极限。

“啪”的一声，小秀绷紧的手掌用力打在贺轩的脸上，清脆的响声久久回荡在宽敞的店堂内。

但在看到他英俊的面颊上泛起的红色掌印后，小秀的心里掠过一丝后悔。

“你……你打我？”贺轩捂着红肿的脸颊，瞪大眼睛望着她。

“就当是为你的婚礼提前放的鞭炮！”小秀说完，扶着瘫在地上的张婧阳，挺着脊背，头也不回地迈出店门。

几天以后，小秀与张婧阳正式确定了前往巴黎的行程。恰巧，尚媛的第一趟登机实习也是前往法国，于是，张婧阳就订了那趟班机，打算三个人一同前往巴黎。

二十年的梦想一朝即将实现，小秀的心里不知是激动，是心酸，还是惆怅。

临走的前一天晚上，她彻夜未眠，一个人躲在厨房里，洗菜，切菜，和面，做点心……眼泪一颗颗落在食物上。

我要去看一看他曾经走过的卢浮宫，第一次躺在他卧室的大床上，做梦时曾经到过的街道……等到从巴黎回来的时候，余小秀，你将脱胎换骨，变成一个全新的自己！

同样的夜晚，贺轩独自躺在卧室的床上也是辗转反侧。自从与小秀分别以来，他每晚都失眠，即便好不容易闭上眼睛，黑暗中浮现的也都是她的身影。他再也离不开她了，这种感觉，简直比死还要痛苦。

第二天早晨，贺轩拖着疲惫的脚步，推门走进经理室时，在办公桌上发现一个十分眼熟的餐盒，打开一看，里面整整齐齐摆放着他平时最爱吃的点心。

胸口忽然蔓延开来一阵沉闷的疼痛。

他立即唤来陈志东，一问，果然是小秀来过了。

“她是提着行李箱来的，说要赶十点钟的飞机去巴黎，这是最后送你的礼物，另外……”陈志东像是突然想起了什么，“她是和一个帅哥一起来的，我记得小秀好像管他叫‘靖阳’。”

她要和张靖阳一起去巴黎？贺轩的心像原子弹爆发那样爆炸开来，攥紧拳头重重地砸在办公桌上。

“你确定那个人是张靖阳？”他狂怒地朝陈志东吼道。

“小秀是这么叫他的。”陈志东从来不曾见到他这么愤怒过，吓得面色苍白，双腿发软。

“这个女人，还有什么事情干不出来？”

随着又一声足以震塌天花板的怒吼，贺轩一脚踢开椅子，如一道闪电般，不顾一切地冲出公司，驾车朝机场奔去。不仅仅是因为离不开她的美食，也不是因为她乐观的性情，而是因为他已经离不开她这个人。贺轩的心跳从没有像今天这么剧烈过。

前往机场的路上，车窗两旁的风景如潮水般朝身后退去，模糊的光影全是两人共同拥有的记忆。

不要走，小秀！你不能走！他在心底发出无数声呐喊。

铺着白色瓷砖的机场候机厅，淡淡的阳光透过头顶巨大的透明玻璃窗直直地倾泻在大厅中央。嘈杂的人群或是推着沉重的行李车，或是背着大包行囊，每个人都行色匆匆地奔赴到下一个终点，掠过的微风散发出冷漠的气息。

穿着空姐制服的尚媛从工作区走出来，和从候机厅外走来的小秀紧紧拥抱在一起。张靖阳高大的身影伫立在她们身边，犹如护花使者。

“小秀，这个家伙也不比铁面怪差嘛！看来你最近真是在走桃花运。”尚媛附着小秀的耳边，轻轻说着。

“你这家伙，说什么呢！”小秀红着脸，一把将她推开。

望着这一对亲昵的姐妹，张靖阳淡淡一笑：“小秀，你先跟尚媛从VIP通道进去，我随后就来。”

小秀面露疑惑：“你不跟我们一起进去吗？”

张靖阳摆摆手：“不用，我要等一个朋友，交代点事情。”

虽然心里觉得奇怪，小秀也没有过多地盘问，跟着尚媛朝安检处走去。

等到离开张靖阳有一段距离的时候，尚媛忍不住发问。

“你和铁面怪真的结束了？”

“没有结束，因为我们从来就没有开始过。”

“别骗人了，你心里想什么，脸上都写得清清楚楚。”

“我会忘了他的，从巴黎回来以后，我就会忘了他的……”

尚媛忧心忡忡地望着小秀恍惚的面容，她的泪就含在眼眶，仿佛随时都会掉下来似的。

她沉重地叹了口气，却什么也没有再说。

十分钟以后，小秀作为第一个客人走进了飞往巴黎航班的机舱。一个人坐在空荡荡的座位上，窗外阳光刺眼，令人眩晕。小秀抬起手挡了一下，思绪飘飞。

上一次从巴厘岛回来，她和贺轩并肩坐在座位上，仿佛还是昨天的事。

“你站住！”

机场的另一端，候机厅里，一声咆哮唤住了徘徊于大厅的张靖阳。

他缓缓地回过头，看见气喘吁吁的贺轩。

“你果然来了！”他笑着说。

“你别想带她走！”贺轩紧紧地掐住张靖阳的手臂。

“她已经上飞机了。”张靖阳淡淡地说。

“你……”贺轩咬住嘴唇的同时，几乎要再次挥出手臂。

然而，张靖阳用手卡住了那只手臂，同时，将一张机票放进他的手里。

“这是给你的。”

贺轩打开一看，不由得目瞪口呆，那是飞往巴黎的机票，上面写的竟是他的名字。

他愣住了，整只手臂都在颤抖——这究竟是怎么回事？

他抬起头，迷茫地望着他的敌人。

“不用谢我！”张靖阳依然是淡淡的口吻，“我并没有原谅你，但是你上次的话提醒了我，这是我对罗紫苏的报复！”

他的微笑玄妙而不可捉摸。

贺轩也跟着释然一笑。

“原来你早做了这种打算！”

他们互相注视着对方，然而这一次，眼光中却少了凶狠和仇恨，而多了一种豁达的平静。

“这并不是我的决定，是那天晚上康琳让我这么做的。到了巴黎，记得为我到她的墓前献一束红玫瑰，这是我每年的惯例。”张靖阳说。

“也是我的。”

机场上空的白云仿佛是被来往忙碌的空中客车冲刷得干干净净，单调得只剩如深海般蔚蓝的天幕。又一架飞机从跑道上腾空而起，倾斜地离开地面。小秀坐在靠窗的座位上，随时能够感觉到飞机即将腾空而起的紧张氛围。

张靖阳怎么还没有来？四周都已经是密密麻麻的乘客了。她转过身，透过狭小的窗户，静静望向地面、跑道、绿化带、候机大楼……几分钟后，这一切都将如涨潮般被渐渐淹没，沦为一整片虚无的灰白。她不敢再想下去，生怕心脏无力承受起伏的撞击。就在她收拢目光转过头的时候，却在身边看见一个熟悉的身影。

“贺轩？”

坐在她旁边的贺轩轻轻一笑：“不是我，还有谁？”

“你……你怎么会在这里？”

“我怎么就不能在这里呢，你这个没良心的家伙！去巴黎旅行也不叫上我，你法语又不利索，到那里不怕迷路吗？死丫头，胆子还真大。”

“你怎么能去巴黎，你不结婚啦？”

“结啊！不过我不喜欢把恋爱和婚姻当成两回事，所以打算先恋爱再结婚！”

“恋爱，和谁啊？”

“和你啊！即便是在巴黎，我也要天天吃你做的饭，让你替我打扫房子！答应我，好不好？”他把脸贴在她的脸颊上，眼睛望着窗外的蓝天。

仿佛是在梦里，一时间，百般滋味一齐涌来，小秀一边流着眼泪，一边点头。

“好。”

在一万米的高空上，铁面怪和他的新女友紧紧地拥抱在一起。

（完）